로스트인
상봉동 **2**

로스트 인 상봉동 2

ⓒ 유호, 2016

초판 1쇄 인쇄일 2016년 11월 1일
초판 1쇄 발행일 2016년 11월 10일

글 유호
펴낸이 김지영 **펴낸곳** 해든아침
편집 김현주
마케팅 조명구 **제작·관리** 김동영

출판등록 2001년 7월 3일 제2005-000022호
주소 121-895 서울시 마포구 서교동 400-16 3층
전화 (02)2648-7224 **팩스** (02)2654-7696

ISBN 978-89-5979-477-5 (04810)
      978-89-5979-479-9 (SET)

로스트인 상봉동 2

Lost in Sangbong-dong

유호 장편소설

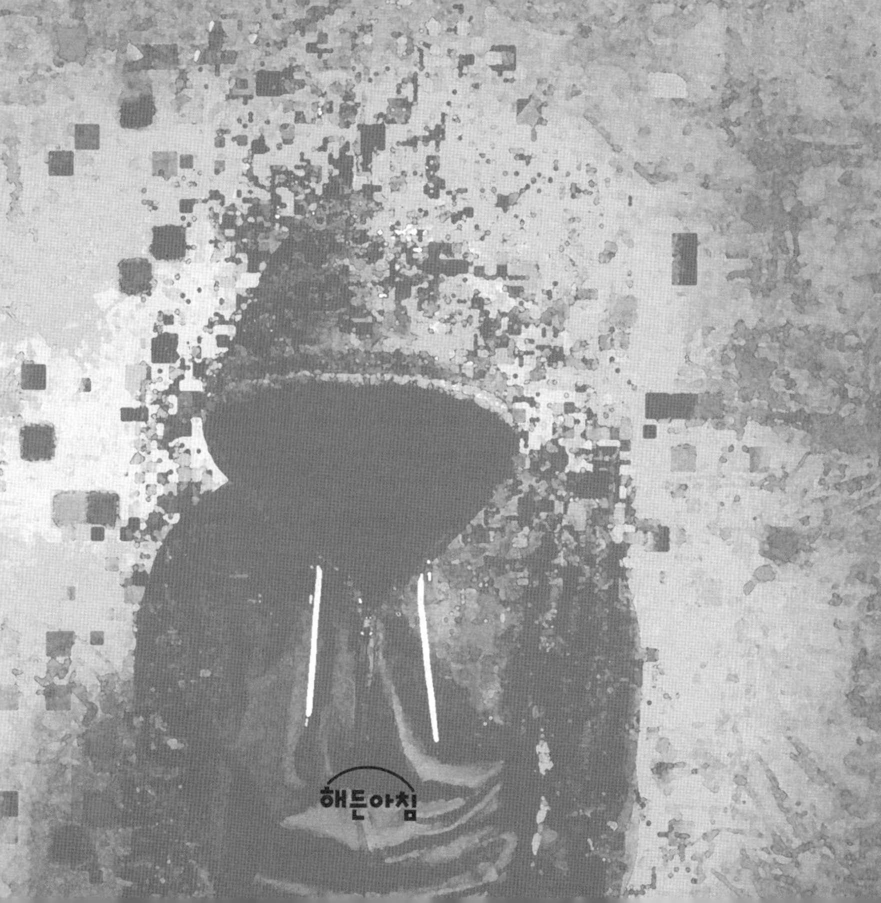

해든아침

목차

칼람바 어페어

셔틀버스에서 내리자 아스팔트의 후끈한 열기가 얼굴에 훅 끼쳐왔다. 그렇지만 CCTV 천지인 국제공항에서 벗어나서인지 기분은 산뜻했다. 운전기사가 꺼내준 배낭을 하나씩 둘러멘 차명석과 하연수는 지체없이 리조트월드 건물 북쪽 공터로 건너갔다.

다비오는 40대 중반의 백인 혼혈인데 약속대로 회색 랭글러를 세워 둔 화단에 걸터앉아 밀짚모자로 부채질을 하고 있었다. 허름한 티셔츠에 반바지 차림으로 첫인상은 깡마른 시골 아저씨였다.

"다비오?"

"한국 손님?"

다소 거북한 느낌의 필리핀 식 발음이지만 영어는 유창했다.

"부탁한 건?"

다비오는 두말없이 뒷문을 열더니 뒷자리에 올려놓은 큼직한 스포츠

가방 지퍼를 열어놓고 물러섰다. 글록 권총 두 정과 소음기, 홀스터, 여분의 탄창 여섯 개, 실탄 두 박스 그리고 이어피스와 대포전화기 같은 잡동사니 몇 가지였다.

"리스트에 나온 건 다 있어, 다만 이어피스 무전기는 1킬로미터 이상 떨어지면 통신이 안 될 거야, 전화기는 단축번호 1번 누르면 내 전화다. 더 필요한 거 있나?"

"차."

다비오는 누런 이빨을 드러내며 웃더니 그의 손 위에 자동차 키를 올려놓았다.

"2010년 식인데 그럭저럭 잘 굴러갈 거야, 일 끝나면 아무 데나 세워놓고 전화만 해. 키는 버려도 돼."

"타깃은? 알아봤나?"

"칼람바 맞아. 칼람바 동쪽 타가이타이 피크닉 글로브에 있는 '카지노 필리피노'에 가끔 드나들고 있어, 밤에 나타나서 주로 블랙잭이나 바카라를 하고… 숙소는 칼람바 외곽에 있는 리조트 같은 데 확인불가. 그쪽에 화산하고 베이 호수 사이에 온천, 골프장 이런 거 엄청 많아."

"가능성이 가장 높은 장소는?"

"처음엔 한국인들이 운영하는 리조트일 거라고 생각하고 수소문 해봤는데 그건 아니었어, 인근에 많은 렌탈하우스 같은 거 아닐까 싶다."

"조금 더 뒤져보겠나?"

"일당만 충분하면."

차명석은 카드 형태의 비트코인 지갑을 꺼내 다비오에게 넘겼다.

"20개니까 물건 값에다 앞으로 열흘 일당까지 쳐도 충분할 거다, 패스워드 123456789 대문자 XGC."

"연락하지."

다비오는 밀짚모자를 푹 눌러쓰고 휘적휘적 리조트 건물로 걸어갔다. 하연수와 눈을 마주친 차명석은 배낭부터 뒷자리에 던졌다.

"일단 타자, 덥다."

"넵."

다비오의 말대로 랭글러는 그럭저럭 타고 다닐 만했다. 마일리지도 높고 세차도 제대로 안 됐지만 며칠 운용하는 데는 무리가 없을 것 같았다. 가까운 주유소에서 연료를 채우고 간단하게 세차한 다음, 마닐라 스카이웨이를 남쪽으로 올렸다.

사용료가 비싼 반면 뻥 뚫린 고속도로를 호쾌하게 달리는 장점을 충분히 느낄 수 있는 도로, 칼람바까지는 3시간 정도면 충분히 주파가 가능했다. 2시간 가까이 고속으로 달리다가 왼쪽으로 거대한 호수가 보이는 샛강에서 고속도로를 빠져나와 인적이 없는 산속에 차를 세웠다. 현장에 들어가기 전에 장비를 점검할 생각이었다.

"이야! 여기 대박 끝내주네. 정말 멋있다."

차에서 내리자마자 하연수가 연신 감탄사를 토해냈다. 확실히 경치는 좋았다. 날이 엄청나게 덥다는 건 문제지만.

"구경 좀 하고 있어."

하연수가 경치를 감상하는 사이, 차승호는 간단하게 장비를 점검했다. 마지막으로 글록 두 정과 종이 한 장을 가지고 숲 안쪽으로 들어갔다. 궁금했는지 하연수도 구경하다 말고 얼른 따라왔다.

"뭐하는 거예요?"

"영점사격."

"영점?"

우선 종이를 굵은 나무에 붙이고 돌아와 글록에다 소음기를 달았다. 이어 표적에서 10미터쯤 물러나서 하연수에게 뒤로 오라고 손짓했다. 하연수는 긴장한 얼굴로 물러섰다.

티딕!

영점을 잡기 위해 두 번에 나눠서 여섯 발을 천천히 쐈다. 손에 익은 글록인데도 여섯 발 모두 미세하게 좌탄이 났다. 하지만 크지 않아서 그냥 오조준해서 쓰기로 결정했다. 이번엔 조금 더 물러나 완사로 10발, 속사로 10발을 연속해서 쏜 다음 내려놓고 두 번째 총도 똑같은 수순으로 영점을 집았다. 그리고 하연수를 불렀다.

"너도 해봐."

"네?"

"만일의 사태를 대비해서 알아두라는 거야, 생각보다 어렵지 않아."

기본적인 탄창교체, 불발제거 같은 간단한 조작방법만 알려주고 양손 그립으로 조준과 격발방법을 차근차근 시연해준 다음, 사선에 세웠다. 그리고 뒤에서 잡아준 상태로 두 발을 연속해서 발사했다.

"당겨."

티딕!

긴장해서인지 몸에 힘이 들어갔고 총구도 멋대로 흔들려서 총알은 숲 안쪽으로 날아가버렸다.

"글록 25, 9밀리미터 나토탄 사용하는 3세대 모델이야. 비교적 가볍고 반발력도 약해서 여자들이 선호하는 총기다. 지금 쓰는 탄창은 열다섯 발짜리, 안전장치는 방아쇠를 당기면 자연스럽게 풀리는 구조니까 신경 쓸 필요 없고 격발할 때 슬라이드가 후퇴했다가 전진하니까 손 다치지 않도록 조심해."

"어… 네."

하연수는 얼결에 대답하는 것 같았다. 천천히 설명했지만 다 알아들었다고 생각되지는 않았다. 다시 한 번 설명했다.

"딱 두 가지만 기억해, 안전장치 노브가 별도로 없다는 것과 격발할 때 슬라이드가 후퇴하니까 손 조심하라는 거."

"네, 알았어요. 안전장치 노브 없고 쏠 때 슬라이드가 후퇴한다는 거."

"그래, 이제 혼자 쏴봐. 연속해서 세 발. 반동 조심하고."

"네, 반동 조심."

하연수는 크게 심호흡을 하더니 차분하게 한 발씩 세 발을 연속해서 쐈다. 역시 총알은 엉뚱한 곳으로 날아갔다.

"이제 탄창 비워, 천천히 침착하게. 여덟 발 남았다."

티딕!

첫 세 발은 종이에 박히지 않았다. 그러나 네 발째에는 나무 한쪽을 터트렸다.

"잘했어, 계속."

나머지 네 발은 계속 종이를 찢었다. 운동신경이 좋은 만큼 사격에도 나름 재능을 가진 것 같았다. 슬라이드가 후퇴한 권총을 받으며 말했다.

"진짜 쏠 생각이 아니라면 빈총이라도 총구는 절대 사람을 가리키면 안 돼, 알았지?"

"넵, 그런데 이거 재밌다. 한 번 더 쏴보면 안 돼요?"

하연수는 잔뜩 상기된 표정으로 권총과 종이를 번갈아 쳐다보고 있었다.

"그래."

새 탄창을 끼운 권총을 안전장치를 풀지 않고 건넨 다음, 하연수가 총을 다루는 동작을 살폈다. 하연수는 나름 능숙하게 슬라이드를 당겼다 놓고 표적을 조준하더니 신중한 표정으로 연속 방아쇠를 당겼다.

티디딕!

이번엔 10발 중 여덟 발을 종이 안에다 집어넣었다. 비록 탄착군은 형성되지 않았지만 처음 총을 쏘는 초보자의 실력으로는 최고에 가까웠다. 총을 받아들고 약실을 확인하면서 칭찬의 말을 던졌다.

"사격에 재능이 있는데?"

"정말?"

"권총 처음 쏘면서 이렇게 쏘는 사람 많지 않아."

"아뇨, 이놈의 능력은 끝이 없어요. 헤헤."

하연수는 흘러내린 머리를 양쪽으로 툭툭 쳐올리며 밝게 웃었다. 하는 짓이 귀여워서 머리를 마구 헝클어버렸다. 하연수는 인상을 쓰면서 머리를 뒤로 빼며 양손을 막는 것처럼 마구 휘저었다.

"어어, 나 심쿵한다고요. 이러지 말자구요."

"너 잘나고 이쁜 거 알아, 인마. 그러니까 그만하시고 바닥의 탄피나 저쪽으로 차버려, 아직 뜨거우니까 손은 대지 말고."

손가락 하나로 하연수의 이마를 살짝 밀고 탄피들을 수풀 속으로 툭툭 차내기 시작했다. 이어 넝마가 된 종이는 떼어서 잘게 찢어 바람에 날려버리고 마지막으로 현장 전체를 둘러본 다음, 총을 챙겼다.

"가자, 권총 하나는 조수석 시트 밑에 숨겨놓을 테니까 정말 위급하면 꺼내."

"넵."

다시 스카이웨이로 차를 올렸다. 그리고 칼람바까지 직진하면서 톨게이트를 통과할 때마다 습관적으로 1,000페소짜리 지폐를 내서 잔돈을 충분히 만들었다. 고액권 지폐를 내면 사람들의 시선을 끌기 때문이었다. 현장에서는 공기처럼 존재감이 없어야 했다.

칼람바에 도착한 건 저녁 7시가 조금 넘은 시간이었다. 크지 않은 시내를 한 바퀴 돌면서 분위기를 파악한 뒤, 한국인이 운영한다는 작은 온천 리조트에 방을 잡고 짐을 풀었다. 말이 리조트지 그냥 온천을 낀 팬션이라고 해야 맞았다. 깨끗하고 조용하지만 신혼여행 온 커플보다는 가족단위 여행객들에게 적합한 장소였다.

짐을 풀어놓고 되짚어 나와 시내로 나가 진짜 신혼여행 온 커플처럼 고급스런 레스토랑에서 식사를 하고 인근에 널린 리조트와 골프장을 천천히 돌아보았다. 비교적 치안이 안정됐고 고급 주택가와 고급 리조트들이 즐비하게 들어선 전형적인 관광지였다. 하지만 그 사이로 허물어져가는 낡은 주택들도 부지기수여서 극단적인 빈부가 공존하는 필리핀의 현주소를 적나라하게 보여주고 있었다.

어느 정도 분위기 파악이 끝났다는 생각에 차를 돌리며 물었다.

"리조트 돌아가서 온천?"

"우리 일하러 온 거 아냐?"

"일하고 있잖아."

"온천이 일이야?"

"여기 온천 유명해, 하고 가야지."

"그니까 이유가 뭐냐고요, 이상하게 너무 잘해주잖아."

"신혼부부 코스프레할 거면 확실하게 해야지, 그래야 의심받지 않고 조용히 찾아다닐 수 있어."

사실은 온천욕을 하면서 일하는 사람에게 몇 가지 물어볼 생각이었다. 다비오에게서 연락이 올 때까지 기다릴 수도 있지만 시간이 없었다. 한국인 범죄자를 찾아내는 건 교포들 틈바구니를 뒤지는 편이 빠를 수 있었다. 하연수가 엄지와 검지를 펴서 턱밑에 대며 그를 빤히 쳐다보왔다.

"오호라, 그렇단 말이지?"

"수영복 가져왔어?"

"수영복은 왜요? 온천이라며?"

"그건 한국 이야기고 여긴 수영복 입어야 돼, 후후."

"칫, 그런가?"

"뭘 기대했는데?"

"신혼부부잖아요. 당근 19금이쥐."

"또 까분다."

웃고 떠들면서 리조트로 돌아왔다. 그리고 곧장 방으로 돌아가 수영복을 챙겨들고 나왔다. 탈의실로 직행, 여기까지는 별로 대수로울 것이 없었다. 수영복 위에 티셔츠 하나만 걸치면 그만이기 때문이었다. 그러나 온천으로 내려와 노천탕에 들어가면서 문제가 생겼다.

탕에 아무도 없어서 괜찮다 싶었는데 앞에 티셔츠를 입고 들어가지 말라는 큼직한 한글 안내문이 붙어 있었다. 벗어야 한다는 이야기인데 서로의 벗은 몸을 적나라하게 보는 건 처음이라 눈치가 보일 수밖에 없었다. 그런데 하연수는 거침없었다. 먼저 과감하게 티셔츠를 벗고 탕에 발을 들여놓았다.

"앗 뜨거!"

한쪽 발을 담갔다가 장난스럽게 빼는 하연수의 뒷모습을 보면서 새삼 몸매가 눈부시게 아름답다는 생각이 들었다. 평소 같으면 시선을 돌렸을 텐데 오늘은 뒷모습에서 눈을 뗄 수가 없었다. 무릎까지 물에 담근 하연수의 눈이 돌아왔다.

"뭘 그렇게 넋 놓고 봐요?"

힐난하는 눈빛에 황급히 옷을 벗고 탕으로 들어갔다. 조금 뜨거웠지만 그냥 참고 단숨에 목까지 담가버렸다.

"근데 밤이라 보이는 게 별로 없다."

하연수의 혼잣말, 낮에는 화산 정상을 직접 볼 수 있다는데 밤이라 보이는 건 하늘의 별뿐이었다. 하연수가 하늘을 가리키며 다시 말했다.

"그래도 하늘은 서울하고 완전히 다르다."

정말 하늘은 서울과 달랐다. 서울에서는 잘해야 열댓 개나 보일까 말까한 별들이 엄청난 빛 무리를 이루면서 머리 위를 꽉 채웠다. 양손으로 얼굴에 뜨거운 물을 끼얹으며 말을 받았다.

"그러네."

어디선가 풀벌레 우는 소리가 들리는 것 같았다.

"벌레 우는 소리… 참 좋다."

하연수는 혼잣말처럼 중얼거리더니 머리까지 물속에 푹 들어갔다가 나왔다.

"나… 풀벌레 우는 소리가 좋아요, 그리고 한겨울 따뜻한 이불속에서 듣는 눈 치우는 소리도 좋아요, 시골집 생각나거든요."

"고향이 어디야?"

"강원도 원주요, 주소는 시인데 완전 깡촌이었죠, 초딩 때 서울로 이 사왔고."

"눈 치우는 소리 이야기 나올 만하네, 근데 난 눈 치우는 소리 싫어. 군대 생각나거든, 후후."

"윽, 아재요. 분위기 깰 거야?"

"또 아재냐?"

짐짓 눈을 부라렸지만 하연수는 신경도 쓰지 않았다.

"아재, 놀면 뭐해요. 가서 별 하나만 따줘봐봐."

"엥?"

"에효… 이 아재 센스 없는 거 보면 확실히 아재 맞다니까. 이거 유명한 드라마에 나온 대사에요."

"나 드라마 잘 안 보잖아, 작가는 어떻게 대답했는데?"

"벌써 따다냈다, 내 옆에 있다."

"어, 그래. 옆에 있는 거 같네, 후후."

"같네? 있는 게 아니고 있는 거 같아?"

하연수가 미간을 좁히면서 곱게 째려보자 그는 눈을 피하면서 피식 웃었다. 항상 그래왔지만 말로는 당해낼 재간이 없었다.

"아이고… 이 센스 봐. 그 별 덕분에 내 삶이 달라졌다, 밝고 아름답고 찬란해졌다, 뭐 이런 거 안 돼요?"

"귀엽기는 해."

"귀여워? 이렇게 야한 비키니 입었는데?"

하연수는 눈을 가늘게 뜨면서 얼굴을 그에게 바짝 가져다댔다. 상체를 얼른 뒤로 빼며 되물었다.

"이런 땐 어떻게 대답해야 되는 거야?"

"치…."

곱게 노려보는 하연수의 뺨을 살짝 만졌다. 온천의 열기 때문이겠지만 유난히 붉게 달아오른 모습이었다.

"이리 와."

한쪽 손을 들자 하연수는 기다렸다는 듯 그의 가슴께에 머리를 기대면서 한 손을 그의 어깨로 척 올려놓았다.

"어쭈, 용감한데?"

"준비됐다고 그랬잖아요."

귀엽게 웃는 하연수의 어깨를 감싸고 부드럽게 뺨을 쓰다듬었다. 그녀는 그의 심장소리라도 듣고 싶은지 가슴에 뺨을 기댄 채, 가만히 눈을 감았다.

유난히 쿵쾅거리는 심장 뛰는 소리가 그녀에게 들리지 않기를 바라면서 이마에 부드럽게 입을 맞췄다. 그녀는 꼼짝도 하지 않고 가만히 있었다. 젖은 머리를 조심스럽게 귀 뒤로 넘기고 갸름한 턱을 들어올렸다. 그리고 눈두덩에 키스했다. 다시 뺨 그리고 코, 마지막으로 윗입술을 빨아들였다. 하연수도 그의 아랫입술을 살짝 물었다.

입술을 떼고 하연수의 얼굴을 내려다보았다. 그녀는 아직도 눈을 감은 채, 다음을 기다렸다. 아랫입술을 장난치듯 깨물었다. 그리고 하연수를 살짝 들어올려 그의 무릎 위에 앉혔다.

하연수가 그의 어깨에 양팔을 올리며 말했다.

"나한테 하고 싶은 말 없어요?"

달아오른 그녀의 뺨에서 흘러내린 물방울이 가슴으로 떨어져 또르르 속도를 올렸다가 비키니 수영복에 걸려 사라졌다.

'젠장.'

뭘 요구하는지는 뻔했다. 그러나 입을 떼기는 쉽지 않았다. 처음 보는 라틴어 타투까지 쇄골 바로 아래에서 반짝이는 통에 대답은커녕 숨도 쉬기 힘들었다. 안되겠다 싶어 어색하게 잡은 하연수의 허리를 훅 당기며 말을 돌렸다.

"타투도 있었어?"

"보면 몰라요? 아재 정신 없어지라고 붙인 거지."

맨 가슴에 얼굴을 묻은 모양새가 됐지만 어색하지는 않았다. 하연수는 그의 머리를 끌어안은 채, 머리카락을 꽉 잡으며 웃었다.

"근데 뭐야? 대답 안 해요? 나만 당신 좋아하는 거야? 응?"

"나 닭살 멘트 못해."

하연수는 그의 머리를 뒤로 살짝 잡아당겨 젖히더니 쪽 소리가 나도록 입을 맞췄다.

"이래도 안 해? 흐흐."

"못해."

다시 키스, 이번엔 격렬하게 입술을 빨아들였다.

"이래도?"

"내숭 너무 없는 거 아니냐? 이럼 매력 없는데?"

"그래서? 못하겠다는 거예요?"

"아니, 그게…."

"됐고, 빨랑 해요. 빨리."

다시 퍼붓는 키스 세례, 항복할 수밖에 없었다.

"항상 옆에 있어. 오늘처럼, 내일도. 사랑한다."

"오호… 대사 제법 그럴듯한데요? 헤헤, 나도 사랑해요."

조금 물러나 앉은 하연수가 그의 목을 휘감으며 입술을 깨물었다.

다음부터는 정신이 하나도 없었다. 나름 여자 경험은 많다고 생각했는데 진짜 좋아하는 여자와의 키스는 느낌이 한참 달랐다. 자세를 바꾸다가 이빨끼리 부딪쳐서 입술이 터졌는데도 전혀 신경이 쓰이지 않았다.

갈 곳을 잃고 헤매던 손을 하연수의 가슴으로 가져갔다. 한손에 꽉 차는 너무 크지도 작지도 않은 가슴, 생고무 같은 탄력을 음미하면서 아주 천천히 손을 가로막고 있는 수영복을 밀어냈다. 그런데 머리 뒤에서 헛기침이 들려왔다.

"험험…."

다른 사람이 들어온 모양이었다. 화들짝 놀란 하연수가 그의 무릎 위에서 급히 내려와 물속에서 수영복을 정돈했다.

"좋을 때다, 허허."

탕에 새로 들어온 사람은 70대 초반쯤으로 보이는 한국인 노부부였다. 하연수는 얼굴을 붉히면서도 밝게 인사를 건넸다.

"죄송해요, 아무도 없어서…."

"허허, 여기 유명한 신혼여행지일세. 신경 쓰지 말게나."

노부부는 사람 좋게 웃으며 탕 건너편에 자리를 잡았다.

"두 사람 아주 잘 어울리는구먼, 선남선녀야. 허허."

"감사합니다."

"우린 여기 살아, 은퇴하고 건너와서 리버뷰 리조트 앞에 작은 햄버거 가게 하나 운영하고 있지."

차명석도 목례를 건넸다. 눈이 마주쳐서 어쩔 수 없었다.

"아… 네."

"한국식 버거 생각나면 한 번 오게, 입에 맞을지는 몰라도 푸짐하긴할 게야."

"꼭 그렇게 하겠습니다."

"어… 간만에 오니 좋네."

노부부는 마주보고 미소를 지었다. 탕 안에서도 손을 꼭 잡고 있어서보는 사람의 기분도 자연스럽게 좋아질 수밖에 없었다. 어쨌든 기회라는 생각에 넌지시 생각해두었던 질문을 던졌다.

"요즘도 은퇴하고 필리핀으로 오시는 분이 많습니까?"

"나이 먹고 여기저기 삐걱거리니까 따뜻한 남쪽나라 찾아오는 게지, 그런데 요즘은 젊은 것들이 사고치고 도망 오는 경우가 더 많아. 요 며칠 사이에도 새로운 얼굴이 몇 보이더군."

"젊은 사람들은 주로 어디 삽니까? 저희가 가이드 없이 개인여행으로 왔는데 그런 동네는 가능하면 피해야 할 것 같아서요."

"그 친구들 시작은 보통 빌라 스트리트 쪽에서 많이 하지, 하지만 크게 신경 쓸 필요는 없다네. 어차피 온지 얼마 안 된 친구들은 잘 돌아다니지 않으니까. 다만 삐끼노릇 하는 것들은 조심하게, 처음 와서는 돈이 있으니까 맨날 카지노에 틀어박히는데 다 털리고 나면 관광지 돌면서 삐끼노릇 하는 거거든. 호구 한 명 데려올 때마다 하우스에서 몇 천 페소씩 쥐어주는 모양인데 그것도 도로 도박판에서 날리니까 하우스는 손해 볼 일 전혀 없지."

"빌라 스트리트라면 어디 말씀하시는 거죠?"

"오다가 봤을 거야, 시내 관통하는 대로변에 있는 비교적 깨끗한 주택단지일세."

"감사합니다, 조심하겠습니다."

"그렇게 해."

"그럼 편히 쉬십시오, 저흰 이만 방으로 가겠습니다. 가게엔 내일이나 모레 한 번 가겠습니다."

"그래, 재밌게 놀다 가게."

아쉬운 표정인 하연수의 손을 잡아끌고 서둘러 방으로 돌아왔다. 노부부와 더 마주보고 앉아 있기는 아무래도 어색했고 어차피 노천탕이 끝나는 시간에 리조트 직원이 들어오면 물어보려고 했던 이야기도 자연스럽게 해결한 셈이라 더 있을 필요는 없었다.

"나가자, 일할 시간이다."

"지금?"

"그래, 카지노 구경 가자."

"카지노? 진짜?"

"처음이지?"

"노천탕에 남자랑 둘이 들어간 것도 처음이랍니다."

　들어올 때부터 촌스러운 왕관 형태의 네온사인에 실망했는데 내부도 마카오의 초대형 카지노들에 비하면 확실히 많이 처지는 것 같았다. 그래도 카지노가 가지고 있는 공통점은 고스란히 존재했다.

　전 세계 어느 카지노를 가도 공통적으로 없는 세 가지, 창문과 시계, 그리고 거울. 환락에 빠진 자신의 추레한 몰골을 돌아볼 기회를 주지 않겠다는 뜻인데 이 시골의 작은 카지노도 다르지 않았다.

　2층으로 올라가자마자 1만 페소만 칩으로 바꿔서 5,000페소씩 나눠 갖고 느긋하게 홀을 돌면서 구경부터 했다. 아직 이른 시간인데도 손님은 적지 않았다. 근무자들을 제외하면 대략 칠팔십 명쯤 되는데 한국인은 10여 명에 불과했다.

　일단 블랙잭과 바카라 테이블을 중심으로 돌면서 한국인으로 보이는 사람들의 면면을 하나씩 살폈다. 홀을 한 바퀴 돌고 슬롯머신 쪽으로 내려오자 하연수가 잡은 그의 손을 앞뒤로 흔들면서 작게 속삭였다.

"그 사람 찾는 거죠?"

"보면 절대 가까이 가지 말고 나한테 알려."

"넵."

화장기 없는 얼굴에 알이 큰 안경을 썼고 머리를 포니테일로 묶어서 살짝 귀여워진 느낌, 표정도 밝았다.

"할 줄 아는 거 있어?"

하연수는 하얗게 웃으면서 슬롯머신 노브 당기는 시늉을 했다.

"땡기는 거."

"그럼 이 근처에 앉아, 난 블랙잭 테이블로 간다."

"응, 그럴게요."

다시 한 번 돌면서 VIP룸까지 차근차근 둘러보았으나 박지철은 보이지 않았다. 첫날부터 박지철이 나타날 거라고 기대하지 않았기 때문에 실망할 이유는 없었다. 일단 하연수를 바카라 테이블에서 가까운 슬롯머신에 앉혀놓고 블랙잭 테이블 중에서 카드를 섞기 시작하는 테이블에 끼어 앉았다.

한 데크가 끝나고 다시 카드를 섞자 테이블을 떠나 다시 홀을 한 바퀴 돈 다음 하연수를 찾아갔다. 그런데 하연수가 예상 외로 많은 코인을 포켓에 쌓아놓고 있었다.

"땄네?"

"응, 뭔지 모르겠는데 7자가 한 줄로 나온 거 같아."

"하여간 이 사람들 어떻게 아는 건진 몰라도 처음 오는 사람은 기가 막히게 알아보고 다만 얼마라도 따게 해준단 말이야. 물론 그 다음에는 무조건 다 잃는 거지만, 후후."

"명석 씨 이런 데 많이 와봤어?"

"나도 많지는 않아, 서너 번? 일 때문에 포커 같은 게임은 체계적으로 배웠는데 다른 건 꽝이야. 실전에서 카지노 투입은 한 번이 전부니까, 후후."

"그럼 명석 씨도 큰소리칠 타이밍 아닌데?"

슬롯머신과 블랙잭 테이블을 오락가락하면서 새벽까지 시간을 보냈지만 박지철은 끝까지 나타나지 않았다. 새벽 1시가 넘어가고 돈 잃은 사람들의 얼굴에 피곤한 기색이 역력해질 즈음, 이어피스에 바짝 긴장한 목소리가 건너왔다.

—명석 씨, 그 사람들 본 거 같아.

"사람…들?"

—부산에서 그때 본 사람들.

"기다려, 금방 갈게."

곧장 카드를 덮고 슬롯머신으로 건너가 하연수부터 찾았다. 하연수는 그가 보이자 얼른 일어서서 눈으로 다음 줄에 있는 슬롯머신을 가리켰다.

"저기 머리 짧은 사람 그때 옆에서 자기들끼리 싸우던 사람 중 하나야."

하연수의 눈이 고정된 사람은 깡마른 한국인 두 명이었다. 둘 다 20

대 초반인데 얼핏 보기에도 그냥 동네 양아치였다.

"확실해?"

"키 작고 눈썹 진하고 이마에 데인 자국… 맞는 거 같아."

"바다 건너 필리핀까지 날아왔다 이거지."

일단 옆자리 슬롯머신에 앉아 하연수가 쌓아놓은 코인 몇 개를 집어넣고 노브를 당겼다.

"저것들 언제 왔어?"

"금방, 지금 들어온 건지 다른 데 있다가 온 건지는 모르는데 갑자기 나타났어."

그는 잠시 고민했다. 최우선 목표는 박지철이지만 저것들이 의도적으로 싸움을 벌인 거라면 킬러에게 직접 지시를 받았을 가능성이 높았다. 사건의 배후야 대충 짐작이 가는 형편이지만 킬러가 누군지 알면 배후를 특정할 수 있었다.

"아쉽지만 박지철을 체포할 때까지는 그냥 둬야 돼, 오늘은 쟤들 숙소만 확인하는 선에서 끝내자."

"알았어요."

"뒷줄로 가서 다른 기계에서 하는 척 해, 모자 깊이 눌러쓰고."

"응."

하연수를 보내놓고 다음 줄로 건너가 놈들이 가진 코인의 숫자를 살폈다. 손에 쥔 칩도 그렇고 코인도 그리 많지 않았다. 잘해야 2000페소 정도여서 오래 버티기는 어려워 보였다.

이러면 입구 근처에서 기다려도 충분하다는 생각에 곧바로 하연수에게 돌아갔다.

"일단 뜨자."

"내일 또 올 거야?"

"그래야지, 칩 바꾸고 뭐 좀 먹으면서 기다리자."

"어… 밤에 먹음 살찌는데… 그래도 먹자, 배고파요."

입구 바로 옆에서 스낵과 음료를 시켜놓고 놈들의 움직임을 지켜보았다. 놈들은 몇 번이나 자리를 옮기면서 게임을 했다. 게임이 잘 안 풀린다는 뜻, 아니나 다를까 30분을 버티지 못하고 손을 털고 일어섰다.

"나가자."

놈들은 10분쯤 더 지나서 정문에 모습을 드러냈다. 보편적인 돈 잃은 자들의 패턴대로 얼쩡거리면서 구경한 모양이었다. 그런데 놈들은 주차장으로 오지 않고 곧장 대로를 향해 걷기 시작했다.

'가깝군.'

멀찍이 거리를 두고 따라붙었다. 놈들은 대로로 나가서도 20분 가까이 더 걸어서 이면도로 뒤쪽의 낡은 2층짜리 건물로 들어갔다. 잠시 더 지켜보다가 2층 끝 방에 불이 켜지는 걸 확인하고 돌아섰다.

"집에 가자, 피곤하겠다."

"아직 버틸 만해요."

"나도 피곤해, 인마."

"히… 사실 힘들어."

실없는 농담을 주고받으며 온 길을 되짚어 걸었다. 새벽 시간임에도 불구하고 더위는 가시지 않았지만 바람이 제법 불어서 다소나마 열기를 식혀주고 있었다.

기분 좋게 카지노 근처에 도착해서 대로를 벗어날 무렵, 골목에서 시커먼 그림자 넷이 튀어나와 길을 막았다.

"돈."

한 놈이 다짜고짜 한국말로 소리를 질렀다. 잘해야 열여덟이나 될 것 같은 앳된 얼굴, 나머지는 더 어리고 더 마른 것 같았다. 놈이 손에 든 구닥다리 리볼버 권총을 마구 휘두르며 다시 '돈'이라고 소리를 질렀다. 차명석은 얼른 양손을 들어올리고 영어로 되물었다.

"뭐?"

그의 반문에 놈은 권총을 그의 코앞에다 들이댔다. 이번엔 엉성한 영어였다.

"돈! 돈 내놓으라고!"

"총 들고 코앞까지 오는 건 바보나 하는 짓이야."

한국말로 중얼거렸다. 놈은 의문부호가 잔뜩 달린 표정으로 총구로 그의 이마를 꾹 찔렀다.

"돈!"

"돈? 오케이, 돈 줄게."

그는 고개를 끄덕이고는 머니클립에 끼운 페소화 돈뭉치를 꺼냈다.

눈빛이 확 달라진 놈은 돈뭉치를 잡아채려고 급히 손을 뻗었다. 놈의 손이 돈뭉치에 닿는 순간, 총을 쥔 오른손을 가볍게 걷어내 틀어잡았다.

"애들이 가지고 놀면 안 되는 물건이야."

손목 전체를 뒤로 꺾으면서 동시에 놈의 인중에다 팔꿈치를 박았다.

"컥!"

놈은 딱 한방에 정신을 잃었다. 뒤로 넘어가는 놈의 손을 잡은 상태로 뒤에 서 있는 놈의 발목을 안에서 밖으로 쿡 찍었다. 그리고 쓰러지는 놈의 턱을 가볍게 무릎으로 쳐올렸다.

"켁!"

놈이 벌렁 나자빠지자 나머지 둘은 기겁하면서 물러났다. 손에는 정글도 만큼이나 큰 칼을 들고 있지만 싸울 생각은 없어 보였다.

"집에 가라."

중얼거리면서 쓰러진 놈의 손에서 리볼버를 빼앗아 실린더를 빼고 총탄을 길바닥에 쏟아버렸다. 이어 총 들고 설치던 놈의 뺨을 툭툭 갈겼다.

"크으…."

정신이 돌아온 듯 신음을 토해내는 주머니에다 1,000페소짜리 지폐 두 장을 찔러줬다.

"약 사먹어, 다신 이런 짓 하지 말고."

녀석은 겁먹은 표정으로 1미터쯤 기어서 물러나더니 번개같이 일어나 골목으로 뛰어 들어갔다. 나머지도 뒤따라 골목으로 달아나자 리볼버를 길가 도랑에 던지고 바닥에 떨어진 머니클립을 집었다.

눈이 마주치자 하연수가 조금은 떨리는 목소리로 힐난의 목소리를
냈다.

"무슨 사람이 그렇게 겁이 없어요? 애들이 총 휘두르는데 그게 뭐
야?"

"안전장치 잠긴 총은 당겨도 안 나가."

"에? 어두운 데 봤어?"

"가자, 또 나타나면 골 아파."

일단 카지노를 향해 걸음을 재촉했다. 나름 소득은 얻었지만 꽤나 길
고 피곤한 하루, 아마 하연수는 자신보다 몇 배는 더 힘들 것이었다.

느지막한 시간에 사랑하는 남자와 같은 침대에서 눈을 뜨는 건 새롭
고 즐거운 경험이었다. 비록 기대했던 불타는 밤은 아니었지만 나란히
팔베개를 한 채, 잠이 들었고 눈을 뜬 것도 아늑한 그의 품속이었다. 차
명석이 그녀의 이마에 키스하며 말했다.

"깼어?"

"웅… 네."

크게 기지개를 켜고 차명석의 목을 끌어안았다.

"잘 잤어요?"

물으면서 쪽 소리가 나는 키스를 두 번 했다. 차명석의 입가에 미소가 맺혔다.

"정신없이 자던데?"

"차 안에서 자지 않은 게 어디야, 하루 종일 엄청 긴장하고 다녔잖아요."

"수고했어. 벌써 열한 시 넘었다, 밥 먹자."

"나란히 거울 보면서 이 닦아요, 이거 내 로망이야. 아차하면 우웩, 할 수 있다는 게 함정이지만."

"그런 거야 얼마든지, 그런데… 버킷리스트가 얼마나 긴 거야?"

"한 백 개쯤 돼요, 헤헤. 전부 다 명석 씨 끌고 다닐 거야."

"갈 길이 머네, 후후."

욕실 거울 앞에 나란히 서서 이를 닦는 사이, 전화가 왔다. 다비오였다.

"먼저 씻어, 전화 좀."

"응."

입만 대충 헹구고 서둘러 전화를 받았다.

—오늘밤 8시, 큰판이 벌어지는데 나타날 가능성이 높다.

"큰판?"

—매주 그 동네 꾼들 모이는 포커 판이 벌어지는데 거기 낀다는 정보야.

"포커라… 종목은?"

—텍사스홀덤.

"나도 낄 수 있나?"

─돈만 보여주면 누구나 들어갈 수 있어, 참가비는 200만 페소. 로비에서 이야기하면 별도의 룸으로 안내할 거고.

200만 페소면 대충 한화 5,000만 원 수준이었다. 큰돈은 아니지만 필리핀에서 현금을 만들기는 어려운 액수였다.

"다른 룰은? 한번 들어가면 나오지 못한다던가 뭐 그런 거."

─없어, 중간에 나왔다가 다시 들어가도 되고 돈을 추가로 가져와도 돼.

"빌려줄 수 있나?"

─널 어떻게 믿지?

"진짜 큰 판도 아니잖아, 정 걱정되면 주차장에서 기다리던가, 게임이 끝나는 즉시 그 자리에서 이자 붙여서 반납하지."

─안 잃을 자신이 있나?

"잃으면 다른 걸로 갚아야겠지."

─나는 없고 아는 업자한테 빌려서 줄 수는 있어, 이자는 보통 하루에 2퍼센트.

"10퍼센트로 하지, 남는 건 당신 몫."

─자신만만하군.

"자신 있는 게 아니라 잃어도 그만이라는 거야,"

─그런가? 어디로 갈까?

"일곱 시 반, 카지노 주차장."

─거기서 보지.

전화를 끊고 시간을 체크하려는데 문득 의자 등받이에 널린 자신의 수영복에 눈길이 갔다. 욕실에 대충 던져놓은 걸 하연수가 빨아서 널어 놓은 모양이었다. 그 피곤한 와중에도 그가 해야 할 일을 대신한 것, 기분이 묘했다.

정오를 넘기고나서야 리조트를 나선 두 사람은 오후 시간 내내 전형적인 신혼부부 코스프레를 하면서 관광지를 돌아다녔다. 호숫가에서는 물에도 잠시 발을 담그고 쇼핑몰에 가서 밤에 쓸 옷가지 사면서 나름 즐거운 시간을 보냈다. 마지막으로 이른 저녁까지 해결하고 리조트로 돌아왔다.

"어때요? 섹시해?"

옷을 갈아입은 하연수가 그의 앞에서 한 바퀴 돌았다. 가슴이 깊게 파인 연보라색 원피스인데 치맛단까지 짧아서 남자들의 눈을 엄청나게 끌 것 같았다.

"너무 심한데?"

"유사시엔 그 사람이 먼저 나한테 말 걸게 만들어야 한다며?"

"옷핀 같은 거 없니? 앞에 좀….""

노출이 심한데다 화장까지 짙어서 원래 하연수가 가지고 있던 밝고 건강한 이미지는 어디에도 없었다. 멀리서는 차명석도 알아보기 어려울 정도였다. 하지만 하연수는 뭐가 문제냐는 표정이었다. 느낌상 이런 상황을 즐기는 것 같았다.

"뭐가? 비키니는 괜찮고 이건 안 돼?"

"그건 수영복이잖아."

"오바하는 거 같은데? 명석 씨 은근히 구식이다?"

"구식?"

"이거 일 때문에 입은 거잖아, 뭐가 문젠데?"

"휴… 일단 가자, 가면서 이야기하자."

시간이 없어서 어쩔 수 없다고 애써 자신을 설득하면서 일어섰다. 그냥 몇 시간 동안 하연수의 색다른 모습을 즐기는 쪽으로 생각을 정리해 버렸다.

카지노 주차장에 도착한 시간은 7시 25분, 차를 세우고 얼마 지나지 않아 승용차 한 대가 들어와 바로 옆에 멈춰서더니 바로 조수석 창문이 내려갔다. 다비오였다. 운전석에 앉은 놈은 팔 전체에 문신을 했고 인상까지 사나웠다. 얼핏 보기엔 경호원으로 데리고 다니는 어깨 같았다.

그가 창문을 내리자 다비오는 두말없이 손가방 하나를 차창 밖으로 내밀었다.

"행운을 빌어주지."

"여기서 기다릴 생각인가?"

"여기? 그럴 리가 있나, 난 올라가서 놀아야지. 끝나면 전화해."

"그러지."

안내 카운터 뒤쪽 방은 제법 넓었다. 여덟 명이 앉을 수 있는 테이블이 네 개가 사각형으로 배치되어 있고 오른쪽 벽은 내부가 훤히 보이는 강화유리 금고가 빌트인 되어 있었다. 금고에는 이미 꽤 많은 현금이 차곡차곡 쌓인 걸로 보아 게임에 참여한 사람들의 돈을 바로 금고에 넣는 모양이었다.

"게임은 10분 후에 시작합니다."

입구의 무장 경호원에게 가방을 건네고 잠시 기다리자 칩 박스가 돌아왔다. 받아들고 천천히 홀부터 돌았다. 금고 반대편은 술과 음식을 파는 바인데 게임에 참여한 사람들은 무료고 동행한 사람들은 돈을 내야 하는 것 같았다.

한국인으로 보이는 사람은 많지 않았다. 게임을 하러 온 사람은 대략 25명 선인데 백인이 일곱 명이고 한국인은 잘해야 넷이나 다섯 명 정도 같았다. 홀을 완전히 돌아 다시 제자리로 돌아올 무렵 하연수가 턱으로 네 번째 테이블을 가리켰다.

"저기."

화려한 하와이 셔츠에 밀짚모자를 쓴 박지철이 샴페인 잔을 입에 대고 있었다. 바로 옆에 비키니 수영복에 핫팬츠를 입은 필리핀 여자가 바짝 달라붙은 모습, 사기로 챙긴 돈을 이런 곳에서 흥청망청 써대는 모양이었다.

중앙의 금고 앞에서 섹시한 파티드레스를 입은 여자가 유창한 영어로 말했다.

―딜러 정위치, 3분 후에 게임 시작합니다.

"갈까?"

지나가는 여자 종업원의 쟁반에서 샴페인 두 잔을 집어 하나는 하연수에게 건네고 박지철이 앉은 테이블로 건너가 마주보고 자리를 잡았다. 하연수가 그의 양어깨에 손을 올리며 물었다.

"나 여기 있어도 돼?"

"의자 하나 가져다 놓고 앉아, 길어질지도 모르니까 힘들면 바에서 뭐 사먹어."

"오케이, 지금은 그냥 서서 구경할래."

사람들이 속속 원하는 자리에 앉기 시작하자 여자가 게임 시작을 선언했다. 그가 앉은 테이블은 한 자리가 비었다. 전부 일곱 명, 둘은 백인이고 나머지 셋은 필리핀인 같았다. 필리핀인 중 하나는 30대 후반의 여자였다. 딜러가 카드를 섞으며 말했다.

"스몰 블라인드 2천 페소로 시작합니다, 빅 블라인드 4천, 플롭 카드런 이후는 프리베팅입니다. 카드 돌아갑니다."

딜러는 재빨리 두 장씩을 돌리고 바닥에 카트 석 장을 한꺼번에 깔았다. 스페이드 7, 스페이드 10과 다이아몬드 J였다. 딜러 옆에 앉아 있는 푸른 눈의 백인이 칩 두 개를 던지고 잇달아 옆의 여자가 네 개를 던졌다. 나머지는 전부 콜이었다.

카드를 바닥에 놓은 채 한쪽 구석만 들어올려 패를 확인했다. 하트 8과 클로버 8, 원 페어였다. 9가 더 깔리면 스트레이트가 가능했다. 물론 다른 사람들도 얼마든지 가능한 상황이었다.

"베팅하십시오."

백인이 다짜고짜 5만 페소짜리 칩을 던졌다. 두 사람이 잇달아 카드를 덮고 다른 한 사람은 콜, 차명석도 콜만 했다. 두 사람이 더 카드를 딜러에게 던지고 박지철도 콜만 했다. 남은 사람은 그를 포함해서 셋이 전부였다. 딜러가 카드 한 장을 더 내려놓았다.

"하트 텐입니다."

차명석의 패는 투페어, 다른 두 사람은 퀸까지 스트레이트로 보아야 했다. 백인이 테이블을 툭 두드렸다.

"체크."

딱 한마디인데도 러시아인임을 감지할 정도로 발음은 딱딱했다. 차명석도 테이블을 두드리며 영어로 물었다.

"러시아 사람인가?"

"티가 나나?"

"약간."

"발음교정을 하던지 해야겠군, 넌 어디서 왔나? 한국인?"

"비슷해, 로스엔젤레스."

영양가 없는 정보들을 주고받는 사이, 베팅이 돌아갔고 마지막으로 박지철이 호기로운 목소리를 냈다.

"20만."

퀸 이상의 하이 스트레이트라고 보아야 했다. 러시아인은 턱을 한 번

"솔직히 말해서 오늘은 운이 말도 안 되게 좋았던 거야, 원래는 다 잃어주고 술 사라고 할 생각이었는데 이렇게 됐네."

"진짜?"

"도박해서 딴 돈은 다 그렇게 나가, 넌 엄두도 내지 마."

"난 간이 작아서 하래도 못해요. 돈도 없고, 후후."

"나가자, 준비 좀 해야겠다."

홀을 나서면서 다비오에게 전화를 걸었다. 다비오는 아직도 2층에 있는지 슬롯머신의 소음이 들렸다.

"어디야?"

―뭐야? 벌써 다 잃은 건가?

"잃진 않았어, 정산하지."

―오케이, 내려간다.

다비오는 두 사람이 로비로 나올 무렵 계단에 모습을 드러냈다. 차명석은 무표정한 얼굴로 받았던 손가방을 그대로 내밀었다. 다비오가 히죽 웃으며 말했다.

"그대로야?"

"이자에 당신 술값까지 넉넉하게 보탰어. 230만."

"오호, 괜찮은데? 원래 꾼인가?"

"운이 좋았다. 대신 두 가지만 더 해, 비용은 물론 별도."

"나야 좋지, 뭘 해주면 돼?"

"조용히 이야기할 공간이 필요하다, 비용은 따로."

"외딴 창고나 집 같은 거겠지?"

"말 잘 통해서 좋군."

"조금만 외곽으로 나가면 흔해 터졌어, 언제 필요한데?"

"오늘, 내일까지 쓰면 될 것 같은데?"

"돈돈한테 이야기해놓겠다, 나중에 수고비나 몇 푼 집어줘."

"같이 다니는 친구가 돈돈인가?"

"맞아."

"달라는 대로 주지, 주소는 문자로 날려."

"다른 건?"

"아직 유동적이야, 시간 비우고 칼람바에서 이틀 정도만 대기해라. 연락하지."

"오케이, 그렇게 해."

"돈 잘 썼어."

"이런 남는 장사라면 언제든지."

악수는 없이 헤어졌다. 다비오가 로비를 나간 뒤, 커피를 마시면서 잠시 시간을 보내며 휴식을 취했다. 박지철은 20분 넘게 시간이 흐른 뒤에야 가방을 신나게 휘두르며 로비로 나왔다.

"어이, 제이슨. 내차 빼라고 했는데 자네도 차 가져왔나?"

"가져왔습니다."

"내차로 가, 밴이라 다 탈 수 있어. 나중에 데려다 주지."

"그러죠."

흔쾌히 승낙했다. 굳이 차량을 노출할 필요 없다는 생각, 경호원을 데리고 다닌다면 상대의 숫자도 확인할 필요가 있었다.

앞장서는 박지철을 따라 카지노를 나섰다. 밴은 출입구 앞에서 기다리고 있었다. 운전석에 한 명, 뒷자리에 또 한 명이 있었다. 둘 다 필리핀인 같은데 덩치는 비교적 컸다.

"너 뒤로 가."

박지철은 뒷자리의 필리핀인을 맨 뒤로 보내고 자신은 조수석으로 올라탔다.

"타."

두 사람이 타자마자 박지철은 신이 나서 출발을 명령했다.

"세인트 마리 클럽, 가자."

아주 잠깐 시내도로를 달린 밴은 좌우로 농지가 펼쳐진 개활지로 나와 굴곡이 많은 구간으로 들어섰다. 그런데 코너에 가까워지면서 속도가 줄어든다 싶은 순간, 밴의 천장이 갑자기 훤해졌다. 그것도 무서운 속도로 가까워졌다. 뭔가 섬뜩한 느낌에 무조건 하연수를 끌어안고 시트 밑으로 들어갔다.

쩍!

몸이 공중에 붕 뜨는 느낌, 밴은 횡으로 밀려났다. 운전하던 필리핀인이 뭐라고 악을 썼는데 무슨 소리인지는 알 수 없었다. 거의 공중에 뜬 상태로 밀려나간 밴은 무언가에 강하게 부딪치며 기우뚱 넘어가기 시작했다.

'제기랄!'

도로 밖으로 떨어지는 느낌, 강력한 충격이 허리를 때렸다.

콰직!

잡목이 무성한 곳이라 충격은 심하지 않았지만 밴은 사정없이 굴렀다. 터져나간 강화유리 조각들까지 사방으로 비산하는 형편에 정신을 다잡기도 쉽지 않았다. 삽시간에 두 번쯤 구른 밴은 모로 누운 상태로 정지했다.

'크윽.'

안전벨트에 대롱대롱 매달린 꼴이라 얼른 어시스트 핸들을 잡고 벨트부터 풀었다. 웅크리면서 내려와 무릎으로 바닥을 짚으려 했지만 창밖으로 푹 빠졌다. 유리가 모조리 깨진 모양이었다. 어렵게 발을 내려놓고 거꾸로 매달린 하연수의 상태를 살폈다.

"괜찮아?"

"어… 괜찮은 거 같아요."

"이게 더 섹시한 거 같은데?"

"지금 농담이 나와요?"

"힘들 때 진지해봐야 더 힘들어, 후후. 내 목 잡아, 안전벨트 푼다. 유리 다 깨졌으니까 발 조심하고."

"어… 응."

목에 매달린 하연수를 내려놓고 뒤를 확인했다. 테일게이트는 완전히 뭉개져서 반쯤 열린 상태고 뒷자리의 필리핀인은 안전벨트를 매지 않앉는지 바닥에 처박혀 있었다. 시트를 젖혀버리고 테일게이트를 차냈다. 다행히 문은 쉽게 열렸다.

"나가자."

밖에 나오자마자 길 위를 확인했다. 밴을 들이받은 차는 낡은 트럭 같았다. 한참을 더 달려가 멈췄는데 그쪽도 상태는 좋지 않아 보였다.

하연수를 앉혀놓고 바닥에 처박힌 필리핀인을 끌어낸 다음, 앞자리로 돌아갔다. 운전자와 박지철은 둘이 뒤엉켜 허우적거리고 있었다. 박살난 윈드쉴드에 구멍을 내고 몇 번 더 걷어차 뜯어냈다.

"괜찮습니까?"

"제기랄, 몰라, 움직일 수는 있어."

머리에서 피를 흘리고 있지만 다른 곳은 그럭저럭 멀쩡해 보였다. 운전자부터 끌어내고 박지철도 끌어내 차에서 멀리 떨어트려놓았다. 그런데 도로 위로 승용차 한 대가 빠르게 다가와 비명을 지르며 멈춰섰다.

끼이익!

'응?'

차에서 내리는 놈들의 손에 비죽하게 총기의 실루엣이 보였다. 도움을 주기 위해 내린 건 분명 아니었다. 재빨리 경호원에게 물었다.

"무장했나?"

경호원은 얼른 뒤춤에서 권총을 꺼내들었다.

"저 사람은?"

고개를 끄덕였다. 서둘러 뒷자리의 경호원의 옷을 뒤져 낡은 리볼버 권총을 찾아냈다. 총탄은 여섯 발, 근거리에서 쏘지 않으면 제대로 맞추기도 어려운 난해한 물건이었다. 손목 스냅으로 실린더를 다시 집어넣고 놈들의 숫자를 확인했다. 전부 다섯, 놈들의 무장이 자동화기만 아니라면 해볼 만한 싸움이었다.

"저쪽으로, 내가 쏘면 같이 쏴."

"알았어."

두 사람을 잡목 숲 한쪽의 구덩이로 내려보내고 자신은 하연수를 데리고 밴 주변의 웃자란 잡초 속에 몸을 숨겼다. 일단 한숨은 돌린 셈, 이제 저놈들이 누구며 목적이 뭔지를 알아야 했다.

누군가의 명령에 따라 속속 잡목 숲으로 뛰어내린 놈들은 제법 짜임새 있게 사면을 내려오기 시작했다. 그림만 보면 군대가 아닐까 싶을 만큼 유기적인 모습이었다. 훈련된 특수전 팀 수준은 절대 아니지만 웬만한 보병쯤은 될 것 같았다.

'반군일까?'

반군이 관광객이나 기업인을 납치해서 몸값으로 군대를 운용한다는 건 익히 알려진 사실이었다. 최근 루손 남부의 반군이 기세를 올리고 있다는 뉴스는 봤지만 마닐라 인근의 관광지까지 북상한 건 분명 의외였다.

어쨌거나 최악의 타이밍에 반군과 조우한 셈, 더구나 넷 중 두 놈은 CAR 계열 자동소총인 것 같았다.

'젠장!'

승산이 바닥까지 떨어진 셈, 이러면 지근거리 기습밖에 답이 없었다.

신속하게 사면을 내려온 놈들은 밴에서 10미터쯤 떨어진 자리에 멈춰서 밴을 조준했다. 모로 넘어간 밴의 바닥에다 열심히 랜턴을 휘젓는 형편, 조금만 내려오면 정면에서도 한 호흡에 둘 정도는 쓰러트릴 수 있을 것 같았다. 하지만 놈들은 더 이상 내려오지 않았다.

"헤이! 한국인!"

도로 위에 남은 누군가가 고함을 질렀는데 익숙한 목소리였다. 조금 전까지 포커 판에서 마주앉아 있던 러시아인이었다.

"저항해봐야 다쳐! 그냥 나와!"

박지철은 대답하지 않았다. 분명 몸값을 노린 납치극일 터, 상황이 요상하게 꼬이고 있었다. 러시아인이 다시 소리쳤다.

"겁 더럽게 많네! 숨어 있어봐야 소용없다니까!"

박지철이 갑자기 고래고래 소리를 질렀다.

"야! 이 비겁한 새끼야! 돈 잃었다고 사람을 죽이려고 해! 미친 거 아냐?"

"살아 있었나?"

"경찰에 전화했어! 금방 올 거야!"

"이 동네 잘 모르나본데 이 시간엔 그 굼벵이들 안 나타나, 아마 두어 시간쯤 지나야 슬그머니 쌍판 들이밀걸?"

박지철은 대답하지 않았고 대신 경호원의 총탄이 날아갔다.

타탕!

'저런 멍청한!'

총구화염이 확연히 보였다. 당연히, 그리고 즉시 놈들의 총구가 불을 뿜었다.

카카캉!

자동소총의 총탄이 집중되면서 잡목들이 마구잡이로 터져나갔고 경호원은 더 이상 총을 쏘지 못했다. 저항이 사라지자 러시아인이 사격중지를 외치고 다시 말했다.

"그만하지? 당신 돈 많잖아, 돈도 많은 사람이 이런 데서 죽으면 억울하지 않나? 사실 나도 죽이고 싶지는 않아, 죽으면 돈이 되질 않아서 말이야."

"몸값을 원하는 모양인데 꿈도 꾸지 마!"

"싫어도 내야 할 거야, 아니면 여기서 죽을 테니까."

"웃기지 마, 새끼야!"

"처리해, 죽이지만 않으면 돼."

놈의 나직한 중얼거림과 함께 다시 총성이 터졌다. 그리고 네 놈이 교대로 밴 가까이 내려왔다. 그럭저럭 짜임새가 느껴지는 기동이었다.

'지랄이네.'

하연수의 머리를 찍어누르면서 끈질기게 기회를 기다렸다. 완벽하게 배후를 잡지 않으면 총알받이가 될 가능성이 높았다.

놈들은 순식간에 사면을 내려와 밴에 달라붙더니 밴에 의지해서 박지철이 있는 잡목 숲에다 조준사격을 했다. 그와의 거리는 몇 미터도 되지 않았다. 가장 가까운 놈은 대여섯 발만 뛰면 손이 닿을 수 있는 가까운 거리였다.

최우선으로 자동소총을 든 두 놈에 시선을 고정했다. 둘 중 하나가 탄창을 교체하는 순간을 노릴 생각이었다.

카카캉!

줄기차게 소총을 연사하던 두 놈 중 하나가 탄창을 떨어트리고 뒷주머니로 손을 가져갔다. 기다렸던 순간이었다.

'지금.'

번개같이 뛰쳐나가면서 아직 총을 쏘는 놈의 등에다 총탄을 박았다. 잇달아 탄창을 바꾸는 놈의 뒷머리에 한 발, 밴 뒤쪽에서 돌아서는 놈의 권총을 툭 쳐올리고 옆구리에 한 발을 쏘면서 밀어붙였다.

"컥!"

마지막 남은 놈의 총구가 돌아왔지만 앞을 가로막은 놈 때문에 쏘지는 못했다. 놈의 허벅지에다 한 발을 쏘고 가슴에 다시 한 발을 박았다. 놈은 그대로 주저앉았다. 어깨 위로 늘어진 놈을 밀어내고 가슴팍에다 한 발을 더 쏴버렸다.

상황종료, 빈총은 던져버리고 바닥에 떨어진 다른 권총을 집으면서 신속하게 사면을 올라갔다. 위에서 입만 나불거리는 얼굴 허연 놈을 잡아야 이 난리가 끝날 것 같았다.

그러나 놈은 그가 도로에 올라서기 직전에 타고 온 차를 몰고 죽어라 밟아댔다. 달리는 차의 뒤통수에다 남은 총탄을 모조리 갈겼으나 효과는 없었다. 놈은 깨진 테일램프 조각만 남겨놓고 사라져버렸다.

"젠장."

다시 밴으로 돌아와 죽은 놈들의 손에서 총기들을 회수하고 하나하나 상태를 확인했다. 셋은 이미 절명했고 하나는 살아 있는데 겨우 숨이 붙어 있는 정도였다. 밴 뒷자리에 있던 경호원은 아직도 정신을 차리지 못하고 있었다. 경호원을 끌어다 밴에서 멀리 떨어트려놓고 하연수를 불렀다.

"연수야, 나와. 박형! 나와요! 어서!"

밴 옆으로 나온 하연수는 손에 들린 무언가를 집어던지고는 아쉬운 표정을 지었다.

"나 구두 하나 사줘야 돼, 아까워 죽겠네."

"응?"

하연수는 몹시 안타까운 표정을 지으며 자신의 구두에 랜턴을 비췄다. 하이힐인데 굽이 사라진 모습, 무릎에 난 상처보다 신발이 더 아까운 모양이었다.

"뛰어야 할 것 같아서 부러트렸거든, 헤헤."

어이가 없어서 픽 웃고 밴에서 떨어지라고 손짓을 했다.

"알았다, 알았어. 물러서."

밴의 연료탱크 가장 아래에다 두 발을 연속해서 쏴버렸다.

카캉!

연료탱크에 구멍이 나면서 휘발유가 주르륵 새나오기 시작했다. 휘발유가 충분히 흘러나올 때까지 기다리면서 쓰러진 놈들의 몸을 뒤져 자동소총과 탄창 두 개를 챙겼다. 혹시 모른다는 생각이었다. 마지막으로 죽은 놈의 옷을 조금 찢어서 불을 붙이고 흘러내린 휘발유에 던져버렸다. 불이 붙는 걸 확인하고 물러나면서 박지철에게 다시 소리를 질렀다.

"박형! 빨리!"

박지철은 한참이 지나서야 경호원을 부축하고 잡목 숲에서 나왔다. 부상을 당했는지 경호원은 어깨에서 피를 흘리고 있었다.

"총 맞았습니까?"

"난 괜찮고 이 친구는 스쳤어, 크게 다친 거 아냐. 그런데 이거 어떻게 된 거야? 자네가 이렇게 한 건가?"

"설명할 시간 없습니다, 저분에게 맡기고 뜨죠. 우린 여기 있어봐야 좋을 거 하나도 없습니다. 카지노에 있는 내 차 쓰죠."

"그러는 게 낫겠지."

박지철은 두말없이 경호원에게 뒷수습을 지시했고 경호원은 기꺼이 맡겠다고 했다. 귀찮아하는 게 아니라 좋아하는 것 같았다. 새 대통령이 성명을 냈는데 마약관련 범죄자나 반군을 사살하면 거액의 상금을 준다는 이야기까지 토를 다는 것으로 보아 혜택이 꽤 되는 모양이었다.

"큰 키의 러시아인이 납치를 지휘했다는 이야기도 경찰에 해."

"네."

"우린 갑시다."

경호원을 남겨두고 서둘러 도로로 올라섰다. 카지노까지는 빠른 걸음으로 10분이 좀 넘게 걸리는 거리였다. 그런데 도착할 때까지도 경찰은 어디에도 보이지 않았다. 경찰이 나타나지 않을 거라는 러시아인의 이야기가 아주 틀리진 않았다는 생각을 하면서 랭글러 뒷문을 열고 박지철에게 손짓을 했다.

"숙소 어딥니까, 모셔다드리죠."

"가까워, 우회전해서 15분만 가면 돼."

의심 없이 뒷자리로 엉덩이를 밀어넣는 놈의 머리채를 틀어잡고 차체에다 강력하게 처박아버렸다.

빠각!

놈은 비명도 지르지 못하고 기절해버렸다. 늘어지는 놈을 밀어넣고 케이블타이로 팔과 다리를 간단하게 결박했다.

"타, 가자."

일단 시내를 빠져나와 다비오가 구해놓은 버려진 창고로 직행했다. 워낙 외진 곳인데다 잡초까지 무성해서 진입로 찾는 것도 힘들었지만 돈돈이 자기 차 헤드램프를 켜놓아서 크게 어려움을 겪지는 않았다.

차를 세우자 돈돈은 거두절미하고 창고 건물을 가리켰다.

"내일 아침까지는 아무도 가까이 오지 않을 거요, 2만 페소만 주쇼."

돈을 받은 돈돈이 떠난 뒤, 창고 주변을 대충 훑어보았다. 양철판으로 대충 만든 농지 창고인데 버려진지 꽤 된 것 같았다. 박지철을 끌어다 대충 던져놓고 자백제를 코끝에다 조금 많이 뿌렸다. 그리고 잠깐 기다렸다가 1리터짜리 생수를 놈의 머리 위에다 전부 부어버렸다.

"으… 콜록."

박지철은 바튼 기침을 토하면서 몸을 틀었다. 놈을 일으켜 벽에 기대 놓고 허름한 의자를 끌어다 앉으며 박지철의 얼굴에 랜턴을 비쳤다.

"박형, 정신이 듭니까?"

"어… 누구요? 그 랜턴 좀 치워. 눈을 뜰 수가 없네."

박지철은 악마의 숨결을 흡입한 사람들의 전형을 보여주고 있었다. 누가 누군지 구분도 못하고 통증도 느끼지 못하는 것 같았다. 녹음을 시작하면서 바로 질문을 던졌다.

"한국에서 사기 쳐서 챙긴 돈 어디다 숨겼어?"

효과는 역시 확실했다. 박지철은 묻는 대로 선선히 버진아일랜드와 중국의 비밀계좌를 털어놓았다. 무려 755억 원을 네 개의 계좌에 나눠 놓았는데 놈은 패스워드와 계좌번호를 모두 외우고 있었다. 필리핀에 가져온 돈은 대략 10억 원 선, 나머지 돈의 행방을 물었더니 뇌물로 줬다는 말만 되풀이했다.

"뇌물을 받은 사람이 누구냐?"

문제는 이 대목부터 발생했다. 뇌물로 준 액수가 엄청난데다 받은 사람이 경찰과 검찰 고위직에 줄줄이 깔려 있었다. 그중에는 현직 국회의원과 서울지검장의 이름까지 있었다.

사실이라면 상황은 심각했다. 중간에 로비스트가 끼어 있어서 직접 만나 돈을 건네지 않았고 현금이라 물증이 거의 없지만 사실일 가능성은 높았다. 엉뚱한 사람이 진범으로 몰리고 경찰은 수사에 미온적인 이유가 대충이나마 설명이 됐다.

녹음 파일을 즉시 장용민 변호사와 김석진에게 이메일로 전송하고 전화를 걸었다.

―진전이 있나요?

"신병 확보했습니다. 간단하게 취조했고 이메일로 녹음파일을 보냈습니다."

―잘 됐군요, 이제 김일권 경위에게 넘기세요.

"믿을 수 있는 사람입니까?"

―당연하죠, 무슨 뜻입니까.

"이 인간 여기저기 엄청나게 뇌물을 뿌렸습니다, 대략 300억 원 이상인데 받은 사람 명단에 현직 지검장도 있더군요. 정계, 검찰, 경찰할 것 없이 전방위로 거액을 뿌렸습니다."

―어느 정도 예상은 했는데… 심하군요.

"그래도 넘깁니까?"

―김 경위는 믿을 수 있는 사람입니다. 같이 일한 적이 있는데 강직했어요. 100퍼센트라는 건 아닙니다만 다른 방법이 없습니다. 아시다시피 밀항은 위험합니다, 본인의 적극적인 협조가 없으면 더 어려울 거고.

"그냥 터트리시죠, 경위에게 넘기는 즉시 매스컴에 체포했다고 공개해버리면 대사관이나 여기 파견된 경찰도 어쩔 수 없이 협조하게 될 겁니다."

─생각해보겠습니다.

"보낸 파일을 공개할 경우 제 목소리는 변조해주십시오."

─그러죠.

"그럼 서울에서 뵙겠습니다."

─조심하세요.

전화를 끊자마자 놈의 경동맥을 눌러 다시 기절시켰다. 그리고 마닐라의 김일권 경위에게 전화를 걸었다. 김일권은 잠에 취한 목소리로 전화를 받았다.

─누구요?

"박지철 찾아냈습니다, 지금 신병인수가 가능합니까?"

─박지철? 그 사기꾼?

"경위님이 체포한 걸로 하십시오, 전 필리핀에 없는 사람이니까요."

─어… 고맙기는 한데… 시간이 너무 늦어서 내일 마닐라 경찰청 사람들이 출근한 다음에나 가능할 거 같은데?

"우리도 옷을 좀 갈아입어야 하고… 마닐라 도착하면 새벽 여섯 시쯤 될 거니까 바로 대사관으로 데려가셔도 무리 없을 겁니다."

─그럼 그렇게 합시다, 어디서 만날까요?

"대사관 앞으로 하죠, 도착 30분 전쯤에 다시 전화드리겠습니다."

─알겠소, 이따 봅시다.

대사관 바로 앞에서 김일권에게 박지철을 인계한 두 사람은 마닐라 중심가에 호텔을 잡고 몇 시간 휴식을 취했다. 밤샘 운전에 피곤하기도 했고 깨진 유리에 긁힌 하연수의 상처를 치료하기 위한 시간도 필요했다. 오후에는 되짚어 칼람바로 돌아갈 생각이었다. 그런데 호텔에서도, 약국에 들렀을 때도 하연수가 말을 한마디도 하지 않았다. 살짝 걱정스러워서 약국에서 호텔로 돌아올 때 조심스럽게 말을 걸었다.

"괜찮아?"

"넵, 괜찮아요."

"그런데 표정이 왜 그래? 심각한 얼굴인데?"

하연수는 그를 올려다보더니 하얗게 웃었다.

"나 결정했어요, 진짜 훈련시켜줘요."

"뭐?"

"무리인 거 알아요, 차근차근 올라갈게요."

"그러니까 무슨 소리냐고."

"어제 명석 씨 싸우는 거 정말 초대박이었어, 그런데 난 짐만 되는 거 같아서 너무 창피했어."

"총질하고 사람 죽이는 걸 대박이라고 표현하는 여자는 좀 아닌데? 그놈들 죽었어, 우릴 죽이려고 했지만 그들도 집에 가면 누군가의 자식이고 형제야."

"내가 안 죽어야 하는 상황이었어요, 솔직히 말해서 우리집에 들어온 강도하고 싸워서 죽였다고 실형 받는 나라에 사는 거잖아."

"비약이 좀 심한 거 같은데?"

"내 몸, 내 친구, 내 가족을 지키겠다는 건데? 글고 이거 적성에 맞는 거 같아요."

"하… 이거 진짜 어디로 튈지 모르는 여자일세, 진심이야?"

"진심이에요, 자동차 뒤집히고 총알이 막 날아다니는 데도 하나도 무섭지 않고 짜릿했어. 나 명석 씨 일 같이 할 거야."

"공무원 하기로 했잖아."

"그것도 할 거야, 내 스페셜리티가 언어인 건 맞거든. 그런데 쥐꼬리만한 봉급 받으면서 하기 싫은 일 꾸역꾸역 하면 오래 갈 거 같지가 않아요, 맨날 다람쥐 쳇바퀴 도는 생활에 종일 모니터 앞에서 키보드 두드리는 거 체질에 안 맞거덩요."

"지저분하고 어두운 일이라는 거 알잖아."

"알아요, 알았으니까 체계적으로 훈련이나 시켜줘요. 혹시 알아요? 내가 국정원 들어갈 수도 있잖아."

"하여간 말은…."

"자, 다시 한 번 말해둡니다. 이거 누굴 죽이려고 하는 게 아니라 내가 죽지 않으려고 하는 거랍니다. 토론 끝, 흐흐."

그는 쓰게 웃으며 고개를 가로저었다. 말로 이기기 어려운 건 이미 주지의 사실, 차라리 빡세게 돌려서 포기시키는 편이 빠를 것 같았다. 일

단 항복을 선언하려는데 마침 뒷주머니에서 전화기가 울렸다. 김석진이
었다.

　—형, 문제 생겼어.

"무슨 문제?"

　—조금 전에 마닐라 경찰청 인근에서 총격전이 발생했다고 속보 떴
어, 피해자가 한국인이래. 확인 필요.

"알았다, 확인할게."

　—응.

급히 차를 돌리면서 김일권에게 전화를 걸었다. 하지만 김일권은 전
화를 받지 않았다. 경찰청 부근에 도착해서 다시 걸었으나 또 메시지로
넘어갔다. 하연수가 물었다.

"뭐 잘못 됐어요? 그 사람 죽었대?"

"눈치 빠르시네, 아가씨. 아직 몰라, 지금부터 확인해봐야지. 난 살아
있다 쪽에 베팅, 무려 700억이 넘는 돈을 꿀꺽했는데 그걸 그냥 두고 죽
일까? 아무리 급해도 그건 빼먹고 처리할 가능성이 높아, 일단 가보자."

길 건너편 쇼핑몰 뒷골목에 차를 세우고 대사관 건물 전체를 훑어보
고 길을 건넜다. 그런데 딱히 여기다 싶은 곳이 없었다. 어디에서도 총
격의 흔적이나 핏자국을 찾을 수 없는 상황, 나란히 들어선 영국 대사
관까지 완전히 지나고 나서야 식당 뒷골목에 노란 폴리스라인이 보였
다. 식당들이 쓰레기를 모아놓은 곳 같은데 여기저기 핏자국이 남아 있
었다.

지나가는 척하다가 폴리스라인을 감시하는 정복 경찰관에게 영어로 말을 걸었다.

"총격전 있었다던데 그게 여긴가요?"

"아닙니다, 가세요."

반응은 예상대로였다. 불친절하고 고압적인 반응, 대답해줄 리가 없었다. 목례만 까딱하고 그대로 지나쳤다. 골목을 벗어나며 대사관에 전화를 해볼까 싶어 전화기를 만지작거리는데 다시 전화가 왔다. 이번엔 장용민 변호사였다.

—상황이 좋지 않군요.

"새로 들어온 소식 있습니까?"

—병원에 있답니다, 세인트 루크라고 마닐라에서 가장 큰 병원입니다.

"죽지 않은 겁니까?"

—중상이라고 알려졌는데 확실치 않습니다, 확인했으면 합니다.

"그러죠, 이 전화기는 버릴 겁니다. 제가 연락드리죠."

—알겠습니다.

그 자리에서 전화 배터리와 유심칩을 뽑아버리고 세인트 루크 병원으로 직행했다.

장용민의 말대로 세인트 루크는 제법 현대적인 시설을 가진 대형병원이었다. 드나드는 외국인도 많아서 행동에 걸림돌은 없었다. 응급실을 찬찬히 훑어보고 2층 중환자실로 올라갔다. 그런데 불행인지 다행인지 중환자실 보호자 대기실에 김일권의 얼굴이 보였다.

"여기서 잠깐 기다려."

"응."

하연수를 복도 끝에 남겨두고 김일권의 옆으로 가서 털썩 주저앉았다. 김일권의 눈이 돌아왔다.

"응? 벌써 거기까지 소식이 갔습니까?"

"총격전 피해자가 박지철인가요?"

"그래요, 동행했던 우리 직원과 함께 피격됐는데 다행히 두 사람 다 중상은 아니랍디다. 서울에는 보고도 안 했는데 벌써 이 난리로군."

"누가 한 짓인지는 압니까?"

"경찰은 반군으로 추정하고 있답디다, 아니겠지만."

"박지철을 죽이고 싶은 사람이 있다는 뜻으로 봐야겠죠, 정식으로 위에 보고하고 최대한 빨리 서울로 보내십시오."

"어차피 현직 경찰관이 피격된 시점에서 보고는 된 거나 마찬가지요, 박지철을 죽이고 싶은 사람이 손을 쓴 거라면 실수한 거지. 이젠 이슈가 되어버려서 또 손대기 어려울 거요."

"한국행 비행기를 탄 다음이라면 그렇겠죠, 아직 필리핀입니다."

"상태만 안정되면 무조건 첫 비행기 태울 거요, 수술 잘 끝나서 이삼 일이면 안정된다니까 그때까지는 내가 여기 있을 생각이오."

"알겠습니다, 수고해주십시오."

가벼운 악수만 하고 돌아서 복도를 빠져나왔다. 그런데 하연수가 잔뜩 긴장한 채 귓속말을 했다.

"그 사람 여기 있어."

"그 사람?"

"어제 우리 공격했던 러시아 사람."

"그놈? 어디?"

"금방 지나가는 간호사한테 뭐 물어보고 저쪽 복도로 갔어, 1분도 안 됐어."

하연수는 반대편 병동으로 가는 복도를 가리켰다.

"그놈이 너 봤어?"

"몰라, 화장실로 얼른 숨어서 못 봤을 거야."

"그럼 됐어, 가자."

재빨리 반대편 복도로 뛰었다. 그러나 놈은 어디에도 보이지 않았다.

'어디냐?'

러시아인은 그냥 동네 깡패들 보스가 아니라 고용된 히트맨일 가능성이 높았다. 그리고 누군가 놈에게 암살을 청부했다는 뜻, 박지철이 위험했다. 순간, 멀리서 여러 개의 금속용기가 바닥에 한꺼번에 구르는 소리가 들려왔다. 진원지는 박지철이 있는 병동인 것 같았다.

와장창!

'당했다!'

즉시 하연수에게 수신호를 하고 되짚어 뛰었다. 코너를 돌자마자 복도에 널린 의료기구 더미 속에 주저앉은 김일권의 모습이 보였다. 칼을 맞았는지 아랫배를 움켜쥔 상태인데 의식은 살아 있었다.

"박지철… 병실 가 봐."

"괜찮습니까?"

"여기 병원이야, 안 죽어. 박지철부터 확인…."

서둘러 병실로 들어갔다. 병실은 의외로 깨끗했다. 그러나 박지철의 침상은 피로 흥건했다. 경동맥 부근에서 흘러내린 피였다. 메스 같은 날카로운 칼로 그은 것 같았다. 서둘러 맥을 확인했으나 이미 사망한 뒤였다.

'제기랄!'

돌아나와 김일권의 상태를 다시 확인했다. 배를 찔렸고 머리에서도 피를 흘리는 형편인데 죽을 정도로 심각하지는 않았다. 김일권이 말했다.

"박지철은?"

고개를 가로저으며 반문했다.

"범인 봤습니까?"

"젠장… 개망신이네, 키 큰 백인 하나하고 필리핀인이었어. 둘 다 의사가운을 입어서 의사인 줄 알았는데… 저쪽 비상구로 내려갔어, 찾아요."

복도 끝에서 의사와 간호사 서너 명이 우르르 달려오고 있었다.

"의사 오네요, 괜찮을 겁니다."

"그 새끼 잡아요, 윽⋯."

곧장 계단실을 통해 1층으로 내려와 로비를 살폈다. 키 큰 백인과 필리핀인의 조합은 없는 것 같았다. 아예 병원건물 밖으로 나왔다.

'만일 나라면?'

혼자 한 일이 아닐 가능성이 높았다. 누군가 차를 준비하고 대기할 거라는 생각, 주차장 쪽으로 눈을 돌리자 멀리 주차된 차량들 사이로 큰키의 백인이 보였다. 이어 검은색 벤츠 한 대가 차량들 사이에서 빠져나오고 놈이 여유롭게 올라탔다.

"가자."

랭글러를 밖에 세워둔 게 천행인 셈, 급히 차로 뛰었다.

벤츠는 신속하게 주차장을 빠져나와 병원 출구로 방향을 틀었다. 전력으로 뛰어 병원 건물 옆에 세워놓은 랭글러에 올라탔다. 곧장 출발, 벤츠는 벌써 요금소를 통과해서 밖으로 나가고 있었다.

몇 십 초 정도 시야에서 놓치는 통에 불안했지만 다행히 병원에서 나오자마자 찾아낼 수 있었다. 대로에 나와서 속도를 높였지만 중간에 낀 승용차 몇 대를 추월하지 못해서 거리를 줄일 재간이 없었다. 후드득 빗줄기가 떨어지고 벤츠가 방향을 틀면서 속도를 올렸다.

'젠장, 눈치챈 거냐?'

벤츠는 오토바이와 자전거까지 뒤섞인 복잡한 도로를 곡예하듯 빠르게 질주했다. 굵어진 빗줄기가 폭우로 바뀐 형편, 부담스럽지만 놓칠 생각은 없었다.

20분 남짓한 곡예운전은 놈들의 차가 빈민가로 들어서면서 끝이 보였다. 도로가 엄청나게 복잡해서 멈추기만 하면 손을 쓸 수 있을 것 같았다.

벤츠가 한 번 더 방향을 바꾸자 도로가 비좁은 왕복 2차선으로 좁아지면서 노점상들이 잔뜩 나타났다. 그런데도 벤츠는 속도를 줄이지 않고 한참을 더 달리다가 갑자기 브레이크를 잡으면서 도로를 가로막고 멈춰섰다.

'응?'

급히 제동하면서 빠르게 주변을 훑어보았다. 함정이라는 생각에 즉시 후진기어를 넣었다. 순간, 도로변 노점상에서 두 놈이 자동소총을 들고 뛰어나왔다. 벤츠에서도 한 놈이 내려 자동소총을 트렁크 위에 올렸다.

그아앙!

무조건 가속페달을 밟았다. 그러나 총격을 피할 수는 없었다. 놈들은 주변에 민간인이 엄청나게 많은데도 가차 없이 총격을 시작했다.

"엎드려!"

파바박!

불과 50여 미터를 후진하는 몇 초 동안 수십 개의 총알구멍이 윈드쉴드를 박살냈다. 순간, 살벌한 충격이 등을 때렸다.

쾅!

차가 무언가를 들이받고 멈춰버린 것, 번개 같이 고개를 들었다. 뒤를 가로막은 건 따라서 골목으로 들어온 트럭이었다. 인정사정없이 윈드쉴드를 뚫고 들어온 총탄은 헤드레스트를 줄줄이 터트리고 뒷유리를 박살냈다. 급히 하연수의 머리를 끌어당겼다.

"괜찮아?"

"응!"

"나가자."

차를 버릴 수밖에 없다는 판단, 구르듯 차에서 나와 뒷문을 열고 던져놓은 자동소총과 백팩을 챙겼다. 뒤따라 내려온 하연수의 손에는 시트 밑에 숨겨둔 글록이 들려 있었다. 와중에 챙길 건 다 챙긴 모양새, 기가 막힌다는 생각을 하면서 달려드는 놈들에게 몇 발 쏴서 멈추게 하고 골목을 가리켰다.

"뛰라고 하면 저기 과일가게 골목으로 뛰어, 알았지?"

"응."

자신의 주장대로 정말 눈 하나 깜짝하지 않는 침착한 모습, 이제는 안정시키기 위해 신경 쓸 필요도 없었다. 소총을 든 놈들이 숨은 자리에다 다시 몇 발 응사했다. 놈들도 총격을 재개하면서 랭글러 유리창이 통째로 터져나갔다.

'젠장.'

차 뒤로 피했다가 다시 고개를 내밀고 사격을 시작하면서 소리쳤다.

"뛰어!"

하연수가 먼저 골목으로 뛰고 소총을 난사하면서 따라 뛰었다. 사람 둘도 나란히 걷지 못하는 비좁은 골목을 전력으로 달려 반대쪽으로 뛰쳐나왔다. 반대쪽 블록은 진짜 빈민가였다. 똑바로는 몇 걸음 걷기도 힘들 정도로 장애물 천지인 좁은 길, 도로는 콘크리트가 깨져서 전부 일어났고 좌우는 낡은 비닐로 뒤덮인 목조 판잣집들이 길게 늘어선 최악의 풍경이었다.

그래도 따라오는 놈은 보이지 않았다. 이제 공수를 바꿔야 할 타이밍이었다. 백팩을 고쳐 메고 소총 탄창에 남은 실탄을 확인했다. 대략 열다섯 발 남아 있고 새 탄창 하나, 허리춤에 권총도 그대로 있으니 얼마든지 상대할 수 있었다.

"가자."

"따라가게요?"

"빚은 갚아야지. 이어피스 끼고 바짝 붙어, 절대 떨어지면 안 돼."

"넵."

귀에 꽂은 무전기 작동을 확인한 다음, 빈민가를 따라 달렸다. 온 길은 그가 버리고 온 랭글러가 가로막았고 반대쪽은 엄청나게 복잡한 시장통이니 멀리 가지 못했을 거라는 판단이었다. 한참을 뛰다가 판잣집 사이의 골목을 발견하고 다시 원래의 시장통으로 돌아갔다.

예상은 정확했다. 벤츠는 여전히 시장통 안을 어렵게 이동하는 상황, 소총을 든 놈들이 앞에서 사람들을 내쫓으며 전진하는데도 두 사람보다 한참 뒤였다. 30미터 남짓한 거리는 빠르게 줄어들었다.

좌판 뒤에 자리를 잡고 소총 든 놈들 중 하나를 조준했다. 자동소총을 보고 놀란 좌판 주인이 무어라 소리를 지르며 골목으로 달아났다.

소총 든 놈 중 하나의 시선이 돌아왔다. 방아쇠를 당겼다.

타타탓!

삼점사三點射 두 번으로 가장 앞에서 걷는 두 놈을 쓰러트리고 벤츠 운전석에다는 남은 실탄을 모조리 소모해버렸다. 벤츠는 길가 가판대를 들이받고 멈췄다.

"기다려!"

즉시 탄창을 교체하고 난사하면서 뛰쳐나갔다. 여기서 놓치면 다음은 없었다.

카카캉!

곧바로 벤츠 뒷문이 열리고 총탄이 날아왔다. 자동소총만 둘이었다. 급히 가까운 가판대 뒤로 몸을 날렸다.

퍼버벅!

가판대에 쌓인 열대과일들이 줄줄이 터져나가면서 파편이 머리 위로 쏟아졌다. 눈을 뜨기도 쉽지 않은 형편, 안쪽이 다른 가판대로 막혀 있어서 몸을 빼기도 어려웠다.

'지랄!'

욕설을 토해내는 순간, 쏟아지던 과일파편이 뚝 끊어졌다. 슬쩍 고개를 내밀었다. 조금 전까지 총탄을 쏟아내던 두 놈 중 하나가 열린 문짝 위에 늘어져 있었다.

'응?'

총성이 들리지 않는다는 생각에 뒤를 돌아보았다. 하연수가 보이지 않았다.

'이런 미친!'

과일 가판대 옆으로 머리를 내밀고 마지막 남은 한 놈에게 사격을 집중했다. 놈은 황급히 문짝 뒤로 들어가더니 마구잡이로 소총을 난사하면서 온 길을 되짚어 달아나기 시작했다. 그런데 체구가 작았다. 러시아인은 아직도 벤츠 근처에 있었다.

"연수, 어디야!"

—여…여기.

하연수는 길 건너편 가판대 뒤에서 손을 들었다. 가판대에 기대앉아 있는데 손을 떠는 게 그에게도 느껴졌다. 하지만 위치는 제대로 잡은 것 같았다. 따로 배운 적이 없으니 그냥 본능적으로 찾아간 자리일 텐데 제법 안전하고 사각도 좋았다.

"너야?"

—위험한 거 같아서….

"거기 꼼짝 말고 있어!"

화를 내지 않으려 했지만 목소리가 험악하게 나갔다.

'젠장, 미치겠네.'

욕설을 삼키면서 가판대를 나섰다. 쓰러진 놈들의 상태를 하나하나 확인하고 손에서 총기를 차냈다. 마지막으로 벤츠 옆으로 돌아가 내부를 확인했다. 러시아인은 피투성이 상태로 뒷자리에서 가쁜 호흡을 내쉬고 있었다. 어깨와 가슴에서 피가 울컥울컥 솟구치는 모습, 손에는 아직도 권총을 쥐고 있었다.

"움직이지 마."

권총을 빼앗아 밖에 던져버리고 물었다.

"누가 시켰나? 털어놓으면 앰뷸런스 불러주겠다."

"흐… 불러도 제때 못 와."

"이대로 있으면 죽어, 병원 데려다주겠다. 시킨 사람."

"우린 일 주는 사람한테 질문 같은 거 안 해, 귀찮게 하지 말고 꺼져."

프로 킬러에겐 어쩌면 당연한 일일 터, 더 물어봐야 소용없을 것 같았다. 놈의 주머니를 뒤져 전화기와 소지품만 챙겨들고 물러섰다. 뒷일은 지붕을 거침없이 때리는 폭우와 빈민가가 처리해줄 것이었다.

"가자, 아까 그 길."

―네.

두 사람이 빈민가를 벗어난 건 그로부터 30분 넘게 시간이 흐른 뒤였다. 총격전에 썼던 자동소총과 글록은 길가의 비교적 넓은 개천에 던져버렸고 상의와 모자는 빈민가를 벗어나자마자 새로 사서 갈아입었다. 그동안 하연수는 많이 안정된 것 같았다.

"다친 데 없어?"

"네."

조금은 풀죽은 대답, 오늘 일에 대해 몇 가지 짚고 넘어가야 할 사안이 있지만 일단 참았다. 본인이 말을 할 때까지 기다려줄 생각이었다. 조금 더 걷자 빌딩들이 보이기 시작하고 허름한 통신사 점포 하나가 나타났다. 선불 휴대전화기를 몇 개 사들고 나와 즉시 장용민에게 전화를 걸어 상황을 간략하게 설명했다.

―박지철이 죽은 걸 직접 봤습니까?

"메스 같은 날카로운 칼로 경동맥을 끊었습니다."

―어렵게 됐네요, 박지철의 입에서 나온 계좌에서 돈을 찾아내고 그걸 근거로 변호하는 수밖에 없겠군요.

"차후에 킬러의 전화기에서 단서를 찾아보겠습니다, 지금으로서는 더 할 수 있는 일이 없습니다."

―그럼 즉시 귀국하세요, 박지철이 훔친 돈을 포기하고 다짜고짜 죽일 정도면 저쪽도 엄청나게 급했다는 뜻입니다. 거기 있으면 위험합니다.

"24시간 이내에 뜨겠습니다, 아직 할 일이 하나 남아서요."

―서두르세요.

"그러죠, 끊습니다."

전화를 끊는 즉시 택시를 잡아타고 칼람바로 직행했다. 호텔에 짐을 남겨놓지 않아서 체크아웃도 필요 없었다.

"톤도(마닐라 빈민가)에 주인 없는 차? 크크, 한 시간도 안 돼서 깨끗이 없어져. 신경 안 써도 돼."

다비오는 빈민가에 차를 남겨놓고 왔다는 이야기를 듣자마자 킥킥대고 웃었다. 사람이 여럿 죽었지만 밤에는 필리핀 경찰도 들어가지 않는 동네에 남겨졌으니 자동차든 사람이든 흔적도 없이 사라진다는 이야기였다.

"아마 시체도 알몸만 남겨서 바다에 던졌을걸? 그쪽은 이야기 끝났고 난 왜 기다리라고 했어? 할 일이 뭐야?"

"간단한 작업이다, 사람 둘 데려다 조용히 이야기 좀 해야겠어. 어제 그 친구랑 당신 둘이면 돼."

"언제."

"오늘밤."

"지금 바로 하지? 조금 있으면 해 떨어져."

"샌드위치라도 한 입 먹고 하자, 종일 굶었더니 배가 등가죽에 붙었어."

"뭐 먹고는 살아야지, 목표 어디 있는지는 알아?"

"카지노에서 가까워, 시체 치울 일 없는 조건으로 10만 페소."

"나쁘지 않군."

"하나 더, 비트코인 좀 있나?"

"당신이 준 건 그냥 있어, 더 필요한가?"

"US로 환산해서 대략 14만 달러, 현금이 좀 남아서 말이야."

"다른 걸로 채워보지, 식사나 하고 와."

첫날 봐뒀던 놈들의 집은 불이 꺼진 상태였다. 저녁 7시를 조금 넘긴 시간이라 집에 있으리라고 생각했는데 밥이라도 먹으러 나간 모양이었다.

"이러면 그냥 여기서 해결해도 될 것 같은데?"

기다리는 시간은 길어지겠지만 도리어 일은 쉬워졌다는 생각, 어디로 데려가는 것보다 집안에서 해결하는 것도 나쁘지 않았다. 다비오도 동의했다.

"나야 좋지, 여기 사람들 옆집에 신경 안 써."

"그럼 여기서 기다려."

건물 뒤에 밴을 세우게 하고 하연수와 함께 건물로 들어갔다.

내부는 겉보기보다 지저분했다. 복도 곳곳에 쓰레기봉투가 잔뜩 쌓였고 악취도 만만치가 않았다. 빨리 움직이는 게 낫다는 생각에 곧장 2층으로 올라가 곧장 복도를 가로질렀다.

현관의 잠금장치는 한국에서는 쓰지 않는 생소한 형태인데 문 사이의 공간이 비교적 넓어서 플라스틱 카드 한 장만 있어도 간단하게 열 수 있을 것 같았다. 두어 번 노크를 해서 안에 누가 있나 확인한 뒤, 그냥 카드로 열어버렸다.

내부는 20평 남짓한 공간에 방이 두 개인데 가구는 거의 없었다. 허름한 매트리스 두 개와 식탁, 작은 TV 한 대가 전부였다.

"앉자."

불은 켜지 않고 식탁에 앉아 소음기를 끼운 권총을 올려놓았다.

"너도 총 꺼내봐, 겁 줄 거야. 그냥 들고만 있어도 돼."

"넵."

하연수도 권총을 꺼내 소음기를 끼워 앞에 내려놓았다. 이제 지루한 기다림만 남은 셈. 빛이 거의 없어서 암적응이 됐는데도 하연수의 얼굴은 윤곽만 보였다. 옆집에서 거칠게 싸우는 목소리가 부실한 벽을 고스란히 건너왔다. 하연수가 나직하게 말했다.

"솔직히 실감 잘 안 나."

"뭐가?"

"근데 그땐 명석 씨가 위험하다는 생각밖에 안 났어."

뒤늦게 사람을 쐈다는 생각이 난 모양이었다. 그런데 어조가 의외로 무덤덤했다. 목소리에 갈등이나 후회의 흔적도 느껴지지 않고 나중에 트라우마가 될 만한 충격을 받은 것 같지도 않았다. 하연수가 다시 말했다.

"내 걱정하지 마요, 나 명석 씨랑 지옥 가래도 상관 안 해. 그것 때문에 후회하지도 않을 거야."

제법 단호한 어조, 괜찮을 것 같다는 생각을 하면서 담배를 물었다. 순간, 밖에서 찌걱대는 발자국 소리와 함께 두런두런 사람의 음성이 들려왔다. 즉시 수신호를 하고 문 좌우에 달라붙어 검은 마스크를 썼다. 이내 키가 꽂히고 문이 열렸다.

"씨발, 언제까지 이러고 있어야 되는 거야?"

"새꺄, 대가리 똥만 들었냐? 연말까지는 버텨야 돼."

집안으로 들어서는 두 놈의 양손에는 큼직한 비닐봉지가 들려 있었다. 안주거리와 술을 사왔는지 고소한 냄새도 나고 꽤 무거워 보였다. 놈들은 불도 켜지 못하고 곧바로 식탁으로 다가갔다. 타이밍은 그럭저럭 괜찮았다. 놈들이 식탁에 비닐봉지를 올려놓으려고 손을 올리는 시점을 맞춰 전등 스위치를 올렸다.

딸깍.

깜짝 놀란 두 놈의 눈이 돌아왔다. 그가 들고 있는 권총을 봤는지 시작부터 말을 심하게 더듬었다.

"누… 누구요?"

그는 조용히 문을 닫으며 말을 받았다.

"허튼짓하지 않는 게 좋을 거야, 잠깐 이야기만 하고 갈 거니까."

천천히 다가서서 한 놈의 관자놀이에 총구를 대고 허리춤을 뒤졌다. 반팔에 7부바지여서 총기를 숨길 곳은 허리춤뿐이었다. 리볼버 한 정이 나왔다. 총을 하연수에게 넘기고 다른 놈의 허리춤도 뒤진 다음, 총구로 식탁을 가리켰다.

"앉아."

일부러 소음기까지 끼운 권총을 보여줬으니 겁은 충분히 먹었을 것이었다. 두 놈은 비닐봉지를 바닥에 내려놓고 엉거주춤 식탁에 앉았다. 반대편으로 건너가 앉아 글록을 식탁에 올려놓았다. 놈들의 시선이 총으로 내려왔다.

"자신 있으면 집어봐. 단, 시도하다 못 집으면 죽는 거야."

"그… 그럴 생각 없습니다."

"우리가 뭐하는 사람인지는 대충 예상이 될 거고… 지금부터 질문을 몇 가지 할 거야, 대답 잘 하면 팔다리 멀쩡하게 고국으로 돌아갈 수 있을 거다, 내 마음에 들지 않으면 머나먼 이국땅 해변에 시체로 떠오를 거고."

"네? 네."

"우선 통성명부터 할까? 너부터."

엊그제 하연수가 알아본 문신이 있는 놈에게 눈을 돌렸다. 놈이 더듬거리며 대답했다.

"조… 조칠성입니다, 얘… 얘는 김신홍이고요."

"그래, 칠성이. 사람 죽이고 먼 나라로 도망 왔는데… 살림엔 보탬이 좀 됐나?"

"살인이라뇨… 우린 사람 죽인 적 없습니다."

놈은 결사적으로 손사래를 쳤다. 겁은 제대로 먹은 셈이었다.

"죽였잖아, 수사결과도 니들이 죽인 걸로 나왔어."

"아… 아닙니다, 우린 그냥 바람잡이입니다. 죽인 건 다른 사람이에요."

"다른 사람 누구."

"모릅니다, 우린 시키는 대로 동네 애들 데리고 바람만 잡다가 도망쳤습니다."

"누가 시켰는데?"

조칠성은 바로 대답하지 못하고 손을 떨었다. 김신홍이라는 놈도 떨기는 마찬가지였다.

"저기… 말하면 우리 죽습니다, 살려주십쇼."

"지금 죽는 거보다 며칠 더 사는 게 낫지 않나?"

"살려주십쇼, 형님. 할머니 치료비 때문에 어쩔 수 없었습니다, 네? 제발요."

"니들이 불었다는 이야기 안 할 거야, 수사에 참고만 할 뿐이지."

조칠성은 그래도 대답하지 못하고 마른침만 삼켰다. 그는 고개를 가로저으며 총을 집어들었다.

"안타깝게도 내가 참을성이 별로 없어, 이쯤에서 끝내자. 딱 한 번만 더 묻겠다, 맘에 들지 않는 대답이면 그냥 이마에 구멍 하나씩 내주고 뜬다."

"마… 말하겠습니다."

"이름."

"태섭이 형님입니다."

"성부터 똑바로 이야기해, 뭐하는 놈이야?"

"최태섭이라고 일구회 2인자입니다."

"일구회가 어느 동네 조직이야?"

"안양… 먹자골목입니다, 큰형님은 최… 최영신입니다."

"너도 거기 식구고?"

"네."

"최태섭이 주소는?"

"잘 모릅니다, 분당 사는 걸로 알고 있습니다."

몇 가지 더 물었지만 아는 게 아예 없었다. 더 이상은 시간낭비였다. 조용히 일어나 놈들의 뒤로 돌아가면서 말했다.

"최태섭이한테 국정원에서 찾아왔다고 이야기해봐야 너만 손해야, 무슨 뜻인지 알지?"

"네? 네!"

질끈 눈을 감는 놈의 뒷목을 강하게 내리쳤다. 놈은 식탁으로 엎어져 정신을 잃었고 다른 놈은 공포에 질린 눈으로 그를 올려다보았다. 놈의 경동맥을 잡으며 차갑게 말했다.

"몇 달 조용히 찌그러져 있다 돌아와, 그냥 여기 살아도 되고."

놈은 대답하지 못했다. 그대로 몇 초 기다렸다가 놈의 목이 스르르 넘어간 다음, 돌아섰다.

"집에 가자."

임채수 살인사건

"이야… 둘 다 얼굴이 반쪽이 됐네, 흐흐. 신혼여행은 즐거우셨습니까?"

얼굴을 보자마자 강민태는 놀리기부터 시작했다. 박민지도 소파 건너편 하연수 옆으로 앉으며 장단을 맞췄다.

"좋았니?"

"잠도 제대로 못 잤어, 기지배야."

하연수의 대답, 눈은 차명석을 곱게 노려보고 있었다. 급히 필리핀을 빠져나오느라 홍콩을 경유했고 그래서 하루 더 시간이 걸렸지만 그날은 공항에서 꼬박 밤을 샌 형편이었다. 어차피 편안한 여행 아니었고 달달한 여행의 즐거움을 느낄 만한 마음의 여유도 없었다. 강민태가 손가락질을 하며 웃었다.

"어이구… 저 화상, 도대체 언제 사람 될지 모르긋다."

"시끄러 짜샤, 알아본 거 어떻게 됐어?"

"그 일구회인가 뭔가 하는 것들은 작년에 진성파가 흡수한 조직이야."

차명석은 머리를 잡고 등받이에 기대 드러누워버렸다.

"또 장두익이냐?"

"아무래도 KC케미컬이랑 진성파, 이것들하고는 조만간 찐하게 살풀이 함 해야 할 거 같다."

"그냥 들이대고 물어볼까?"

"물어보면 내가 진범이요 하겠냐?"

"아님 일구회부터 차근차근 털던지."

"야야, 그냥 국정원에 넘겨. 덩치 너무 커."

"그래야 할 것 같기는 한데… 여기저기 걸리는 게 너무 많다, 생각 좀 해보자."

"넌 그놈의 오지랖 때문에 오래 못 살 거야, 인마."

"우린 과일 좀 씻어올게요."

박민지가 생글생글 웃더니 하연수의 손을 잡아끌고 싱크대로 건너갔다. 박민지가 이것저것 묻고 하연수는 화를 내면서 투닥거리는 빤한 장면이 이어졌다.

"너… 진짜 잠만 잤어?"

"무슨 소리가 듣고 싶은 거니? 정신없어서 잠도 제대로 못 잤다니까?"

"명석 씨가 안 재웠구나?"

"어머? 얘가 무슨…."

두 사람이 깔깔거리며 과일을 씻는 동안 강민태가 물었다.

"죽은 사기꾼이 숨겨둔 돈은 어떻게 되는 거냐?"

"오면서 장변이랑 통화했는데 검찰이 공식적으로 현지 은행에서 인출하는 방법 찾고 있단다, 일단 국고로 편입됐다가 피해액에 따라 일부씩 나눠주는 수순 밟게 될 거야."

"쩝… 아쉽네, 공중에 뜬 돈이면 우리도 이 생활 쫑낼 수 있었는데 말이야. 흐흐."

"배탈 나, 인마. 액수 너무 커."

"하기야 그렇지, 크크."

킥킥대는 강민태의 뒤통수를 툭 때리고 달력으로 눈을 돌렸다. 벌써 5월 26일이었다.

"오늘이 26일 맞지?"

"그려, 5월 26일 오후 3시 12분."

"달랑 나흘 남았네… 어차피 물리적으로 어려워졌다, 진성파 문제도 또 채수한테 넘겨야겠다."

"채수? 임채수?"

채수라는 이름을 듣자마자 강민태의 표정이 갑자기 변했다. 강민태도 동기이니 이상할 건 없었다. 하지만 표정이 심상치 않았다.

"왜?"

"니가 부탁한 사람이 채수야?"

"그래."

"제기랄."

목이 갈리는 소리를 낸 강민태는 잠시 머뭇거리다가 전화기를 꺼내 문자 하나를 띄워 그에게 건넸다. 본원에서 근무하는 몇 안 되는 동기 중 하나에게서 온 문자였다. 내용은 간결했다.

부고

268기 임채수,

경신의료원 영안실,

발인 5월 28일 오전 07시.

그가 다시 머리를 잡자 강민태가 짧게 한숨을 내쉬며 말했다.

"교통사고라고 들었다, 아니겠지만."

"이재준 이 개새끼가."

나직하게 중얼거렸는데도 모두의 눈이 돌아왔다. 하연수와 박민지가 소파로 돌아와 과일을 내려놓자 강민태가 다시 말했다.

"동창이고 나름 친하게 지낸 건 아는데 그래도 흥분하지 마라, 이재 준이 범인이라고 단정할 근거는 없어."

"아니면 누구겠어?"

"신중하게 생각해, 앞뒤 없이 달려들 일 아냐."

"알아, 석진아!"

—넵! 불타는 밤 보내셨습니까?

"시끄럽고, 지금 하는 일 전부 중단하고 채수 교통사고에 관련한 경찰수사기록 좀 뒤져봐, 뭐든 건지면 알려주고."

—카피, 댓.

김석진의 대답을 끝으로 무거운 침묵이 흘렀다. 어색한 분위기를 참기 힘들었는지 강민태가 포도 한 알을 따서 입으로 가져가며 말했다.

"장례식장 갈래? 난 저녁 먹고 얼굴 비칠 건데."

"가야지."

"부조 많이 하자, 이런 때 쓰려고 공금 만들어놓은 거잖아."

"이번에 부수입 발생한 거 전부, 괜찮지?"

"나한테 묻지 마, 배는 좀 아프지만 그 일 니네 둘이 한 거다. 내가 공금에 편입하라고 말할 자격 없어."

"고맙다, 은행 간다."

"갔다 와."

대로까지만 나가면 큰 은행이라 멀리 갈 필요는 없었다. 그런데 하연수가 따라나서며 그의 팔짱을 꼈다.

"왜? 길 잃어버릴까 봐?"

"민태 씨가 눈치 주더라고요, 따라가라고. 후후."

"미친놈."

"친구분 일… 너무 힘들어 하지 마요, 그거 명석 씨 책임 아냐. 책임은 나쁜 짓 한 사람들이 져야죠."

"무리한 일이었어, 내 책임 맞아."

"아뇨, 책임져야 하는 사람 따로 있어요. 찾아서 책임지게 해요."

"그럴 거야."

"그리고… 이것도 부조금에 같이 내요."

하연수는 가방을 뒤지더니 입국할 때 일만 달러씩 나눠가지고 있던 달러화 뭉치를 내밀었다.

"그건 니 돈이야, 일한 대가니까 니가 써. 등록금하고 책값 하면 되겠네."

"이거 못 받아요, 너무 많아."

"반은 계약금, 반은 이번 일 수당."

"그래도 많아요."

"받아둬, 매달 월급 나가겠지만 엄청 짜니까, 후후."

"치… 지금도 신세만 지고 있는데…."

말끝을 흐리는 하연수의 머리를 쓰다듬듯 가볍게 헝클었다.

"그런 말은 남한테나 하는 거야."

갑자기 하연수가 급히 허리를 뒤로 젖히며 그를 곱게 노려보았다.

"이렇게 훅 들어오기 있어요?"

"뭐가?"

"지금 나 심장 떨어질 뻔했다구요, 원투 스트레이트에 훅까지 한꺼번에 들어오니까 정신 하나도 없잖아."

픽 웃으며 하연수를 마주보고 서서 뒷주머니로 손을 가져갔다.

"잠깐 서봐."

적당한 타이밍을 잡지 못해 가지고 있던 목걸이가 손에 잡혔다. 홍콩

공항에서 대기하면서 구입한 18K짜리 금목걸이인데 가격은 비싸지 않지만 작은 멜리 다이아몬드 몇 개가 박힌 세련된 디자인이었다.

"오다 주웠다."

무덤덤하게 중얼거리면서 하연수의 목에 걸어주고 한 발 물러섰다. 하연수가 목걸이를 집어 빤히 내려다보며 짐짓 울상을 지었다.

"나 죽으라는 거야?"

사실 하연수가 장신구를 착용한 모습은 단 한 번도 본 적이 없었다. 박민지에게 종류별로 꽤 많은 숫자의 무대용 액세서리가 있는데 하연수는 빌려서도 쓰지 않았다. 지난번 필리핀에 갈 때도 짐에 반지나 목걸이는 아예 없었다.

하연수는 한동안 목걸이만 내려다보며 더 이상의 반응을 보이지 않았다.

"맘에 안 들어?"

"아니, 그게 아니라… 나 이런 거 처음 받아봐요."

"들이대는 남자 많았다며?"

"목걸이는 안 주데? 헤헤, 예뻐요."

"그럼 됐다."

어색하게 돌아서서 얼른 걸음을 옮겼다. 그러자 하연수가 재빨리 따라와 하얗게 웃으며 다시 팔짱을 꼈다. 고맙다는 말 같은 건 하지 않았다.

영안실은 생각보다 더 썰렁했다. 저녁시간임에도 불구하고 문상객은 서넛이 전부였고 그 흔한 조화 하나 없었다. 순직처리가 되지 않아서인지 회사동료도 보이지 않았다. 짜증이 솟구쳤다. 영정 앞 검은 상복을 입은 임채수의 아내만 젖먹이 딸을 안고 하염없이 눈물을 흘리고 있었다. 부모님은 돌아가셨고 중학교 교사인 여동생이 하나 있는 것으로 기억하는데 지금은 보이지 않았다.

나란히 영정에 분향한 네 사람은 임채수의 아내와도 맞절하고 마주 앉아 조용히 머리를 숙였다. 인사말은 하지 않는 편이 나았다. 임채수의 아내가 애써 목소리를 가라앉히며 말했다.

"감사합니다."

차명석은 밑도 끝도 없이 준비한 종이봉투를 내밀었다. 모양새가 좋지 않지만 액수가 커서 남의 손에 맡길 수는 없었다.

"채수와는 개인적으로 친했고 신세도 많이 졌습니다. 그래서 이렇게 하기로 했습니다, 부담은 갖지 않으셨으면 좋겠습니다."

남편의 빈자리가 돈 몇 푼으로 채워질 리 없겠지만 딸과 두 식구 사는 데 돈 걱정은 얼마간 덜어줄 터였다.

"주변엔 알리지 마시고 따로 보관하셨다가 필요할 때 쓰십시오."

"이게… 뭐죠?"

"보시면 압니다, 고인의 명복을 빌겠습니다."

정중하게 머리를 숙이고 이를 악물었다. 생각 같아서는 같이 밤을 새우고 싶지만 얼굴 마주할 면목이 없었다. 조용히 물러나 영정사진에 눈길을 던졌다. 밝게 웃는 얼굴, 대학을 졸업할 즈음의 사진인 것 같았다.

'젠장.'

장례식장에서 나와 주차장으로 건너가려는데 상복을 입은 초췌한 얼굴의 여자가 조용히 다가와 손을 내밀었다.

"안녕하세요."

"네?"

"저 인애에요, 기억 못하세요?"

다시 보니 눈매가 임채수와 많이 닮은 것 같았다. 고등학교 때 한 번쯤 만난 걸로 기억하는데 임인애는 그를 기억한 모양이었다. 얼결에 손을 마주잡자 손아귀 안에 꼭꼭 접은 종이 한 장이 건너왔다. 임인애가 조용히 말했다.

"오빠 사고 난 날 학교에서 만났는데, 명석 오빠 대학시절 사진 다시 보여주면서 자기한테 문제가 생기면 꼭 남들 눈 피해서 오빠한테 이거 전하라고 했어요. 그땐 왜 그러는지 몰랐는데…."

임인애는 말끝을 흐리면서 왈칵 눈물을 쏟았다. 할 말이 없어서 그냥 입술만 피가 나도록 깨물었다.

"오빠 저렇게 만든 사람 꼭 처벌해주세요."

"그러겠습니다."

"부탁드려요."

어깨를 늘어트린 채, 장례식장으로 돌아가는 임인애의 뒷모습만 물끄러미 쳐다보았다. 막연했던 분노가 점점 더 구체화되어가는 느낌, 강민태가 중얼거렸다.

"본인이 위험을 인지했다는 거잖아."

"가면서 이야기하자, 여긴 눈이 너무 많아."

"그래."

일단 차로 돌아와 쪽지를 확인했다. 쪽지에는 손글씨로 외국의 무명 포탈사이트 이름과 영문이 섞인 복잡한 숫자 두 줄만 적혀 있었다. 느낌상 개인 이메일 아이디랑 패스워드였다.

"석진이한테 넘겨야겠다."

곧장 김석진에게 전화를 걸었다.

"뭐 좀 나왔냐?"

─어… 퇴근길 동부시장 사거리에서 반대방향에서 달려오는 5톤 트럭에 들이받힌 것으로 보고됐는데 의심스러운 정황 발견, 피해자 블랙박스에 찍힌 범행트럭은 도난차량이고 현장에는 속도를 줄인 흔적이 없어. 인근 CCTV나 블랙박스 영상에서는 운전자 신원확인이 불가능했대. 트럭 아직도 못 찾았고… 이래저래 계획적 살인을 의심할 만한 정황인데 경찰은 그냥 뺑소니로 결론 내렸어.

"담당 누구야?"

─이세문 경사.

"아는 사람이냐?"

눈이 마주치자 강민태가 고개를 끄덕였다.

"교통과에 상또라이 노인네 하나 있다."

"교통? 형사가 아니고?"

"큰 사건이면 보통 합동으로 수사하는데 그래도 교통이 주무일 거야, 알아볼게."

—현재로선 그거 말곤 딱히 단서가 될 만한 거 없어, 계속 뒤져볼게.

"수고했다, 그리고 내가 문자 하나 보낼 테니까 뭔지 좀 알아봐라. 위험을 감수하고 남겨놓은 거니까 뭐든 있을 거야."

—넵.

전화를 끊자 강민태가 다시 말했다.

"내가 만나볼게, 그 인간 나한테는 잘 한다. 지랑 같은 과(科)라나 뭐라나, 크크."

"언제?"

"지금, 서에 없으면 집이든 근무지든 쳐들어가면 돼."

"혼자 갈래?"

"상황 봐서, 운전 내가 할게."

키를 넘겨받은 강민태는 차를 빼면서 경찰서에 전화를 걸어 이세문의 근무시간을 체크했다.

"야간이네, 21시에 교대했고 지금 장안교 사거리에 있단다."

"그럼 바로 가."

"고객님이 원하시는 대로."

신기하게도 강민태는 장안교 근처에 도착하자마자 이면도로로 들어가 순찰차를 찾아냈다. 교통경찰들이 대기할 때 세워놓는 위치인 모양이었다. 순찰차 뒤에 차를 세우고 바로 내렸다.

"전화기 켜둔다, 녹음해."

"그래."

강민태는 천천히 순찰차 조수석으로 다가가 창문을 두드렸다. 스르르 창문이 내려가고 이세문의 기름진 얼굴이 나타났다.

"여, 강 경장. 웬일이야?"

"형님, 뭐 좀 물어봅시다."

"뭔데? 타."

강민태는 뒷문을 열어놓은 채, 걸터앉아 덤덤하게 이야기를 시작했다.

"이틀 전에 동부시장 사거리에서 교통사고난 거 형님 담당이지?"

"어, 나야."

"그 사건 피해자 와이프가 나랑 친척이라네, 쩝… 이모가 알아봐달라고 난리가 났수. 어떻게 돌아갑니까?"

"돌아가긴 뭘 돌아가, 뺑소니 사건 다 뻔하잖아."

"진척 없어요?"

"어려워, 블랙박스에 찍힌 사진으로 관내에 일단 수배 돌렸는데 기대할 수 있는 게 별로 없다. 거기다 독사 그 자식부터 뻔한 사건에 처바를 시간이 어딨냐고 지랄하는 바람에 손도 못 댄다. 요즘은 진짜 싸고 털

시간도 없어."

독사는 교통과장 정봉식의 별명이었다. 지랄 같은 성격을 고스란히 대변하는 별명, 수사할 생각도 없는데 위에서 누르기까지 당한 모양이었다.

"수사는 형사과가 움직여야 되는 거 아닌가?"

"걔들은 노냐? 요즘 조폭전쟁 건에 전부 매달린 거 같더라. 글고 독사가 까라고 했으면 까야지 토 달다 뒈질 일 있냐?"

"단서 같은 것도 없수?"

"니가 조사하게?"

"이모 등쌀에 죽을 지경이유, 살려주쇼."

"집어치워 인마, 독사도 깨갱했어. 내보기엔 한참 더 위에서 눌렀다. 피해자가 무슨 요원이나 뭐 그런 거 같다더라."

"요원?"

"서장실에 이상한 것들 드나들었다. 위에서 '엄청' 신경 쓰니까 짭새 나부랭이들은 끼지 마라, 뭐 이런 거 아니겠어? 그러니 너도 신경 꺼."

"이상한 것들이 국정원, 기무사 뭐 이런 겁니까?"

"그거 아니겠냐?"

"그래도 뭐 하나 던져주쇼, 형님. 나도 하는 척은 해야지."

"이거 말 나올지도 모르는데… 그럼 난 모르는 일이다."

"당근이죠."

"양주 가 봐."

"양주요?"

"우리 애들이 시간대 따라서 가해트럭으로 추정되는 트럭을 따라가 봤는데 마지막으로 교통 카메라에 잡힌 곳이 '울대리'였나? 39번국도 변인데 무슨 묘지 있는 사거리였어. 묘지 정문에서 파주 방향으로 가는 거 같더라. 경기도에 협조공문 결재 받으러 들어갔다가 졸라 깨지고 그 대목에서 접었다."

"고맙수, 형님."

"야, 웬만하면 그냥 하는 척만 해. 이거 우리가 낄 사건 아닌 거 같다, 글고 솔직히 유족한테는 그냥 뺑소니 사건으로 마무리되는 게 더 나을 수도 있어. 살인으로 수사가 시작되면 보험금 언제 받게 될지 알 수 없어지거든, 산 사람은 살아야지."

"그럴 거유, 신세 함 졌습니다, 담에 한잔 사죠."

"그래, 들어가."

종합하면 기관들이 공조해서 수사확대를 막았다는 이야기인데 예상을 크게 벗어나지는 않았다. 외부 비선조직으로 알고 있는 이재준이 공식루트를 통해서 손을 썼다는 부분에 살짝 의문사가 붙었을 뿐이었다. 차를 빼서 집으로 방향을 잡았다.

"들었지?"

"다 갈 필요 없잖아."

"괜찮겠어?"

"트럭 찾아낸다고 특별한 거 있겠냐? 상황파악만 하는 거야, 그리고 오늘 가방 꺼낼 생각이다."

"상황은 이해가 간다만 가방 꺼내는 건 좀 이르지 않냐?"

"당장 쓰겠다는 거 아냐, 안전을 확보하자는 거지. 채수를 암살할 정도면 저쪽도 절박한 거다. 벌써 네 명이 죽었는데 맨땅에 헤딩할 수는 없어. 넌 집으로 가, 지금은 석진이도 보호해야 할 상황이다."

"알았다, 나도 무장하고 오늘부터 니네 집으로 들어간다."

"그렇게 해, 집으로 가자. 너 내려주고 둘이 간다."

"카피."

집에 도착하자마자 간편한 옷으로 갈아입고 즉시 싱크대 아래를 뜯어냈다. 비상탈출용 가방을 숨겨둔 공간이었다. 현금과 위조여권 사이에서 권총 한 정과 탄창만 빼고 다시 닫았다. 곧장 되짚어 나와 문 앞에서 하연수가 나오기를 기다리면서 김석진을 호출했다.

"석진아."

— 왜, 교통 카메라 뒤지라고? 39번 국도 울대리 묘지 인근?

"찾아라."

— 넵.

김석진은 두 사람이 탄 차가 서울을 벗어나기도 전에 대답을 내놓았다.

— 또라이 아재 말대로 공동묘지 진입로 사거리에 있는 카메라에 찍혔어, 당일 22시 11분, 다음엔 주변 교통카메라에서 사라졌다가 2시간

쯤 후에 다시 나타났는데 다음다음 교차로야. 그리고는 또 사라졌어.

"그 근처에 뭐 없냐?"

─다음 카메라까지는 외길이야, 그 사이에 대형 트럭이 진입할 수 있는 길은 두 개뿐임. 하나는 야산으로 들어가는 농로고 다른 하나는 아파트 단지 쪽이야. 나라면 눈이 많은 아파트 근처로 가지는 않았을 거라고 보고 농로 먼저 확인하고 싶어.

"농로 안쪽에 뭐 있냐?"

─전부 농지랑 숲이고 끝에 창고만 몇 개 있어.

"수고했다, 위치 보내주고 이 건은 털어. 채수 일이 더 급하다."

─넵.

김석진이 보내준 농로는 승용차 두 대가 교차하기도 힘든 비좁은 콘크리트 도로였다. 그러나 끝까지 들어가 샅샅이 훑었는데도 기대와 달리 트럭은 보이지 않았다. 되짚어 나오면서 다시 한 번 꼼꼼히 살폈지만 마찬가지였다.

방향을 바꿔 아파트 단지 쪽으로 내려갔다. 그런데 5분 남짓 서행해서 아파트 단지 입구를 정면으로 마주하는 순간, 하연수가 그의 어깨를 잡았다.

"잠깐만, 후진해봐요."

급히 브레이크를 밟았다. 이어 몇 미터 후진하자 멀리 샛길 끝으로 불빛이 보였다. 얼핏 보기엔 폐차장 같았다.

"저거 뭐 같아요?"

"폐차장 같다, 잘 봤어."

샛길 입구에 차를 세우고 꽤 먼 거리를 걸어서 폐차장까지 이동했다. 폐차장 입구의 쇠창살문은 쇠사슬에 자물쇠를 밖으로 채운 상태였다.

안에 사람은 없다는 뜻, 사무실은 스레트 지붕을 씌운 허름한 벽돌 건물인데 폐차된 차들이 블록 형태로 쌓여 있어서 자세한 확인은 불가능했다. 간단히 자물쇠를 따고 조심스럽게 폐차된 차량들 사이로 들어 갔다.

"이어피스."

—넵, 이어피스 온.

승용차들이 쌓인 곳은 무시하고 트럭들만 살폈다. 큰 사고를 낸 차량 이니만큼 여기 있다면 찾아낼 수 있을 거라는 판단이었다.

—여기요.

하연수가 수신호로 가리키는 건 승용차 더미 사이에 전진주차된 트럭 이었다. 쇳덩어리나 마찬가지인 범퍼가 형편없이 뭉개졌고 라디에이터 그릴도 박살난 상태, 번호판은 떼어가고 없었다.

"뒤져봐야겠다, 가자."

가운데 통로까지 건너가서 고개만 조금 내밀고 끝에 있는 압착기와 사무실 건물 주변을 살폈다. 불은 꺼져 있는데 CCTV 카메라가 두 개나 보였다.

"폐차장에 CCTV라… 웃기네."

카메라 사각死角을 대략 확인한 다음 모자를 깊이 눌러썼다.

"가자."

폐차블록 한쪽을 따라 신속하게 사무실 건물로 접근했다.

"여기서 대기, 뭐든 나타나면 알리고 무조건 몸 숨겨."

—넵.

하연수를 블록 끝에 남겨놓고 CCTV를 피해 건물 측면으로 건너가 벽에 붙어 문까지 이동했다. 그런데 건물 입구의 잠금장치 두 개가 밖에서 잠겨 있었다. 일일이 열기 귀찮아서 강제로 뜯어내고 안으로 들어갔다.

생각보다 넓은 공간에 후줄근한 철책상 세 개와 캐비닛 몇 개에 워낙 많은 서류들이 여기저기 널린 상태, 일일이 뒤져볼 시간은 없었다. 우선 책상 위의 책꽂이 꽂힌 폐차 번호판들을 뽑아 뒤졌는데 가해차량의 번호판도 거기 있었다.

'이것들 맞네.'

서둘러 책상서랍을 열었다. 치부책 같은 거라도 있으면 챙길 생각, 일단 회사이름이 적힌 다이어리를 찾아내 뒷주머니에 쑤셔넣었다. 이어 캐비닛을 뒤지기 위해 돌아서려는데 발밑에서 삐걱하고 철판 휘는 소리가 났다.

'응?'

뭔가 있다 싶어 발밑에 깔린 후줄근한 카펫을 재빨리 걷어냈다. 밑에는 또 밖으로 자물쇠가 달린 철문이었다. 자물쇠를 뜯어냈지만 철책상으로 눌린 상태여서 그냥 열리지는 않았다. 즉시 책상을 밀어내고 문을 들어올렸다.

'윽, 이건 또 뭐야?'

문 아래는 몇 개 안 되는 콘크리트 계단과 시커먼 동공으로 이어졌는데 퀴퀴한 곰팡이 냄새가 심하게 올라왔다. 계단을 내려가자 짧은 복도 좌우로 후줄근한 커튼으로 가려놓은 방 두 개가 나왔다. 즉시 양쪽 다 커튼을 젖혀버렸다.

바닥에 지저분한 매트리스 몇 개가 깔렸고 속옷이나 다름없는 허름한 옷차림의 여자 네 명이 랜턴 불빛에 인상을 쓰며 일어나 앉았다. 여자 중 하나가 잔뜩 겁먹은 목소리를 냈다.

"시… 시키는 대로 할 테니까 집에 보내주세요."

얼핏 보기엔 20대 초반이나 그 이하일 것 같았다.

"살려주세요, 네? 뭐든 할게요. 제발요."

반대편에서 나온 여자아이는 잘해야 고등학생이었다.

'이런 빌어먹을 새끼들이.'

인신매매 조직일 가능성이 높다는 생각, 먹은 게 없는지 아이들은 일어서는 것도 힘겨워했다. 그런데 하연수가 다급한 목소리를 냈다.

—명석 씨! 나와! 진입로에 차 한 대 들어오고 있어!

"들어와, 데려가야 할 애들이 있다."

—넵!

세 사람 다 속옷 바람인데다 신발도 없어서 난감했지만 어쩔 수 없었다.

"나가자, 정신 바짝 차리고 따라와."

아이들을 하나하나 부축해서 어렵게 1층으로 올라가는 사이 하연수가 합류했다.

—애들 뭐야?

"납치당한 거 같다, 부축해줘."

—넵.

아이들을 데리고 폐차 블록들 사이로 들어가는 사이, 헤드램프 위치가 조금 높은 차량 한 대가 정문 앞에 멈춰섰다. 조용히 사라지기는 틀린 셈이었다.

"밴 아니면 트럭이다, 머릿수가 많을 수 있다는 이야기야. 애들 보호해."

—넵.

한 놈이 내려 문을 따려다가 고함을 내지르고 잇달아 두 명이 더 내려 문을 활짝 열어젖혔다. 운전석과 조수석에서는 사람이 내리지 않았으니 최소 다섯 명, 차명석은 머리를 좌우로 꺾으며 걸음을 멈췄다.

"쟤들하고 잠깐 이야기 좀 해야겠다."

"응?"

몰려다니는 꼴도 그렇고 납치한 여자아이들을 감금하고 있다면 국정원이나 기무사 요원은 절대 아니었다. 안 봤으면 모를까 봤으니 정리를 하고 가야 잠이 올 것 같았다. 전기충격봉을 뽑으면서 하연수의 마스크를 살짝 올렸다.

"미모를 가려서 영 별로긴 하네, 후후. 준비해."

"넵."

하연수도 재빨리 봉을 뽑아 가볍게 뿌려 길이를 연장했다.

"솔직히 넌 얘들 데리고 여기서 기다렸으면 좋겠는데…."

"대답 뭔지 알죠?"

"그동안 나한테 많이 얻어맞았으니 함 보자, 전압 최고로 올려."

"넵."

블록 끝에서 고개만 내밀고 놈들의 머릿수를 다시 확인했다. 전부 여섯 명, 마지막으로 조수석에서 내린 놈이 대장인 모양인데 손에 날 길이가 30센티미터쯤 되는 회칼을 들고 있었다.

"찾아! 아직 못 나갔다!"

놈은 두 사람이 방금 침입했고 아직 나가지 않았다는 것까지 인지하고 있었다. CCTV 이외의 센서가 존재한다는 뜻, 생각보다 큰 조직일 수 있었다.

"이 미친 새끼들이, 겁대가리 없이 여기가 어딘지 알고! 찾아!"

놈이 계속 악을 쓰는 사이, 고맙게도 똘마니 두 놈이 그가 있는 코너로 뛰어왔다. 하연수를 뒤로 물러나게 하고 블록에 붙어 잠시 기다렸다. 겁 없이 코너를 도는 첫 번째 놈의 목을 수도 전면으로 가볍게 타격했다.

"켁!"

놈은 양다리를 모두 허공에 띄웠다가 뒤통수부터 바닥에 처박혔다. 뒤는 하연수가 알아서 할 터, 뒤따라 코너를 도는 놈의 목덜미에 정확하게 봉 끝을 찍었다.

빠직!

놈은 파르르 떨면서 반대편 폐차더미 아래로 굴러가 처박혔다. 등 뒤에서도 전기충격을 가하는 소리가 들렸다. 힐끗 돌아보고 케이블 타이 몇 개를 건넸다.

"손발 뒤로 묶어."

—넵.

하연수는 제법 능숙하게 여자아이들을 지휘해서 엎어진 놈들을 뒤집어 손발을 묶기 시작했다.

"저 놈 뒤집어."

"네, 언니."

싱긋 웃으며 폐차더미를 벗어났다. 이제 밴 근처에 남은 건 둘, 다른 두 놈은 컨테이너에 들어간 것 같았다. 밴 옆으로 다가가면서 회칼을 든 놈의 얼굴에 랜턴을 비췄다. 놈이 인상을 쓰며 소리쳤다.

"뭐야? 그거 치워!"

랜턴을 놈의 얼굴에 고정한 채 천천히 다가갔다. 대략 30대 중반쯤의 날카로운 인상인데 특별히 기억에는 없었다. 몇 발 앞에 멈춰서며 물었다.

"저 트럭 니가 운전했냐?"

"뭐?"

"너 이름 뭐냐?"

"이거 뭐야? 너 짜부라도 되냐?"

"경찰이라면?"

"관등성명부터 씨부려."

"싫은데?"

놈은 얼굴에 고정된 랜턴 불빛 때문에 계속 인상을 쓰면서 말을 씹어 뱉었다.

"이 씨벌놈이 간이 배 밖으로 나왔나, 짭새는 배때기에 칼 안 들어가냐? 니 간뗑이 구경 좀 하자, 씨발아."

"능력 있으면 해봐."

말을 마치는 것과 동시에 한 발 내디뎠다.

"이런 씹새끼가!"

놈의 칼이 매섭게 그의 손을 노렸다.

'이 자식 죽으려고 작정을 했네.'

상대가 경찰이라고 생각하면서도 칼질부터 한다면 무조건 죽이겠다는 뜻, 손에 사정을 둘 생각이 뚝 떨어져나갔다. 달려드는 놈의 얼굴에 가볍게 랜턴을 던지고 칼을 흘리면서 손목을 잡아채 뒤로 꺾었다. 동시에 무릎 안축을 찍고 무릎을 꿇는 놈의 얼굴을 강하게 차올렸다.

"큭!"

다른 놈도 칼을 빼들고 달려들었지만 딱히 찌르겠다는 의사는 없었다. 위협해서 두목을 위험에서 구할 생각인 모양이었다. 휘두르는 칼을 가볍게 봉으로 내리치고 반동으로 올라와 목에다 찔러넣었다.

"끄웩!"

놈은 온몸을 부들부들 떨면서 뒤로 넘어갔다. 마지막으로 보스 놈에게 다시 한 번 전기충격을 가하는 것으로 상황을 정리했다. 나머지 두 놈이 뒤늦게 뛰어나왔지만 제압은 어렵지 않았다. 달려드는 족족 팔다리 하나씩 부러트리는 걸로 끝내고 뒤는 하연수에게 맡겼다.

"묶어."

─응.

하연수가 아이들을 데리고 기절한 놈들을 차례차례 묶는 사이, 보스로 보이는 놈의 주머니를 뒤져 지갑을 꺼냈다. 이름은 이충설, 나이는 서른넷이었다. 운전면허증 사진을 찍고 가볍게 뺨을 두들겼다. 반응은 없었다. 다시 몇 대를 때리고 나서야 입 안에 고인 피와 깨진 이빨조각을 토해내며 신음을 흘렸다.

"크으…."

"정신이 나나? 이충설?"

"씨불… 너 누구야?"

전기충격기 전압을 반으로 줄여 놈의 옆구리를 푹 찌르자 이충설은 사지를 부들부들 떨면서 괴성을 토했다.

"으어어…."

"질문은 내가 하는 거야, 너 애비가 누구냐?"

"니미, 까불지 마. 넌 이제 뒈졌어."

"저 트럭 누가 가져다 놨어?"

"무슨 개소리야?"

"넌 국정원 요원을 차로 치어 암살했어, 그러니 우리가 누군지도 예상이 되겠지?"

"뭐?"

"거 말귀를 못 알아먹는 놈일세."

입에다 수건을 쑤셔박은 다음, 놈의 머리채를 잡고 질질 끌면서 사무실을 향해 걸었다.

"그만하면 우리가 경찰이 아니라는 건 알았을 거고… 저 안에 들어가면 넌 진짜 전문가에 의한 정통 고문을 경험하게 될 거다. 나에겐 스트레스를 풀 기회가 되는 아주 고마운 일이지."

뒤늦게 겁을 먹었는지 이충설은 끌려오면서 기를 쓰고 소리를 질렀다.

"음… 어! 말… 말… 어! 음!"

"말하겠다고?"

걸음을 멈추자 놈은 필사적으로 고개를 끄덕였다.

"좋아, 한 번은 기회를 주지."

놈은 입에서 수건을 빼자마자 새파랗게 질려 속사포처럼 빠르게 말했다. 폼만 잔뜩 잡았지 겁이 엄청 많은 놈이었다.

"위…위에서 시키는 대로 한 일입니다, 살려주십시오."

"니가 운전했나?"

"아…아닙니다, 저 차 폐차만 하기로 했습니다."

"운전은 누가 했는데?"

"모릅니다, 아이들이 트럭을 가져왔는데 키는 꽂힌 상태였고 운전한 사람은 떠나고 없었답니다."

"오리발이다 이거지. 좋아, 그렇다 치고… 넌 애비가 누구야?"

"네?"

"누가 시켰냐고, 차 가져다 폐차시키라고 한 놈이 있을 거 아냐?"

"이인배 사장님입니다."

"이인배가 뭐하는 놈이야?"

"진성파 세컨드이십니다, 진성파 나와바리는 전부 그 형님이 관리하는데 서울바닥에서는 아무도 거역 못합니다."

그는 고개를 갸웃했다. 주범이 이재준이 아니라 조폭이라면 뭔가 앞뒤가 맞질 않았다. 매사 철두철미한 이재준이 폭력조직에 요원의 암살을 맡길 리는 없었다. 거기다 이인배라는 이름도 오늘 처음 듣는 것 같았다.

장두익이 새로 영입한 관리자쯤 되는 모양인데 그 짧은 시간에 2인자 자리까지 올라갔다면 능력이 출중한 놈일 가능성이 높았다.

"말이 되는 소리를 해, 겨우 조폭 따위가 국정원 요원을 암살하고 깔끔하게 사고로 위장했다고? 그걸 믿으라는 거냐?"

"정말입니다, 전 그냥 시키는 대로 차만 가져왔습니다. 울 어머니 무덤에 대고 맹세합니다, 정말입니다. 살려주십시오."

"그러니까 넌 다른 건 전혀 모른다? 이인배가 차만 가져다 폐차하라고 시킨 거고?"

"네, 네. 그렇습니다."

"그럼 넌 뭐야? 여자애들 땅속에 가둬놓은 꼬라지 보니… 인신매매가 주업이냐?"

"아… 아닙니다, 그년들 제 발로 집 나온 것들입니다. 잘 곳도 만들어 주고 일도 줬는데 빚 안 갚고 튀어서 잡아온 겁니다. 부모가 돈 가져오면 바로 돌려보낼 겁니다."

"행여나 니들이 곱게 보내주겠다, 배 갈라서 장기나 팔아먹지 않으면 다행이지."

"저… 절대 그렇지 않습니다."

"지금 떠든 대로 경찰에 불어라, 그렇지 않으면 빵에 들어가도 내가 찾아갈 거다."

"네? 아… 알겠습니다."

"그리고… 우리 요원 살해에 일조한 벌은 받아야겠지?"

"네? 무슨…."

놈의 입에 수건을 다시 쑤셔넣고 무릎 언저리를 발꿈치로 강하게 내리찍었다.

"으우우…."

새된 비명이 수건을 뚫고 흘러나왔다. 오른쪽 무릎이 반대로 꺾였으니 당분간 거동은 못할 것이었다.

"시끄러, 새끼야."

다시 팔꿈치를 찍었다. 사지를 전부 부러트릴 생각, 반대쪽 무릎까지 찍어버리자 놈은 아예 정신을 놓아버렸다.

"니가 팔아먹은 여자애들의 고통에 비하면 이건 새 발의 피야."

놈의 코에 손을 대서 살아 있는 걸 확인하고 바닥에 떨어진 놈의 전화기로 112에 긴급전화를 걸었다.

"여기 양주인데 인신매매단 소굴입니다, 빨리 경찰 보내주십쇼. 사무실 지하에 갇혀 있던 여고생들은 밴에 태워서 경찰서로…."

대략적인 위치와 깡패들의 상태만 덧붙인 다음, 전화기를 닦아 지문을 없애고 널브러진 이충설의 배 위에 던졌다.

"뜨자, 애들 밴에 태워."

—응.

아이들을 가장 가까운 경찰서에다 밴과 함께 넘겨주는 정도로 마무리할 생각, 타고 온 차는 하연수에게 맡길 수밖에 없었다.

곧장 국도로 올라가 속도를 올리면서 김석진에게 전화를 걸었다.

—어, 형.

"채수가 준 사이트에서 뭐 좀 찾았냐?"

—찾긴 했는데 시간이 좀 걸릴 거 같아.

"복잡하냐?"

—사이트 자체가 인도에 서버를 둔 힌두어 사이트라 찾는 것도 시간이 걸렸고 보고서도 다중 음어로 되어 있어. 내가 아는 프로그램 총동원해도 12시간 이상 걸려.

"채수답네, 할 수 없어. 최대한 서둘러라."

—넵.

전화를 끊고 운전에 집중했다. 멀리 반대편 차선에 순찰차 두 대의 경광등이 보였다.

블랙맘바

"민태야, 그 쓰레기들 수사 어떻게 진행되냐?"

"일단 초동수사 마치고 영장 신청하는 거 같더라. 감금되어 있던 여자애들은 입원했는데 상태가 안정되는 대로 집에 보내기로 했고… 그 이인배라는 놈에 대해서는 수사가 확대되지 않더라, 누가 손을 썼는지 수사는 국내외 인신매매 조직을 터는 방향이야."

"트럭은?"

"무시된 거지, 어차피 도난차량이고 불법폐차장에 있는 도난된 사고차량이 존재하는 게 어색할 이유 없잖아. 거기다 지구대로는 엉뚱하게 자경단을 찾으라는 오더가 내려왔다."

"자경단?"

"너랑 연수 씨 이야기야, 여자애들 증언을 토대로 했겠지. 어쨌든 남녀 두 명으로 이루어진 불법 자경단에 의한 불법적인 폭력행사가 다수 발생했다면서 이슈가 되기 전에 차단하라는 오더다."

"미친놈들, 할 일이 그렇게 없나?"

"불법은 불법이니까."

"멋대로 하시라고 하고…."

크게 기대는 안 했지만 또 헛발질이었다. 이제 슬슬 초조해지는 시점, 바로 내일이 5월 30일인데도 인천공항으로 들어올 물건에 대해서는 여전히 오리무중이었다. 강민태가 빈 맥주캔을 쓰레기통에 던지며 다시 말했다.

"이인배 족치는 거 어때?"

"이인배 그놈은 나중 문제야, 어차피 잡을 재간도 없고. 지금은 내일 어느 비행기에 뭐가 실렸는지 알아내는 게 가장 급해. 석진아, 뭐 없냐?"

— 나야 항상 있지, 흐흐.

"시작해봐."

— 넵!

김석진은 즉시 모니터 두 개에다 따로따로 도표 하나씩을 띄웠다. 그리고 연설조로 이야기를 시작했다.

— 에또… 우선 두 분 성님들은 지난밤 나님의 무한한 노고를 치하해 줘야 돼. 무려 20시간을 한잠도 못 자고 노가다 뛰었다능.

"수고했다. 보너스 별도, 그걸 원하는 거지?"

— 액션피규어 하나 추가, 흐흐. 시작합니다, 일단 찾아낸 음어 파일은 임채수 씨가 작성한 보고서야.

"보고서?"

─응, 짱 복잡한데 요약하면 이래. 대선이 6개월밖에 남지 않았는데 정부는 해군의 초대형 방산비리와 하루가 멀다 하고 터지는 검찰 비리와 청와대 고위층의 초대형 뇌물 사건 때문에 옴짝달싹할 수 없는 궁지에 몰려 있음, 대통령 지지율은 연초부터 5퍼센트 이하로 추락했고 이대로 선거에 들어가면 참패로 귀결될 것이 불을 보듯 뻔함. 따라서 사회적 이슈가 된 대형사건을 더 큰 사건으로 덮는 현 정부의 스타일상 크게 이슈가 될 만한 초대형 대박사건이 필요한 시점임.

"서론 빼고 가자."

─서론 끝났어, 일단 요따구 정치적 수요가 있다는 점을 염두에 두고 들어. 본론 시작합니다. 우선 KC케미컬은 조달청이나 보건복지부가 발주한 적 없는 토미투스타졸 250만 도스를 발주했어, 한국 도착일은 6월 3일로 추정, 김윤서 박사 팀에서 임상실험을 완료한 H6N1 치료제가 양산되면 소진이 절대 불가능한 엄청난 물량임. 이 대목에서 질문, 5월 30일 도착하는 항공기는 뭘까?

"진짜 바이러스라도 실렸다는 거냐?"

─형도 대충 감 잡고 있었네, 뭐.

"말이 안 돼서 말 안 했다, 돈 벌려고 생화학 테러를 기획한다는 게 말이 돼?"

─임채수 씨는 말이 된다고 생각했어. H6N1이나 그 변종 감염원의 반입을 우려, 바이러스를 직접 살포할 수 있는 장비나 감염된 숙주가 들

어올 것으로 판단했어.

"완전히 미쳐가는구만."

―거기에 약간의 잠복기를 고려하면 토미투스타졸 도착일인 6월 3일이 매우 그럴싸해져. H6계열 바이러스의 잠복기는 보통 72시간이지만 감염 후, 하루 이틀 지난 다음에 출발했으면 잠복기는 거의 없다고 봐야 하고 거기서 나흘이 지난 6월 3일쯤이면 전염의 공포가 극대화되는 시점이 될 거야, 2009년의 악몽 같았던 신종플루의 공포가 재현된다는 거지.

"계속해."

―당시 정부가 한방에 수입한 타미플루가 약 300만 도스, 수입가격은 12달러 선, 국내 판매가는 38,000원이었어. 기가 막히게 책정한 가격이었지. 조금 비싸지만 사람이 죽고 사는 상황이 되면 어느 집이나 한 도스는 사다놓고 싶은 가격이잖아, 그 정도 출혈은 감수할 수 있거든.

"그래서?"

―그때 음모론 나온 거 알지? 묻혔지만.

"그랬나?"

―온라인에선 꽤 많이 떠들었어. 어쨌거나 2009년엔 의심 정도였는데 이번엔 '제대로'라는 거지, 그간의 물가상승률과 정부가 아닌 민간업체의 독점적 판매라는 점까지 고려하면 도스당 8만 원 플러스알파에 판매가 가능하다고 볼 수 있대. 그러면 250만 도스 이천억 원이야, 거기에 발생 초기에 50명만 사망자가 나오도록 방치하면 250만 도스가

아니라 천만 도스도 판매가 가능하다고 판단했어.

"KC그룹 정도 되는 재벌기업이 겨우 몇 천억 벌자고 이런 위험부담이 큰 범죄를 시도한다고 생각하는 건 오버 같은데?"

―형은 돈 많은 놈들 머릿속을 몰라서 그래, 걔들은 우리랑 상식이 달라. 그리고 아까 정치적으로 고려해야 할 사항 이야기했지? 정부에 불리한 이슈를 덮기 위해서는 더 큰 덩치의 이슈가 필요하다는 거.

"이야기가 점점 더 황당해지는 거 알지?"

―까놓고 말해서 대선자금을 준비하는 작업일 가능성도 배제할 수 없어, 이제 진짜 몇 달 안 남았잖아. 시중에 팔리는 물량에 더해서 정부가 대규모로 매입하도록 유도하면 한두 달 사이에 조 단위 자금이 마련될 수 있어.

"너무 멀리 가진 말자."

―어쨌든 임채수 씨는 대응책을 두 가지로 결론 내렸어, 하나는 5월 30일에 항공기를 통해 반입되는 모든 제품의 통관을 중단하고 대대적인 검역실시, 당일 탑승자는 전원 72시간 격리, 두 번째로 김윤서 박사와 자인제약을 통해 HAG 시제품을 최대한 확보해서 H6N1 확산에 대비한다. 이상.

"생각할 수 있는 대응책은 그 정도겠지. 보고기록은 없냐? 그거 어디서 샜다고 봐야 하는데 본인이 위험을 감지하고 대비했을 정도면 직속 상관 중에 공범이 있어."

―그게 빡치는 점인데 기록이 없어.

차명석은 그냥 눈을 감고 소파에 기대버렸다. 나름 그럴싸한 시나리오를 찾은 셈이지만 다음 수순이 마땅치가 않았다. 막연하게 5월 30일에 도착하는 항공기 중 하나에 생화학 테러범이 탔다고 당국에 신고할 수도 없는 노릇, 할 수 있는 일이라고 해봐야 김윤서 박사를 통해서 전염병 경보를 내리거나 HAG 시제품을 확보하는 정도였다. 아니나 다를까 강민태가 맥주 캔을 새로 따면서 고개를 가로저었다.

"그거 질병관리본부 사이트나 검찰 사이트에 올리고 빠지자, 누누이 이야기하지만 이거 우리가 낄 사이즈 아냐."

"너무 커진 건 맞지, 하지만 채수 동생한테 한 약속은 지키고 싶다."

"이 보고서 공개되면 걔들이 자진해서 포기할 수도 있어, 그렇게 되면 KC그룹도 충분히 타격을 입는 거고."

"연기하겠지, 다시 시도할 거고."

"하여간 저늠의 오지랖은… 쯧쯧, 그럼 김윤서 박사부터 만나봐, 솔직히 우리가 할 수 있는 일은 그거뿐이다. 그 양반이라면 최소한의 준비는 할 수 있을 거다."

그가 대답하지 않자 듣기만 하던 하연수가 끼어들었다.

"난 김동혁 씨 만나볼게요."

엉뚱한 소리에 눈을 가늘게 떴다.

"응?"

"그래서 말인데… 나 그거 조금만 줘요, 악마의 숨결인가? 그거."

"위험해, 함부로 쓰는 물건 아냐. 얼마 남지도 않았고."

"지금 이것저것 따질 형편 아니잖아요, 조심해서 쓸게."

"그거 마약이야, 쏠 거면 내가 같이 간다."

"데이트하는데 다른 남자를 데려가라고?"

"데이트?"

"아까 김동혁 씨한테서 전화 왔었어요, 저녁 같이 먹자던데?"

"얼씨구?"

"보고 싶다나 뭐라나… 이놈의 인기란, 참."

하연수는 배시시 웃으며 흘러내리지도 않은 머리카락을 좌우로 탁탁 쳐서 넘겼다.

"내 입에서 무슨 소리 나갈 거 같냐?"

"무조건 안 된다고 하겠지, 뭐. 근데 지금 쓸 만한 정보가 나올 만한 구석이 김동혁 밖에 없잖아요."

틀린 이야기는 아니었다. 아직도 사건의 외곽에서 겉돌기만 하는 형편인데 이젠 시간이 너무 없었다. 하지만 아무리 그래도 실전에 하연수를 투입하는 건 너무 위험했다. 다른 방법을 고민하는 사이, 강민태가 장단을 맞췄다.

"까놓고 이야기해서 지금으로선 그 자식 잡아다 족치는 게 가장 확실해."

"넌 왜 또 부채질이야?"

"제 발로 찾아왔잖아, 어디든 유인해서 털어. 마지막 기회일지도 몰라."

"기회라는 건 인정하는데 연수가 그놈 만나는 건 위험해."

"석진이가 실시간으로 위치추적 진행하는 상태에서 따라붙으면 문제

될 거 없어, 그 자식 하는 짓 봐서는 분명히 어디 별장이나 호텔방 같은 데로 가려할 거고… 거기서 족쳐, 위험하다 싶으면 즉시 중단시키면 되고. 솔직히 말해서 그놈이 연수 씨를 힘으로 제압할 방법은 없다고 본다."

"힘만으로 하겠냐? 온갖 지저분한 짓은 다 할 놈이야. 솔직히 내키지 않는다, 너무 즉흥적이야."

"다른 생각 있어?"

"아직은, 생각 좀 해보자. 그 자식 몇 시에 온다고 했어?"

자신도 모르게 화난 목소리가 나갔고 하연수는 배시시 웃으며 질문으로 말을 받았다.

"질투?"

"시끄러, 몇 시야?"

"저녁 일곱 시, 차 보낸대요."

"10시간도 안 남았는데 준비가 될까 모르겠다, 후… 일단 김 박사 만나러 가자. 가면서 생각해보는 수밖에."

"이의 없음."

"너 내일하고 모레 휴가 더 낼 수 있냐?"

"아예 일주일 병가 냈다, 당분간은 니네 집에서 잘 거야. 젠장, 이러다 조만간 짤릴 거 같다, 크크."

"짤리진 마라, 우리 불편해. 후후, 그리고… 석진아, 넌 보고서 요약해서 질병관리본부 사이트에 올릴 준비 해둬라, 니 흔적은 빼고."

질병관리본부 이외의 다른 사이트에는 올려봐야 아무도 신경 쓰지 않을 거라는 생각, 괜히 김동혁에게 경고만 보내는 꼴이 될 것 같았다.

—애니 타임! 말만 해, 1분 내에 올라갈 수 있게 준비할게.

"난 김 박사 만나러 간다, 연수는 준비 오래 걸리면 집에 있어."

"시간 안 걸려요."

하연수는 머리를 뒤로 질끈 묶더니 위에다 모자만 눌러썼다.

"준비 끝."

씩 웃는 하연수의 모자챙을 푹 누르고 일어섰다.

"비 온다, 우산 챙겨."

집을 나서자마자 신영병원으로 직행했다. 김윤서는 계속 병원에서 먹고 자는 형편이라 따로 약속을 잡을 필요도 없었다.

어렵지 않게 구내식당에서 늦은 아침을 해결하는 김윤서를 찾아냈다. 그녀의 식탁 건너편에 앉자 김윤서가 깜짝 놀라 숟가락을 내려놓았다.

"무슨 일 있어요?"

"식사 먼저 하세요, 끝나고 하죠."

"무슨 일인데요? 여기서 하시면 안 돼요?"

"귀가 많습니다, 길어질 것 같기도 하고요."

"그럼 가요, 다 먹었습니다."

김윤서는 두말없이 식사를 중단하고 감염내과 병동 안에 있는 직원 휴게실 같은 후미진 방으로 두 사람을 안내했다.

"안 좋은 일인가요?"

"그런 것 같습니다."

차명석은 현재 상황을 최대한 간략하게 설명했다. 관련자들의 이름은 뺐다. 알아서 좋을 것이 없다는 판단, 김윤서의 표정은 금방 심각해졌다. 동생 문제로 겪은 일도 많고 전염병의 심각성을 가장 잘 아는 사람이라 이해가 빠른 것 같았다.

"현재 병원이 보유한 물량은 임상실험 끝나고 남은 여유분 200도스 정도가 전부예요. 일단 자인제약 보유물량 확인하고 최대한 많이 확보할게요. 긴급으로 추가 생산도 의뢰해둘게요."

"감사합니다."

"그런 말씀 마세요, 감사는 제가 해야죠."

"경호에도 신경을 쓰십시오. 앞으로 일주일은 무슨 일이 일어날지 아무도 모릅니다."

"그럴게요."

"병원 통해서 전염병 경보를 내릴 방법은 없습니까?"

"질병관리본부 측이랑 상의를 해볼게요. 그냥은 믿어주지 않을 테니 다른 핑계를 생각해보겠습니다."

"감사합니다, 저흰 이만 돌아가 보겠습니다."

이야기를 끝내고 일어서려는데 김윤서의 주머니에서 전화벨이 울렸다.

"응? 알았어, 갈게."

무미건조한 목소리로 전화를 끊은 김윤서가 심각해진 표정으로 말했다.

"검찰 수사관이 절 왜 찾아왔을까요?"

"검찰 수사관?"

"네."

"목적이 뭐랍니까?"

"말 안 했대요."

"가능한 사람이 많은 장소에서 만나십시오. 1층 리셉션에 있는 커피숍 정도면 좋을 것 같습니다. 믿으면 안 됩니다."

"네? 왜요?"

"신분증부터 확인하십시오. 사실 신분증도 믿을 수는 없지만 그나마라도 하는 게 낫습니다. 신분을 사칭했을 가능성도 생각하셔야 합니다. 이거 귀에 꽂으시고… 머리 푸시면 안 됩니까?"

이어피스를 받아든 김윤서는 알아서 귀에 꽂고 뒤로 묶은 머리를 풀어 자연스럽게 귀를 가렸다.

"영화 많이 봤어요, 후후."

"잘하셨습니다. 듣고 있을 거니까 위험하다고 판단되면 '옛날 친구' 만나러 간다는 말을 하십시오. '친구'라는 단어만 쓰면 됩니다."

"알겠어요."

"먼저 나가시죠, 1분쯤 기다렸다가 나가겠습니다."

"네."

김윤서가 먼저 나간 뒤, 잠시 기다렸다가 방을 나와 감염내과 대기실

쪽을 슬쩍 살폈다. 간호사 데스크 앞에서 정장 두 사람이 김윤서와 인사를 나누고 있었다.

"가자."

자연스럽게 복도 반대편으로 건너가 직원 엘리베이터 버튼을 눌렀다. 그런데 엘리베이터 문이 열렸는데도 하연수가 그쪽에서 눈을 떼지 못하고 있었다.

"왜?"

"저기 머리 짧은 사람 본 거 같아."

하연수가 이야기한 머리 짧은 놈은 30대 후반의 날렵한 체격이었다. 다른 한 놈은 20대 중반쯤 될 것 같은 젊은 거구였다.

"어디서?"

"통역하던 파티 때 왔던 높은 사람 경호원 같은데… VIP 안내할 때 봤어, 그때… 잠깐만."

하연수는 미간을 잔뜩 좁히고 1층에 도착할 때까지 침묵을 지키더니 문이 열리는 순간 손가락을 튕겼다.

"맞아 양진호라고 그랬어, 양진호 의원. 그 사람이랑 같이 온 경호원 같아."

"양진호?"

"응, 그때 저 사람이 호텔 보안요원하고 언성 높이고 싸워서 기억해."

어디서 들어본 이름인 것 같아서 엘리베이터에서 내리자마자 얼른 포털에 양진호를 찍고 프로필을 확인했다. 서울지검 차장검사 출신으로 상봉동 지역구의 재선 국회의원인데 최근 검찰비리 국정감사 특위에서의 맹활약으로 떠오르는 별이라는 찬사를 듣는 인물이었다.

'이 인간은 또 뭐야?'

어딘가 선거 포스터나 뉴스에서 이름을 봤을 가능성이 높은데 젊고 깨끗한 이미지였다. 좁은 복도를 빠져나오자 하연수가 로비 반대편의 엘리베이터를 가리켰다.

"저기, 내려왔어요."

김윤서는 앞장서서 테이크아웃 커피숍 앞의 벤치로 건너갔다. 그리고 사내들과 마주보고 앉아 이야기를 시작했다.

—이 사람 아십니까?

머리가 짧은 사내가 전화기를 꺼내 김윤서 앞에 내밀었다. 전화에 사진 같은 걸 띄운 모양이었다.

—처음 보는 사람인데요? 왜죠?

—살인청부업자입니다.

—살인청부…요?

—최근에 두 건 이상의 청부살인을 저지른 인물입니다, 현재 은밀한 수사가 진행되고 있습니다.

—그 걸… 왜 제게 말씀하시죠?

—최근에 이 병원에 드나든다는 증언이 나왔고 박사님을 노린다는 첩보도 입수됐습니다, 지난번 동생분 사건에 관련된 배후세력인 것 같은데… 전문 히트맨을 고용한 것으로 보입니다.

―무슨 말씀을 하는 건지 모르겠네요, 내 동생 무혐의로 나왔어요.

―납치나 암살의 위험이 감지됐습니다. 따라서 오늘 이후 일주일간 은 검찰청이 제공하는 안전가옥에서 지내시는 게 좋을 것 같습니다.

―말도 안 되는 소리 하지 마세요. 갑자기 찾아와서 누가 널 죽이려 고 하니 무조건 따라와라 그러면 제가 따라갈 거라고 생각하시는 건 가요?

―상부에서 신경을 많이 쓰는 사안입니다. 박사님은 나라의 중요한 자산이니까요.

―갈수록 태산이네요, 전 거의 병원에서 사는 사람이에요, 집에 갈 일 도 별로 없고 병원에는 안전요원들 많아서 안전해요.

―이건 제안이 아닙니다. 밖에 우리 수사관들이 모실 겁니다.

―전 병원 떠나지 않아요, 보안요원 부르기 전에 돌아가세요.

―부장검사님께서 특별히 배려하신 겁니다, 박사님 안전을 위해 꼭 필요한 일이니 사양하시면 안 됩니다.

―어이가 없네요, 수사관님 신분증 좀 다시 보죠. 서울지검 누구라고 하셨죠? 확인부터 해야 할 것 같네요.

―허참… 박사님 지금 위험하다니까요? 병원장님께는 따로 전화가 갈 겁니다, 그러니 오늘이라도….

김윤서는 벽에 걸린 시계를 힐끗 보더니 단호하게 말을 잘랐다.

―회진시간이네요, 더 할 이야기 없으시면 그만 올라가겠습니다.

―이러시면 일만 복잡해집니다, 그만큼 위험해지고요.

―안녕히 가세요.

김윤서는 가차 없이 돌아서버렸다. 두 사람은 로비를 가로지르는 김윤서의 뒷모습을 한동안 노려본 뒤, 어딘가로 전화를 걸면서 병원 밖으로 나갔다. 따라붙으며 김윤서에게 전화를 걸었다.

―네.

"신분증 보셨습니까?"

―서울지검 소속이고 이름은 김정욱이에요, 진짜일까요?

"아닐 겁니다, 우리가 아는 다른 사람의 경호원이니까요. 다시 찾아오더라도 절대 만나거나 동행하시면 안 됩니다. 피치 못해 만나실 경우에는 필히 병원 안전요원을 대동하고 만나세요."

―알았어요, 고맙습니다.

"사진을 보여준 것 같던데 누구 같습니까?"

―모자가 얼굴의 반 이상을 가려서 알아볼 수는 없었지만 그쪽 같아요, 살인범으로 몰아가려는 의도 같습니다.

"신경 쓰지 마십시오, 그보다는 박사님을 병원에서 격리하려는 의도라고 보는 편이 정확할 겁니다. 준비를 서두르십시오."

―제 생각도 그래요, 최대한 빨리 진행할게요.

"아까 드린 무전기는 꼭 부숴서 버리시고 상황이 급하면 언제든 장변에게 전화하십시오, 다시 연락드리겠습니다."

―고마워요.

로비를 벗어난 놈들은 엄청나게 쏟아지는 폭우 속으로 들어가버렸다.

앞이 보이지 않을 정도의 폭우여서 진입로에 사람은 거의 없었다. 뒤따라 나와 우산을 폈다. 하연수가 그의 팔짱을 끼며 찰싹 달라붙었다.

"또 하나의 로망 실현."

"우산 쓰는 것도 로망이냐?"

"응, 이렇게 무지하게 폭우 오는 날 우산 속에서 오글오글 닭살 멘트 주고받기."

"얼씨구?"

머리를 한 대 쥐어박고 김석진에게 전화를 걸었다. 시선은 앞서가는 놈들의 우산에 고정했다.

─어, 형.

"양진호 의원 주소랑 사무실 어딘지 알아봐라, 전화번호, 현재위치, 알아낼 수 있는 건 전부."

─울 동네 국회의원?

"그래."

─문자 날릴게.

키 큰 남학생 하나를 앞세우고 멀리서 뒤를 밟았다. 어디로 갈지 대충 예상이 되는 놈들이지만 시간이 없었다. 가능하면 지금 얼굴을 맞대야 했다. 놈들은 제법 멀리까지 걸어서 한적한 뒷골목으로 들어갔다.

골목 어귀에서 놈들의 위치를 확인하고 다시 걸음을 옮겼다. 어둡고 인적 없는 골목인데 놈들은 그 끝에서 산지를 낀 길로 돌아가고 있었다.

'이건 또 뭐야?'

눈치챘다는 판단, 놈들은 두 사람을 유인하고 있었다. 애당초 그가 김윤서를 만나는 장면을 봤을 가능성도 없지 않았다.

"따라오라는 건데?"

"응?"

"그래도 가자, 궁금해졌다. 부딪치게 되면 백업, 다른 놈들 나타나면 알려줘."

"넵."

빠른 걸음으로 골목 끝까지 이동한 다음, 속도를 줄이고 산책하는 것처럼 느긋하게 놈들이 돌아간 길로 들어섰다. 예상대로 놈들은 몇 미터 떨어진 가로등 아래서 이쪽을 쳐다보고 있었다.

"많이 기다렸나?"

하연수에게 우산을 넘겨주고 몇 발짝 앞으로 나섰다. 옷은 순식간에 푹 젖었다. 대낮인데도 저녁처럼 하늘은 컴컴했고 보도블록에서 무릎까지 빗방울이 튀어올랐다. 짧은 머리도 쓰고 있던 우산을 던져버리고 입을 뗐다.

"겁이 없군, 아니면 멍청하거나."

"따라오라는 데 와봐야지."

콰릉!

가까이에서 천둥이 작렬했다. 놈은 치열을 모두 드러내며 웃었다. 거리는 불과 5미터, 한번 도약에 부딪칠 수 있는 거리였다. 놈이 말했다.

"체포하겠다, 저항하고 싶으면 해도 돼."

"내가 누군지는 알고 체포하겠다는 거야?"

"현행범인데 무슨 상관이야?"

"그런가? 혐의는?"

"납치미수, 폭행 그리고 살인."

"그런 거 한 적 없는데?"

"죄목 만드는 거 어렵지 않아."

"경찰도 아닌 놈이 죄목을 어떻게 만들어?"

"남의 뒤나 캐고 다니는 얍쌉한 쥐새끼가 건방까지 하늘을 찌르는군."

"검찰수사관 사칭에 요인납치 기도까지 한 범죄자가 할 이야기는 아닌 거 같은데? 검사 출신 국회의원이 뒤에 있으면 이렇게 막나가도 되나?"

"뭔 개소리야?"

반문하는 놈의 눈빛이 심하게 흔들렸다. 하연수의 말대로 양진호 밑에서 일하는 놈 맞았다.

"아까 니가 김윤서 박사에게 한 이야기 깨끗하게 녹음됐으니까 증거는 충분하고… 이제 니들 진짜 이름만 확인하면 양진호 얼굴 보러 가도 되겠네."

"뭐 이런 미친 새끼가 다 있어?"

뒤에 있던 꼬맹이가 먼저 움직였다. 가벼운 잽과 동시에 매서운 발차기가 턱을 향해 날아왔다.

'초짜로군.'

비 오는 날 발을 높이 드는 건 멍청한 짓이었다. 자신감만 넘치는 신입일 가능성이 높았다. 발을 걷어내고 놈의 발목을 찍으면서 전진했다.

'속전속결!'

만만치 않은 상대들인 만큼 단숨에 이놈을 처리해야 답이 나왔다. 놈의 품으로 파고들면서 무릎으로 놈의 옆구리를 노렸다. 그런데 놈은 방어 대신 옆구리를 포기하고 그의 허벅지를 잡아채 들어올렸다.

'너무 얕봤나?'

힘도 만만치가 않았다. 유도 같은 운동을 체계적으로 한 놈 같았다. 자칫하면 엉뚱한 곳에서 개망신을 당할 수도 있다는 생각에 반사적으로 놈의 턱을 쳐올리고 목에다 전력으로 수도를 박았다.

"컥!"

임기응변이라 정확한 타격은 아니지만 다행히도 놈은 숨도 삼키지 못하고 뒤로 넘어갔다. 확실히 야전형 변칙 격투기는 겪어보지 않은 놈이었다. 그래도 놈과 뒤엉켜 구르는 꼴사나운 장면은 피하지 못했다.

'젠장!'

바닥에 깔리지 않기 위해 한 번 더 굴러 놈의 안면에 팔꿈치를 박고 떨어져 나와 무릎을 꿇으면서 자세를 바로잡았다. 일단 한숨 돌린 셈, 고인 물에 머리를 박은 놈은 더 이상 움직이지 않았다. 짧은 머리는 조금 놀랐는지 선뜻 달려들지 못했다. 그러나 이내 정신을 차리고 허리춤으로 손을 가져갔다.

'총?'

전력으로 튀어나가 놈의 얼굴과 하체를 동시에 노렸다. 놈은 옆으로 돌면서 정확하게 그의 공격을 받아냈다. 일단 무기를 뽑는 건 막았지만 대신 엄청나게 빠른 주먹이 연속해서 날아들었다. 가벼우면서도 속도감 있는 타격, 쉬운 상대는 아니었다.

그래도 줄기차게 밀어붙였다. 총기를 가지고 있는 놈에게 거리를 주는 건 자살행위나 마찬가지, 근접전밖에 답이 없었다. 커버한 팔목과 발등을 때리는 강도는 점점 더 강해졌다. 짧게 끊어 치는 타격이지만 확실히 위력적이었다. 물론 힘이 들어간 만큼 기회도 보였다.

'동네 건달은 확실히 아니네.'

날카로운 역수도를 머리 위로 흘리면서 턱에다 가볍게 한 방 먹였다. 하지만 그의 옆구리에도 무거운 통증이 작렬했다.

'흡!'

옆으로 밀렸다가 다시 따라붙었다. 놈도 휘청거리면서 한 발 물러선 상황, 여기서 승부를 봐야 했다. 헌데 물러서서 자세를 바로잡던 놈이 느닷없이 몸을 떨면서 꼿꼿이 선 채로 넘어와 이마를 바닥에 처박았다.

퍽!

발밑까지 울리는 느낌, 널브러진 놈 뒤에서 하연수의 얼굴이 어색하게 웃었다. 손에는 처음 보는 작은 스턴건을 쥐고 있었다.

"그건 또 언제 챙겼냐?"

"항상 가지고 다녀요, 나한테 총 줄 거 아니잖아."

그는 고개를 가로저으면서 케이블 타이로 놈들을 묶었다.

"졌다."

"졌으면 감사인사부터."

"니 도움 필요 없었다는 거 알잖아,"

"헐? 막 얻어맞던데?"

"맞아준 거야, 살을 주고 뼈를 취한다. 몰라?"

"이게 무협지유?"

"무협지? 이 여자 이거 아무래도 여자의 탈을 쓴 남자 같은데? 후후."

"모욕적인 언사는 삼가합시다?"

"이거나 도와, 인마."

농담을 주고받으며 두 놈의 손을 묶어 잡목 숲 안쪽으로 끌어다 놓았다. 잠깐 놈들의 주머니를 뒤져 가짜 검찰 신분증과 지갑 속 운전면허증을 찾아내 사진을 찍었다. 이어 전화를 복제한 다음, 다시 제자리에 돌려놓았다. 마지막으로 허리춤을 뒤져 권총을 찾아냈다.

일련번호가 깨끗이 지워진 베레타였다. 9000모델인 것 같은데 소형이라 장탄수는 10발을 넘지 못했다. 놈의 가슴에 올려놓고 얼굴과 같이 나오게 사진을 몇 장 찍고 제자리에 돌려놓았다.

"가자."

곧장 잡목 숲을 나서 한쪽에 던져놓은 우산을 집어들었다. 그런데 우산을 펴는 순간, 건너편 주택의 담장 그늘에서 나직한 여자의 목소리가 들려왔다.

"더는 움직이지 않는 게 좋아, 참고삼아 이야기해두는데 나 혼자 온

게 아니라 어설프게 뛰면 머리에 큼직하게 바람구멍이 날 거야."

여자는 천천히 담장 그늘을 벗어났다. 아래위 모두 새카만 옷인데 우산에 가려서 얼굴이 보이지 않았다. 큰 키에 날렵한 체구, 목소리로는 나이를 가늠하기 어려웠다. 하연수를 등 뒤로 보내며 물었다.

"저것들하고 같이 왔나?"

"질문은 내가 한다, 비 안 맞는 조용한 곳에서."

"울 엄마가 모르는 사람 따라가지 말라 그랬는데?"

"웃기는 놈이네, 너한텐 선택권 없어."

여자가 우산을 슬쩍 위로 올리면서 손에 든 권총을 어깨높이에서 흔들었다. 눈에 익은 글록17, 소음기는 보이지 않았다.

"그거 많이 위험한 물건이야, 함부로 휘두르지 말자고."

"농담할 타이밍 아닐 텐데?"

"쟤들하고 같은 편만 아니라면 얼마든지 대화에 응해줄 수 있어, 그러니 소속부터 밝혀. 어차피 서울바닥에서 리볼버나 K5가 아닌 글록을 휘두를 수 있는 조직은 하나밖에 없으니 대충 예상은 되지만."

"부인하진 않겠다, 이 비 맞으면서 힘쓰기 싫어서 말이야."

"대화는 되겠네."

"진입."

여자는 대꾸는 생략하고 차갑게 명령을 내렸다. 몇 초 지나지 않아 여자의 어깨 너머로 헤드램프 빛줄기가 올라오더니 새카만 밴 한 대가 모습을 드러냈다. 고개를 넘어온 밴이 두 사람 옆에 정지하자 여자가 총구로 밴을 가리켰다.

"이거 승차감 별로던데 다른 차 없어?"

"트렁크에 들어가고 싶나?"

"유머감각 없는 여자 별로야, 함 생각해봐."

끝까지 농담을 던지면서 밴에 탔다. 뒷자리에 앉은 사내가 기다렸다는 듯 시커먼 천을 머리에 씌웠다.

"허튼짓 하지 마라, 머리에 총알 박히기 싫으면."

머리에 씌운 천이 사라진 건 지루한 시간이 30분 가까이 흐른 뒤였다. 주택가 어딘가의 안가 같은데 소리가 묘하게 울렸다. 눈을 뜨자 작은 탁자와 시커먼 천을 든 여자가 보였다. 하연수는 없었다. 다른 방으로 데려간 모양이었다.

"내 친구는 어디 있지?"

"대답 잘하면 두 사람 다 팔다리 멀쩡하게 집에 갈 수 있을 거야."

밝은 데서 보니 그럭저럭 미인에 들어가는 얼굴이었다. 서른 중반쯤 된 것 같은데 짧은 커트머리와 짙은 스모키 화장 때문에 나이는 도통 가늠하기 어려웠고 시선을 부딪치는 것만으로도 제법 압박감이 느껴졌다. 일단 수갑이 채워진 양손을 들어 탁자 위에 올리며 농담으로 말을 받았다.

"수갑이나 좀 풀지? 범죄자도 아닌데."

여자는 가소롭다는 표정으로 비웃음을 날렸다.

"밤거리에서도 헌터라고 불리던데 그렇게 불러줄까?"

"원하시는 대로, 난 뭐라고 부르면 되지?"

차명석은 쓰게 웃었다. 여자는 분명 '밤거리에서도'라고 말했다. 헌터가 회사 콜사인이었다는 걸 안다는 뜻이었다.

'확실히 회사로군.'

이른바 '상하이 참사' 사건이 워낙 시끄러웠던 탓에 현장요원들이 그의 콜사인을 아는 건 어색할 이유가 없었다. 사건기록에는 실명이나 콜사인이 수록되지 않지만 현장에서 뛰는 요원들은 대부분 안다고 봐도 무방했다. 여자는 대답은 건너뛰고 자신의 말만 이어갔다.

"그 동네에서 평가가 괜찮더군, 몸값 비싸다면서?"

"나에 대해서 다 알면 아까 그것들 뭐하는 것들인지도 알 텐데… 이거 너무 심한 거 아닌가?"

그는 어깨를 틀어 수갑 찬 손을 들어보였다. 대답은 비웃음이었다.

"힘만 좋은 무식한 놈은 귀찮아질 수 있어서."

"이거 불편해, 내가 풀까?"

여자는 픽 다시 웃더니 천천히 그의 뒤로 돌아와 그의 손에다 열쇠를 떨어트리며 물었다.

"임채수 씨하고는 무슨 관계지?"

임채수 암살 사건을 수사하는 팀일 수도 있다는 생각, 천천히 수갑을 풀고 굳은 손목을 만지작거렸다.

"알잖아. 고등학교 동창, 입사동기. 안타깝게도 퇴사는 내가 먼저 했고 그 자식은 너무 먼저 갔지."

"임채수 씨에게서 받은 거 내놓으면 조용히 보내주겠다."

"채수가 나한테 뭘 줬어? 난 받은 거 없는데?"

"그거 국가기밀이야, 너한텐 도움 안 돼."

"하나 묻자, 그에 따라 내 대답도 달라진다."

"뭘?"

"니가 나한테 한 질문과 똑같은 거다, 넌 이재준하고 어떤 관계지?"

"이재준?"

"누구 명령으로 움직이는 거냐는 뜻이야."

"우린 본사 조직이다, 이재준과 상관없어."

"믿으라고 하는 이야기야?"

"믿기 싫으면 그만둬, 믿지 못하는 놈한테 시간 할애할 생각 없다. 대신 한 가지 조언해주지. 아까 니가 때려눕힌 자들은 용병이야. 조사해보면 알겠지만 그것들 레드라인이라는 PMC^{Private Military Company} 소속이다, 미국계 다국적 PMC 블랙라인이 51퍼센트 지분을 가졌으니까… 한국 내 자회사쯤 되는 거지."

"용병이다?"

"공식적으로는 요인경호와 파병부대 보급품 호송을 주업으로 하는 회사인데 실제로는 산업스파이부터 군사기밀 유통까지 안 하는 짓이 없는 놈들이다. 넌 그런 놈들과 척을 진 거고."

"그래서 뭘 어쩌라고?"

"니가 가진 물건이 놈들에게 넘어가면 국가안보에 중차대한 위험을 초래하게 될 거다, 돌려주고 회사의 보호를 받아."

"코미디 하냐? 그게 뭔지는 알고 하는 이야기야?"

"내용을 봤나?"

"국가안보에 중차대한 위험을 초래하는 사건인 건 맞아, 채수는 그걸 조사하다가 목숨을 잃은 거고."

여자는 그의 얼굴을 한참 내려다보더니 의자를 끌어다 건너편에 앉았다.

"블랙맘바라고 불러라."

"콜사인 한번 살벌하네, 채수하고 같이 일했나?"

"그렇다고 할 수 있다, 김동혁과 김윤서 박사의 동향을 주시하라는 명령을 받고 준비하는 시점에 임채수 씨가 사망했다. 우린 사고가 아니라고 판단했고 그래서 계속 경찰의 수사 상황과 김동혁, 김윤서 두 사람을 모니터했다. 그리고 오늘 수상한 놈들 두들겨 패는 널 발견했지."

"아무것도 모른다는 이야기로 들리는데?"

"털어놔."

등받이에 기대 팔짱을 끼는 블랙맘바를 물끄러미 쳐다보며 부지런히 생각을 정리했다.

'채수랑 같이 일을 했든 안 했든 이 여자 직원이다.'

국정원 요원이라는 사실은 분명했고 정신 똑바로 박힌 요원이라면 국가가 생화학 테러를 당하는 상황이 달가울 리 없었다. 더불어 현재 상황에 대해 아는 사람이 많아지는 것도 나쁘지 않았다.

"내 친구 데려와, 그럼 시작하지."

블랙맘바는 피식 웃더니 천정 한쪽에 붙은 카메라를 바라보며 수신호를 했다. 시선이 돌아오자 슬쩍 질문을 던졌다.

"기다리는 동안 호구조사나 할까? 나에 대해서는 잘 알 거고… 당신 소속 물어봐도 되나?"

"산업보안그룹 직할 현장팀이다."

블랙맘바는 의외로 선선하게 대답했다. 진짜 소속을 이야기했는지는 알 수 없지만 최소한 대화할 준비는 된 것 같았다.

"다행이네, 오늘 죽지는 않을 거 같아서."

"꼭 그렇지만은 않아."

실없는 농담을 주고받는 사이 문이 열리면서 밴을 운전했던 젊은 친구가 하연수를 데리고 들어왔다.

"데려왔습니다."

그런데 하연수가 의외로 침착했다. 잔뜩 긴장한 눈빛이지만 떨지도 불안해하지도 않았다. 그와 눈이 마주쳤는데도 섣불리 움직일 생각을 하지 않았다. 긴장을 풀어줘야 할 것 같아서 미소를 보이며 옆에 앉으라고 손짓을 했다.

"앉아, 솔직히 이 사람들 아군인지 적군인지 애매한데… 적의 적 정도로 정리할 수 있을 것 같다."

"응."

차분하게 대답한 하연수가 천천히 테이블을 돌아와 그의 옆자리에 앉자 블랙맘바가 녹음기를 켜서 테이블에 올려놓았다.

"시작하지."

"어디부터 할까?"

"임채수 씨 암살의 배후부터, 최우선 과제가 그거니까."

"채수… 젠장, 그 자식 죽음에 대해서는 내 책임도 있어. 채수는 내가 넘긴 첩보를 기초로 생화학 테러에 대한 증거들을 찾아다녔고 그 때문에 암살당했으니까."

"생화학 테러?"

"그리고 채수 암살에는 이재준이 뒤에 있다고 생각한다."

"왜 이재준이 뒤에 있다고 생각하지?"

"내가 김윤서 박사를 도울 때 나타나서 작전지역에서 꺼지라고 했거든, 어떤 방식이든 뒤에 있어."

이재준이라는 이름으로 운을 뗀 그는 최대한 간단하게 상황을 요약해서 설명했다. 물론 그래도 길었다. 김윤서와 김동혁을 시작으로 이재준과 장두식, 거기에 오늘 새로 이름이 거론된 양진호 의원까지 줄줄이 엮인 형편이라 개요만 설명하는데도 꽤 긴 시간을 할애해야 했다. 그런데 블랙맘바의 반응이 떨떠름했다.

"전부 정황증거잖아, 물증 없이 뭘 하자는 거지?"

"채수의 죽음보다 더 확실한 증거가 있을까?"

"의혹일 뿐이야, 의혹만 가지고 나라의 관문을 차단할 수는 없다, 더 확실한 물증이 필요해."

"이제 20시간도 남지 않았어, 그냥 테러도 아니고 생화학 테러다. 일단 막아라, 증거 같은 건 나중에 찾아도 상관없어."

"미친놈. 이대로 위에 보고하면 '그래 수고했다, 당장 대문 걸어', 이럴 거 같나? 어림도 없어."

"그럼 높으신 공무원님들은 불구경이나 해, 내가 김동혁 잡아 족쳐서 증거 예쁘게 포장해서 갖다 바칠 테니까."

"김동혁을 족친다고? 어떻게?"

그는 하연수와 슬쩍 눈을 마주친 뒤, 말을 받았다.

"그 바람둥이가 내 친구한테 들이대는 중이거든."

"밖에서 만나기로 한 건가?"

"그래."

"좋아, 우리가 지휘하지."

"공무원님들은 불구경이나 하라니까?"

"보나마나 불법납치에 감금, 폭행이 난무할 건데 묵과할 수 없어."

"회사가 언제부터 법 따지고 영장 받아서 움직였다고 이러지?"

"뭘 어떻게 할 건지 설명해봐."

"계획을 세워야 하는데 니들이 잡아왔잖아, 지금부터 준비해야 돼."

"우리가 준비해주겠다, 언제 어디서 만나기로 했나?"

"난 내 식으로 한다, 끼고 싶으면 그냥 따라와."

"국가안보에 직접적인 영향을 미치는 사안이야, 이게 사실이라면 아마추어들하고 장난칠 여유 없어."

"그럼 니들이 알아서 잡다가 족치던지, 우린 당장 공항 가서 첫 비행기로 한국 뜰 테니까. 나가서 한 달쯤 여행이나 하고 오지 뭐."

"나대지 마라, 이대로 감옥에 처박아버릴 수도 있으니까."

"그러시던지."

"겁이 없는 거야, 아님 멍청한 거야?"

"오늘 그 소리 너무 자주 듣는 거 같은데… 가만히 생각해보니 둘 다인 것 같다."

블랙맘바는 기라도 죽이고 싶은지 사나운 눈빛으로 그를 노려보았다.

한참을 무덤덤하게 마주보자 블랙맘바가 고개를 가로저었다. 일단 이긴 것 같았다.

"전 과정을 녹음하겠다."

"무전 주파수 알려주지."

"필요한 건?"

"우리 소지품이나 돌려줘, 전화기는 버릴 거니까 괜히 쓸데없는 짓 하지 말고."

"아마추어가 너무 자신만만한 거 아닌가?"

"사람 찾고 도청하고 이런 건 당신들보다 내가 훨씬 효율적이야, 용산서 파는 허접한 몰카장비로 할 수 있는 일이 얼마나 많은지 당신들은 몰라."

"지켜보겠다, 그만한 능력이 있는지."

"당신 때문에 시간 허비해서 더 바빠졌어, 가도 되겠지?"

대답 대신 블랙맘바의 손에 들려 있던 검은 천 두 개가 다시 탁자 위로 올라왔다.

"써."

입맛을 다시며 천을 집어들었다. 귀찮지만 어쩔 수 없었다.

생화학 테러

차에서 내리자마자 레이싱 카의 으르렁거리는 엔진 소음이 먼저 귀청을 때렸다.

"내가 가장 좋아하는 곳, 내가 가장 좋아하는 차야."

김동혁은 허리에 양손을 올리고 레이싱 서킷과 나란히 선 레이싱 카 두 대를 번갈아 돌아보며 물었다.

"어때?"

자랑하고 싶은 모양인데 하연수는 마땅한 대답이 생각나지 않아서 멀뚱히 김동혁의 얼굴을 쳐다보았다. 솔직히 장소 자체가 의외였다. 더욱이 여자가 좋아할 만한 데이트 코스는 절대 아니었다.

"이건 페라리 GT4, 저건 포르쉐 911이야. 돈 좀 발라서 경주용으로 개조했는데 대회란 대회는 모조리 싹쓸이하고 있지, 후후."

정통 경주용 포뮬러 카는 아니지만 페라리와 포르쉐 같은 비싼 차에 또 돈을 썼다면 확실히 자랑하고 싶을 것 같았다. 물론 그녀의 취향은 아니었다. 김동혁이 신이 나서 차량제원을 연신 주워섬겼지만 귀에는 들어오지 않았다. 차에 시선을 주자 비서가 얼른 다가와 큼직한 종이가 방 하나를 건네고 물러섰다.

"이게… 뭐죠?"

"갈아입고 와, 한 바퀴 돌자."

"네?"

종이가방 속에 든 건 하얀색 이브닝 드레스였다. 얼핏 보기에도 얇고 노출이 심해서 입는 건 생각하기 어려웠다. 드레스 밑에는 안에 받쳐 입을 속옷과 하이힐까지 준비한 모습, 낯 뜨겁다는 생각이 먼저 들었다. 다시 넣어서 김동혁에게 내밀었다.

"부담스러운데요? 저 차 탈 생각도 없고요."

"부담가질 필요 없어, 준비한 거 몇 가지 더 있으니까 놀라지도 말고. 어… 차는 몰아보고 좋으면 자주 와서 타도 좋아, 일단 옷이나 갈아입고 와."

"일반도로라면 몰라도 여기선 싫습니다, 지루하잖아요."

"지루? 마음 놓고 시속 300까지 놓을 수 있는데?"

"같이 밥 먹자고 하신 거 아닌가요?"

"저 차 몰고 밥 먹으러 가, 가까운 내 별장에 식사 준비해놨어."

"내키지 않습니다, 별장에 좋지 않은 기억이 있어서요."

혼자 별장에 가는 건 위험하다는 판단, 어디 조용한 식당 같은 곳으로 가자고 할 생각이었다. 그런데 차명석의 목소리가 끼어들었다.

─갈아입어, 비서 없이 둘이 움직여야 일이 쉽다. 별장으로 간다고 해도 마찬가지야. 별장 위치 알아, 거기서 해결해도 될 거 같다.

불만스럽지만 김동혁을 끌어내야 답이 나온다는 점은 동의할 수밖에 없었다. 김동혁이 다시 말했다.

"친구 일 때문에 그러는 거야?"

"내 뒷조사도 했나 보죠?"

"그냥 내 직원의 근황에 대해 신경을 많이 쓴다고 생각해, 그 옷 엄청 비싸고 거기 분위기에 어울리는 멋진 디자인이야. 입어, 어차피 너한테 맞춰서 주문제작한 거라 니가 안 입으면 버리는 거다. 별장에 준비해둔 것도 좀 있는데 아주 마음에 들 거야."

잠시 갈등하는 척하다가 마지못해 승낙하는 것처럼 고개를 끄덕였다. 김동혁은 눈에 띄게 밝아진 목소리로 정비창을 가리켰다.

"안에 들어가면 드라이버들 옷 갈아입는 라커 있다. 어이, 안내해."

서킷 직원으로 보이는 사내의 안내를 따라 정비창으로 걷는 동안 뒤에서 김동혁이 비서에게 이야기하는 소리가 들렸다. 작지만 자신만만한 목소리였다.

"거봐, 인마. 명품 싫어하는 여자 없다니까? 그거 가져왔지?"

"네, 대표님."

"이리 주고 넌 별장에 먼저 가서 준비해."

"네, 대표님."

하연수는 목젖까지 치밀어오르는 욕설을 억지로 삼키면서 지그시 입술을 깨물었다.

'세상엔 너 같은 개자식들만 있는 거 아냐!'

이브닝드레스는 너무 가린 데가 없었다. 어깨끈은 한쪽밖에 없고 어깨와 등은 다 드러 낸데다 허벅지 위까지 길게 슬릿을 만든 새하얀 타이트 스커트여서 차고가 낮은 페라리에 타려니 엄청나게 신경이 쓰였다. 차로 다가가면서 어떻게 타야 하나 방법을 고민하는 사이, 김동혁이 차에서 내리면서 감탄사를 터트렸다.

"우와! 역시 내 안목은 최고라니까, 대박 잘 빠졌네. 아주 좋아. 이제 하나만 추가하면 되겠어. 이거 들어."

김동혁은 페라리 지붕 위에다 클러치 백 하나를 툭 던졌다. 얼핏 보기에도 고가의 명품이었다.

"안에 있는 게 더 좋은 거야, 열어봐."

백에서는 피처럼 붉고 화려한 꽃문양의 브로치가 나왔다. 꽃술 부분에 꽤 큰 사파이어가 박힌 물건, 사파이어가 진짜라면 이것도 한두 푼짜리는 아니었다. 김동혁이 조수석 쪽으로 돌아오며 다시 말했다.

"내가 달아주고 싶은데 그건 매너가 아니지? 니가 달아."

"이런 거 못 받아요."

백을 닫아 내밀었지만 김동혁은 무시하고 자동차 문을 열었다.

"타."

"못 받는다니까요?"

"줄 때 받아, 비싼 물건도 아니니까."

못 이기는 척하면서 어렵게 차에 탔다. 그런데 타고 나서도 문제였다. 시트가 워낙 낮아서 다리를 앞으로 길게 뻗은 자세를 취할 수밖에 없는데 운전석 쪽에서는 허벅지는 물론이고 골반까지 보일 것 같았다. 얼른 안전벨트를 맨 다음, 한 손으로는 가슴골을 가리고 다른 손으로는 클러치 백을 치마의 슬릿 끝에다 올렸다.

"예쁜데 뭘 가려, 섹시해. 최고야."

운전석으로 올라탄 김동혁은 그녀의 허벅지와 가슴께를 노골적으로 훑어보더니 의미심장하게 웃으며 시동을 걸었다.

그릉!

최근에는 보기도 힘든 매뉴얼 트랜스미션인데 김동혁은 능숙하게 변속과 가속을 이어가면서 서킷을 돌기 시작했다. 첫 번째 코너에서 속도를 줄이지 않고 통과하는 스킬을 선보이면서 직선 구간으로 들어와 최대로 페달을 밟았다.

"끝내주지?"

자랑하고 싶은 모양인데 솔직히 엔진이 뿜어내는 무시무시한 굉음과 보이지 않을 정도로 빠르게 스쳐지나가는 트랙의 경물들 때문에 겁난다는 생각만 들었다.

"저기… 여길 전부 빌린 거예요?"

서킷을 주행하는 차량은 두 사람이 탄 차가 유일했다. 그런데도 조명은 모두 켜놓은 상태, 이 넓은 서킷을 혼자 쓰는 셈이었다. 김동혁이 급격하게 속도를 줄여 서킷을 벗어나며 목소리를 깔았다.

"내 꺼나 마찬가지라고 해야지, 회사 거야. 꽉 잡아, 짐카나 코스다."

김동혁은 복잡한 코너링 구간을 무서운 속도로 통과하면서 자신의 운전능력을 한껏 자랑했다. 이어 대여섯 번 격렬하게 드리프트를 하면서 혼을 쏙 빼놓더니 광고판들로 가려진 반대편 출구로 절묘하게 빠져나왔다. 분명 많이 해본 솜씨였다.

"어때? 멋지지?"

드리프트가 평소보다 더 잘 됐는지 김동혁은 만족스런 얼굴로 능숙하게 기어를 변속했다. 하연수는 얼떨떨한 얼굴로 고개만 끄덕였다.

"밥 먹으러 가자."

국도로 들어와서도 속도는 줄지 않았다. 차명석이 잘 따라올 수 있을까 걱정이 될 정도로 과속카메라를 완전히 무시하고 줄기차게 달렸다. 하지만 오래가지는 않았다. 얼마 지나지 않아 속도를 줄이면서 국도를 벗어나 깔끔한 산길로 들어섰다. 별장이 가까운 것 같았다.

굴곡이 많은 구간을 통과한 페라리가 직선도로에서 으르렁거리며 다시 속도를 올릴 무렵 차명석의 목소리가 들려왔다.

—자연스럽게 어시스트핸들 잡아, 목에 힘주고.

하연수는 느릿하게 어시스트핸들로 손을 가져갔다. 그리고 작은 고개 하나를 넘는 순간, 눈앞으로 시커먼 밴 한 대가 툭 튀어나왔다.

"이런 네미럴!"

콰직!

김동혁이 다급하게 브레이크를 밟았지만 꼬리를 들이받는 건 피할 수 없었다. 페라리는 트렁크후드 앞부분이 앞차 범퍼 아래로 완전히 들어가버렸고 터진 에어백 때문에 앞도 제대로 보이지 않았다. 김동혁은 정신없이 에어백의 바람을 빼며 불같이 화를 냈다.

"저런 미친 새끼! 넌 새꺄! 20년치 월급 날아갔어!"

그래도 여자 옆이라고 김동혁은 아주 심한 욕은 입에 담지 않았다. 씩씩거리면서도 나름 화를 참는 모양새, 밴을 따라 도로변에 차를 세우고 전화기부터 챙겼다.

"잠깐 기다려. 저 자식 얼굴이나 보고 가야겠다, 제기랄. 다른 날 같으면 저거 뒈졌는데 오늘은 너 때문에 참는 거야. 후…."

김동혁은 혼잣말처럼 계속 중얼거리더니 크게 심호흡을 하고나서야 차에서 내렸다.

벙거지 모자를 깊이 눌러쓰고 밴에서 내린 강민태는 페라리 조수석에서 내리는 하연수와 눈을 마주쳤다. 다치지는 않은 모습, 김동혁은 주저앉은 페라리 앞부분과 밴 뒷부분의 사진을 찍고 있었다. 일단 허리부터 연신 굽히면서 뒤로 다가갔다.

"죄송합니다, 제가 좀 급해서."

김동혁은 그의 얼굴도 보지 않고 퉁명스럽게 말했다.

"씨발, 너 오늘로 인생 좆났어. 내가 오늘은 급한 일 때문에 그냥 간다만 넌 20년치 월급 수리비로 물어내야 할 거다, 알아?"

"죄송합니다, 죄송합니다."

계속 굽신굽신하면서 다가가 놈의 얼굴에 스코폴라민을 두 번 분사했다. 놈은 중얼거리면서 사진을 몇 장 더 찍더니 금방 다리가 풀려 주저앉았다.

"괜찮으십니까? 어디 다쳤어요? 일단 저쪽으로 앉으시죠."

늘어진 놈을 일단 페라리에 다시 태웠다.

"클리어."

─포르쉐 국도진입, 별장 방향으로 주행시작. 현장 도착까지 10분 30초 추정, 8분 이내에 끝내야 탈출시간 확보된다. 연수는 그 자식 뺨하고 옷에 루즈자국 남겨놓고 먼저 밴으로 건너가.

차명석의 지시에 하연수가 인상을 구기며 물었다.

"에? 왜?"

─둘러댈 핑계거리는 있어야 할 거 아냐, 얼른 하고 빠져.

"치… 알았어요."

하연수가 재빨리 키스마크를 찍어놓고 빠진 다음, 김동혁의 셔츠 단추 몇 개와 허리벨트를 풀어놓고 뺨을 툭 쳤다.

"대표님."

김동혁은 흐려진 눈을 돌리며 느릿하게 대답했다.

"어… 너 나 알아?"

"그럼요, 잘 알죠. 그런데 5월 30일 비행기로 들어오는 물건이 뭡니까? 바이러스 맞나요?"

"어… 바이러스? 어… 그건 왜?"

"맞습니까?"

"어… 그래, 내가 그거 엮느라고 엄청 고생했잖아. 성공만 하면 우리 노인네도 절대 날 무시하지 못할 거야, 흐흐."

"누가 가지고 들어오기로 했습니까?"

"몰라… 아마 사람이 숙주일 거다."

"비행기 편명 혹시 아십니까?"

"어… 몰라, 스키폴에서 인천 직항이라는 것만 안다."

네덜란드 스키폴에서 인천 직항이면 하루에 잘해야 한두 편이었다. 일단 대상을 특정했으니 절반은 성공한 셈이었다.

"다음은 어떻게 되는 거죠?"

"몰라, 이삼 일 기다리기만 하면 된다고 들었어."

"쏩… 이 자식 아는 게 별로 없네."

일어나 잠시 허리를 폈다. 이제 남은 건 배후였다. 다시 문에 기대 물었다.

"장두익과는 무슨 관계죠? 그 사람 폭력조직 두목인 것 같던데."

"인…배 소개로 한 번 만났다, 난 잘… 몰라."

"이인배요?"

"그래."

"이인배는 어떻게 아십니까?"

"프…린스턴 동창이다, 그거 진짜 물건이야. 능력 있는 놈이다."

"이인배를 통해서 바이러스를 들여오라고 지시한 겁니까?"

"내가 지시하는 거 아냐, 그거 시작부터 인배 아이디어야, 그 자식이 머리 하나는 기똥차게 돌아가거든, 흐흐."

강민태는 머리를 긁적였다. 이인배가 제아무리 똑똑하다고 해도 서울 일부를 장악한 폭력조직의 2인자에 불과했다. 거액의 자금이 동원되어야 하고 해외에서 바이러스까지 들여오려면 이인배나 김동혁 수준으로는 어림도 없었다. 누군가 중심을 잡을 수 있는 거물이 필요했다.

"김찬길 회장님도 알고 계십니까?"

"그… 노인네 아마 돌아가는 건 대충 알고 있을 거다, 모르는 일이 없는 양반이니까. 그래도 이번 일만 잘 끝나면 그 양반 날 인정할 수밖에 없을 거야, 흐흐."

"직접 지시하지는 않았군요?"

"묵인, 묵인이지. 흐흐. 진짜 웃기는 건 말이야, 용병들을 움직이는 놈이 따로 있는데 그 자식이 목소리가 크더라고. 거 재수 없게 생긴 뺀질이 자식인데 양진호도 그놈한테는 꼼짝 못하더라."

"양진호 의원이 전체를 지휘하는 겁니까?"

"에이… 아니지, 그럴 리가 있어? 양진호 그 자식은 진짜 아무것도 아냐, 장두식이가 키운 놈인데 무슨… 진두지휘야. 지휘는 당연히 내가 한 거지, 내가 진짜 대빵이야."

"그럼 그 용병들 움직이는 사람은 누굽니까? 이재준입니까?"

"이름 모른다니까?"

이재준이라면 이름은 모를 수 있었다. 그러나 이재준을 더한다고 해도 아직 중심이 될 만한 인물은 없었다.

"국정원 요원을 암살한 게 그 용병들이군요?"

"그건 뭔 소리야? 모르겠는데?"

임채수 암살에 대해서는 전혀 모르는 것 같아서 얼른 방향을 바꿨다.

"토미투스타졸 팔아서 얻는 수익은 누가 챙기는 겁니까? KC케미컬랑 에보티스 말고 또 있습니까?"

"외관상으로는 KC케미컬이… 내가 다 챙기는데 사실 내 돈 아냐."

"에보티스가 가져갑니까?"

"어이, 그거 아니야, 에보티스는 토미투스타졸을 KC케미컬에 판매하면서 수익 챙기고 추가로 KC에 지분 참여한 만큼 별도로 수익을 발생시키는 구조인데… 실제로는 발생하는 수익의 대부분이 정치권에 넘어갈 거야. 대신에 우린 서울에 대형 영리병원 허가를 받기로 했지."

에보티스 이야기가 나오자 김동혁은 갑자기 말이 많아지기 시작했다. 딱히 질문도 하지 않았는데 횡설수설 말을 이어갔다.

"돈은 정치하는 개새끼들이 다 주워 먹는 거야, 씨팔. 어떤 새끼가 어떻게 처먹는지 알게 뭐야, 다…음 주에 한세인 씨를 만나기로 했는데… 그 다음부턴 이야기 복잡하더라고, 씨발."

"한세인은 누구죠?"

"너 한…세인도 몰라? 대한민국 최고 로비스트잖아, 정계든 어디든 높은 놈들한테 선을 대려면 무조건 그 사람을 통해야 돼. 근데 너 같은 조무래기들은 멀리서 얼굴 한 번 보는 것도 힘들어, 나나 되니까 밥 먹고 술 한 잔 하는 거야."

"그 사람이 영리병원 허가를 내주기로 한 겁니까?"

"에…이, 로… 로비스트가 무슨 허가를 내…줘. 뒤…에 누가 있겠지, 그게… 사실 정치자금이라는 게 원래 그런 거야. 여기도 쓰고…. 저기도 쓰고 일부는 지가 착복도 하고… 뭐 그런 거지, ㅋㅎㅎ…."

말이 점점 더 빨라지더니 급기야 발음이 뭉개지기 시작했다.

'쩝… 약을 너무 많이 썼나?'

지금까지 나온 이야기를 정리하면 놈은 이재준이나 이인배를 통해서 한세인이라는 로비스트를 만날 예정인데 그 배후에 있는 권력자와 영리병원 허가까지 벌써 이야기가 됐다면 전체 국면을 지휘하는 건 배후의 권력자라는 뜻이었다.

일이 너무 커졌다는 생각을 하면서 다시 뺨을 툭툭 쳤다. 혹시나 한세인 뒤에 있는 실세의 이름을 알 수 있을까 싶어서였다. 하지만 놈은 의식을 되찾지 못했다.

'젠장.'

순간, 차명석의 목소리가 건너왔다.

─포르쉐가 국도로 들어왔다, 현장 도착까지 1분 10초, 철수해, 철수.

"카피, 뜬다."

김동혁의 따귀를 제대로 한 방 날리고 재빨리 밴으로 뛰었다. 아쉽지만 티나게 팰 수는 없었다.

　현장에서 멀리 떨어진 후미진 이면도로에서 차명석과 합류한 다음, 밴을 유기해버리고 즉시 서울을 향해 출발했다. 결과가 썩 만족스럽지는 않지만 그래도 깔끔하게 끝난 작전이라 불만은 없었다. 경춘국도에 올라서자 강민태가 낮게 휘파람을 불며 차명석의 어깨를 툭 쳤다.

　"이야, 오늘 보니까 김동혁 그 또라이가 연수 씨한테 미쳐 날뛰는 이유 알 것 같은데? 연수 씨, 끝내줍니다. 그 옷 돌려주지 마세요."

　그리고 처음 만난 날 그녀를 열 받게 했던 행동을 반복했다. 양손으로 장난스럽게 대문자 S를 그린 것, 워낙 말을 저렇게 하는 사람이라 기분은 나쁘지 않았다. 그래도 곱게 노려보면서 퉁명스럽게 말했다.

　"테이저건 쓰게 만들지 마요."

　하연수가 화를 내자 강민태는 차명석의 눈치를 슬슬 보면서 양손을 들어보였다.

　"윽… 죄송합니다, 크크."

　차명석도 웃음기를 지우지 않고 끼어들었다.

　"형수한테 들이대다 죽는 수가 있다."

　"제수겠지, 인마. 근데 그 껌뎅이 여자 만날 거야?"

　"아니, 알아서 녹음했을 거다. 그 정도면 결정적인 단서를 넘겨준 거야, 우린 여기서 빠지자."

　"오호, 그거 듣던 중 반가운 소린데? 어쩐 일이냐? 니가 채수 일에 빠지자는 소리를 다 하고."

"회사하고 엮여서 끝이 깔끔한 거 본 적이 없어."

차명석의 말에 강민태는 과장된 몸짓을 하면서 띄엄띄엄 박수를 쳤다.

"와우! 동감! 그대의 의견에 흔쾌히 재청을 표한다. 아주 좋은 생각이야."

"우린 따로 움직인다, 채수 죽인 놈은 찾아야지."

"엥? 빠지자는 게 그 이야기였어?"

"채수 암살 배후는 이인배와 양진호 쪽에 답이 있는 것 같다."

"에효… 저 진상. 알았다, 알았어. 끝까지 가자, 젠장."

강민태는 장난스럽게 뒷목을 잡으면서 유리창에 머리를 쿡 박았다.

서울이 가까워지면서 차들은 금방 불어났다. 그리고 얼마 지나지 않아 새카만 능선 너머로 서울-춘천 고속도로 고가가 보였다. 헌데 주머니 안에서 전화기가 부르르 떨었다. 블랙맘바였다.

─문제가 있다.

"뭐가?"

─암스텔담 인천 직항편은 대한항공과 KLM 코드쉐어 항공기야. KE926, KL867, 10분 후에 이륙하는데 VIP가 탑승했다.

"VIP?"

─한민당 대선후보 최대수 의원, 1년 넘게 여론조사 지지율에서 근소한 차이로 엎치락뒤치락 1, 2위를 오가는 사람이다. 사실상 차기 대통

령이 될 가능성이 가장 높다.

"그거야 니들 생각이고."

─사실을 이야기하는 거야. 같은 비행기에 산자부 차관도 동승한 상황이라 수행원 합치면 VIP만 26명이다, 기자들은 셀 수도 없고.

"그렇다고 격리 못한다는 게 말이 돼? 해."

─탑승자 전원 격리는 사실상 불가능해, 타깃을 특정해야 돼.

"멋대로 해, 이젠 니들 일이다. 난 해달라는 대로 다 했어, 관련자 전부 체포해서 뒤져. 이재준이 쿠펙이란 놈도 데리고 있다."

─영장 청구할 시간 없어, 일단 니가 장두식 쪽 맡아. 이인배랑 같이 라이너 리조트 별관에 있는 클럽 식스나인에 있다, 가는 길이니까 시간상으로도 충분할 거다. 난 이재준을 찾아보겠다.

"난 회사하곤 같이 일 안 해, 더구나 장두식을 깨라고? 참아줘."

─안 하면 체포될 거다, 마약소지와 불법감금, 폭행치상, 죄목은 많아.

"까는 소리 하지 마, 한 번 당한 걸로 충분해."

─너야 빵에 들어가도 사는데 지장 없겠지, 하지만 여자는 어떨까? 강민태는 현직 경찰이라 상황이 더 심각할 텐데?

"증거 있으면 해봐."

─우리가 언제 증거 가지고 일했나? 당장 살인으로 집어넣으라고 해도 얼마든지 가능해.

"그러시던지, 이건 채수 죽인 놈을 찾아내기 위해 시작한 일이다. 내

목표는 처음부터 그거였고 아직 그대로야."

―뭘 원하지?

"이재준의 소재를 넘겨라."

―이재준은 니가 상대할 수 있는 인물이 아냐.

"상관없어, 내 친구를 죽였으면 그 대가를 지불한다. 그뿐이다."

―이재준이 임채수 씨를 죽였다는 증거도 없어.

"체포할 능력이 없다는 이야기로 들리는데? 체포할 생각은 없는 거 같고… 그럼 가서 무릎 꿇고 정중하게 물어볼 건가?"

―지금은 테러를 막는 게 우선이다, 치죄(治罪)는 나중 문제야.

"이재준을 칠 자신 없으면 같이 일 못해, 당신한테 언제 뒤통수를 맞을지 알 수 없거든."

―뒤통수 걱정은 하지 마, 내 스타일 아니니까.

"그 말 들으니 더 걱정되는데?"

―소재가 확인 되는대로 알려주지, 하지만 시작할 때 무덤은 몇 개 더 파는 게 좋을 거야.

"충고 고맙군, 그리고 참고삼아 기억해둬. 이재준이나 레드라인을 상대할 때는 총기를 사용하게 될 거다."

―불법적인 총기 사용은 허가할 수 없어.

"상대는 수십 명이 총 들고 설치는데 맨땅에 헤딩하라고?"

―필요하면 타격대 지원하겠다. 전화해, 이 번호로.

"됐어, 정 찜찜하면 그 자식들 쓰는 총기 빼앗아 쓴 걸로 해둬. 아웃."

전화를 끊고 콘솔에 던지자 강민태가 중얼거렸다.

"사람 죽어나가면 제대로 코 걸리는 거야, 그거 아니래도 필요한 자산이네 뭐네 헛소리하면서 써먹으려 할 판인데 건수 만들어주게 될 거다."

"알아, 그래도 지금은 방법 없어."

"어떻게 할 거야?"

"이인배 친다, 이래저래 이인배는 정리해야 돼."

"지금?"

"시간 없어. 연수는 옷 갈아입지 마라, 클럽에서 필요할 수도 있다."

"에효…."

한숨을 폭 내쉬자 강민태가 힐끗 그녀를 돌아보더니 또 웃었다.

"고럼, 고럼. 이런 섹시한 복장 쉽게 보기 어렵지, 후후. 안 그래요, 연수 씨?"

또 실없이 던지는 농담에 그냥 어색한 미소만 머금었다. 필리핀에서 차명석이 했던 말을 떠올리면서.

'힘들 때 진지해봐야 더 힘들어.'

식스나인은 리조트에서 외따로 떨어진 별관의 프라이빗 클럽이었다. 골프장 뒤편의 야산을 끼고 있는데 안에 들어가는 것부터 쉽지 않았다. 프라이빗 클럽이라 회원들만 출입이 가능했고 하룻밤 숙박비가 150만

원이 넘는 별관 객실손님들만 예외적으로 출입을 허용했다.

더불어 엄격한 드레스 코드도 지켜야 했는데 그 부분은 하연수가 입은 엄청나게 화려한 이브닝드레스 덕을 볼 수 있었다. 옷 살 시간이 없어서 재킷만 걸쳤는데도 출입구 기도는 그의 팔짱을 낀 하연수를 힐끗 보고는 두말없이 문을 열었다.

"자리 안내하겠습니다."

웨이터가 안내한 자리는 정원이 내다보이는 무대와 풀에서 가까운 창가였다. 들어올 땐 하연수의 드레스가 너무 튀지 않을까 하는 걱정을 했는데 그건 기우였다. 다른 여자들의 옷차림도 정말 만만치 않고 조명까지 어두워서 큰 문제는 아니었다.

황당한 가격의 칵테일과 간단한 안주를 시켜놓고 차분하게 내부를 살폈다. 구조가 복잡하고 밖에서는 볼 수 없는 유리로 가려놓은 부분이 많아서 앉아서는 찾아내기 어려웠다. 그래도 장두식이 어디서 노는지는 알 것 같았다. 복층으로 올라간 자리인데 계단 아래를 덩치 두 놈이 가로막고 있었다. 짧은 머리에 얼핏 보기에도 조직원으로 보이는 거구였다.

"김동혁인데? 뭐라고 하지?"

하연수가 전화기를 꺼내 보이며 난감한 표정을 지었다.

"적당히 둘러대."

"힝… 나 거짓말 잘 못하는데…."

"나 갈굴 때는 잘 하던데? 후후. 일단 화를 내, 자세한 이야기는 피하되 사고 낸 사람 보내고 돌아와서 널 추행하려 했다는 식으로 밀어붙여 봐. 옷하고 물건은 회사로 돌려보낸다고 하고."

"에효… 해볼게요."

거짓말 못한다던 하연수는 언제 그랬냐는 듯 능숙하게 거짓말을 했다. 지금 집에 거의 다 왔으며 옷은 나중에 회사로 보내겠다고 짜증을 섞어 둘러댔다. 사고 직후의 상황에 대해서는 거론도 하지 않고 다시는 얼굴 보지 않았으면 좋겠다는 폭탄선언을 날리면서 전화를 끊었다. 곧바로 다시 전화가 왔지만 받지 않았다.

"휴… 이 정도면 되겠죠? 내일은 저 사람 체포되길 바래야겠네, 크크."

"그렇게 돼야지."

"근데 저 안에 누가 있는지 알아야 되잖아?"

"기다려보자."

"내가 가볼게."

"뭐?"

"이런 옷차림이면 김동혁이 보낸 선물이라고 해도 통할 거 같은데?"

"조폭 두목한테 니 얼굴 알리는 건 피하고 싶다, 저것들 인간 아냐."

때마침 웨이터가 칵테일을 가져오면서 잠시 대화가 멈췄다. 그런데 웨이터가 돌아가고 얼마 지나지 않아 정장 두 사람이 들어오더니 그중 하나가 계단으로 올라갔다. 어디선가 본 얼굴이었다.

'양진호?'

그가 양진호의 이름을 떠올리는 것과 동시에 하연수도 말했다.

"그 국회의원 아냐?"

조금은 의외였다. 비록 회원제로 운영되는 프라이빗 클럽이라고는 하지만 잘 나가는 현직 국회의원이 여러 사람 드나드는 공공장소에서 폭력조직 두목을 만나는 건 멍청한 짓이었다. 물론 서류상으로는 멀쩡한 사업가이니 법정에서 문제될 일은 없겠지만 구설수에 오를 가능성이 없지 않았다.

"기다리자."

다른 방법은 생각하기 어려웠다. 아무리 상황이 급해도 눈이 많은 곳에서 현직 국회의원을 공격할 수는 없었다.

칵테일을 입에 대면서 시간을 확인했다. 밤 11시 10분, 손님은 아직 많았다. 하연수가 반쯤 마신 잔을 내려놓으며 말했다.

"휴… 특별히 맛있지도 않은데 이거 한 잔에 9만 원? 세금에 서비스차지 별도? 완전 미쳤네. 알바 사흘 넘게 빡세게 뛰어야 달랑 이거 한 잔이다, 하하."

"니 옷 가격이나 생각해보고 이야기해라, 인마. 내 보기엔 그거 최소 오백 이상이다, 손에 든 거까지 합치면 천 단위 간단히 넘을걸?"

"아재요, 이 옷 백만 단위 절대 아닐 겁니다. 입기도 무서워서 빨리 돌려줘야 돼."

"아깝긴 하다, 섹시한데."

"아재, 옷걸이가 워낙 잘 빠져서 그런 거지 옷이 좋아서가 아니라니까? 후후."

긴장을 풀어주기 위해 농담을 시작했는데 하연수는 한 술 더 떴다. 긴장은커녕 이런 상황을 즐기는 것 같았다. 쓰게 웃다가 지나가는 웨이터를 불렀다.

"네, 필요한 게 있으십니까?"

"같은 걸로 한 잔 더 줘요, 그런데 저기 위에는 뭐하는 뎁니까?"

그는 오만 원짜리 지폐 한 장을 웨이터 주머니에 꽂아주며 넌지시 물었다. 웨이터는 질문의 의도를 금방 알아듣고 몇 명이 있는지부터 설명했다.

"돈 많은 사장님들 같던데요? 두 분이 드시다가 한 분은 가셨고 조금 전에 한 분이 또 오셔서 모델 같은 늘씬한 여자들 데리고 드십니다."

장두식과 이인배 중에서 하나는 돌아갔다는 뜻, 차라리 잘 됐는지도 몰랐다.

"고맙습니다, 수고해요."

웨이터가 다시 술을 가져다놓고 사라진 뒤, 계단에 몇 사람이 모습을 드러냈다. 가장 앞은 이인배였다. 바로 뒤는 양진호, 먼저 집에 간 건 장두식인 모양이었다.

"우리도 가자."

놈들보다 한 발 앞서 계산하고 밖으로 나왔다. 그리고 로비로 이어지는 통로를 나란히 걷다가 잔디밭 근처에서 하연수의 허리를 가볍게 끌어안았다.

"웅? 왜요?"

"쟤들 먼저 보내게."

"나야 고맙지 뭐, 후후."

하연수는 환한 얼굴로 그의 목을 휘감더니 먼저 입맞춤을 해왔다.

"어쭈?"

"진도 나간 데까지는 자주 복습해야 다음 진도를 나가죠, 헤헤."

다시 다가온 입술을 부드럽게 빨아들이면서 허리를 끌어당겼다. 놈들은 두 사람을 힐끔힐끔 쳐다보면서 지나쳐 로비로 들어가더니 몇 명은 본관 방향으로 나가고 나머지는 잔디밭이 넓게 깔린 별관 정원으로 들어섰다.

눈을 감고 움직이지 않는 하연수를 살짝 밀어내고 흘러내린 그녀의 머리카락을 귀 뒤로 넘겨주었다.

"가자."

"넵."

하연수는 살짝 아쉬운 표정을 지으면서 그의 팔짱을 꼈다.

별관은 넓은 정원과 수영장을 가운데 두고 양쪽으로 깔끔한 팬션 형태의 복층 건물 여섯 채가 들어선 구조였다. 비싼 만큼 시설은 화려했고 외부인의 눈을 확실히 피할 수 있도록 빽빽한 숲으로 완전히 격리한 작은 별천지였다.

한 발 늦게 들어온 탓에 이인배와 양진호가 어디로 들어갔는지 확인하지는 못했다. 그러나 굳이 확인할 필요는 없었다. 두 사람의 방 바로 맞은편 건물 앞에 선 경호원 두 사람 때문이었다. 경호원들의 인상은 제법 험악했다. 덩치로 보나 얼굴로 보나 용병은 아니었다.

'섹스파티 시작이냐.'

외부 경호원들을 일견하고 방으로 들어가 슬쩍 커튼을 젖혔다. 실내의 불을 켜지 않아서 밖의 상황은 어렵지 않게 보였다.

"나 옷 갈아입어도 돼요?"

"기다려."

"힝… 발 아파 죽겠는데."

"잠깐."

건너편 팬션으로 모델 수준의 늘씬한 여자 네 명이 들어가고 있었다. 진짜 섹스파티라도 할 모양인데 경호원들이 모델이 든 손바닥 만 한 가방 속까지 탈탈 털어 뒤진 뒤에야 들여보냈다. 다가선 하연수가 같이 밖을 내다보며 물었다.

"들어갈 거야?"

"술판 벌릴 시간은 줘야지, 이제 옷 갈아입어. 저것들 신경 쓰이게 브라우스 단추 몇 개 풀고 짧은 반바지 입어, 그리고…."

차명석은 안경 두 개를 꺼내 하나를 하연수에게 던졌다. 고해상도 카메라가 삽입된 신형이라 화질은 믿을 만했다.

"써, 완충상태다. 들어간 뒤에는 무조건 양진호만 찍어라, 좀 민망한 장면이 될 수도 있지만 녹화되어야 일이 쉽다."

"넵."

하연수가 옷을 갈아입는 동안, 경호원들은 잔디밭을 벗어나 팬션 옆 그늘로 들어갔다. 튀는 행동을 하지 않겠다는 뜻 같았다.

"10분쯤 뒤에 나가자, 경호원들 제압하고 들어간다."

"응."

거실의 스툴 하나 끌어다 창가에 앉아 자세를 잡았다. 일반적인 잠복의 경우라면 10분은 아무것도 아닌 극히 짧은 시간인데 오늘은 꽤나 길게 느껴졌다. 더 이상 기회가 없는 상황에서 목표를 코앞에 두고 기다리는 건 쉽지 않았다.

장비와 복장을 간단히 점검하고 10분을 채우자마자 스툴에서 엉덩이를 뗐다.

"나가자."

방을 나선 두 사람은 자연스럽게 팔짱을 끼고 잔디밭을 둘러싼 산책로를 따라 걸었다. 꽤 길어서 시간이 제법 걸렸지만 상관없었다.

일단 수영장 벤치까지 갔다가 담장을 따라 천천히 건너편으로 돌았다. 방을 나설 때 머리를 내밀었던 경호원들은 수영장 뒤쪽으로 넘어갈 때까지 두 사람에게서 눈을 떼지 않았다. 신경이 쓰이는 모양이었다.

멀리 돌아서 작은 고개를 하나 넘자 다시 경호원들이 보였다. 놈들은 건물 사이의 장식용 대리석 화단에 걸터앉아 있었다.

"단숨에 끝내자, 스턴건 써도 좋아, 니가 말 걸고."

"넵."

팔짱을 푼 하연수는 한 발짝 앞서 건물 사이의 잔디밭으로 과감하게 들어서며 경호원들에게 손짓을 했다.

"저기요."

경호원 하나가 화단에서 벌떡 일어나 앞을 가로막으며 양손을 벌렸다.

"당신 뭐야?"

일반적인 경호원들과는 완전히 다른 험악한 반응, 분명 고관을 경호하는 요원으로 보이지는 않았다. 다른 놈도 뒤따라 일어나 고압적으로 인상을 구겼지만 하연수는 지지 않았다.

"불안하게 여기서 왜 계속 왔다 갔다 하세요?"

"이년이 미쳤… 컥!"

손을 번쩍 들어 위협하려던 놈의 턱에 하연수의 어퍼컷이 정확하게 꽂혔다. 그리고는 정통으로 사타구니를 걷어차버렸다. 놈은 숨도 못 쉬고 웅크린 채 털썩 무릎을 꿇었다. 다시 하연수의 발이 놈의 턱을 강타하는 순간, 차명석은 멍하니 서 있는 다른 놈의 안면에 일격을 가했다.

"헛!"

놈은 반사적으로 허리를 굽히며 그의 주먹을 피했다. 예상했던 동작, 허리까지 내려온 놈의 콧잔등을 무릎으로 쳐올렸다.

"윽!"

덜컥 들린 놈의 머리를 팔꿈치를 찍고 모로 넘어가는 놈의 인중 언저리를 다시 한 번 내리쳤다. 상황은 거기서 끝이었다. 놈은 그대로 대리석 화단 밑에 처박혀 기절해버렸다. 케이블타이를 꺼내면서 하연수를 돌아보았다. 하연수는 다른 놈을 엎어놓고 등을 밟은 채, 그에게 'V'자를 그려보였다.

"클리어."

자신감 넘치는 대답, 발밑에 있는 놈의 팔은 이미 케이블타이로 묶여 있었다. 기분 좋게 웃었다. 녀석은 항상 기대 이상이었다.

"마스크."

"넵."

마스크를 쓰면서 재빨리 건물 앞으로 돌아가 나무로 만든 데크 난간을 가볍게 뛰어넘었다.

이인배는 사타구니 아래에서 자신의 성기를 애무하고 있는 전라 모델의 머리칼을 강하게 틀어잡았다. 평소엔 술이 많이 올라오면 발기가 잘 안됐는데 오늘은 뿌듯하게 힘을 준 상태였다.

"어우… 씨발, 이년 최고네."

다른 아이가 가슴을 얼굴로 들이밀었다. 가슴이 유난히 팽팽한 년인데 혀놀림이 쓸 만해서 정신이 아득했다. 눈을 게슴츠레 뜬 채 고개를 돌려 아래층 침대에 뒤엉킨 남녀를 내려다보았다.

명색이 국회의원이라 침대를 양보했는데 스리섬 경험이 없어서인지 양진호는 벌써 끝까지 가는 것 같았다. 얼핏 듣기에도 신음소리가 엄청 다급해지고 있었다.

'오늘을 마음껏 즐겨, 영감. 며칠만 지나면 나 만나기 어려워질 거야, 후후.'

여자를 무릎 위로 앉히면서 이미 축축하게 젖은 그녀의 몸 안으로 밀고 들어갔다. 뿌듯한 압박감이 느껴졌다. 역시 약을 살짝 하면 느낌은 최고였다. 천천히 속도를 높이는 순간, 느닷없이 생소한 남자의 목소리가 귀청을 때렸다.

"그만 옷 입지? 보기 엄청 흉한데?"

정신이 번쩍 났다. 술이 한꺼번에 다 깨는 느낌, 황급히 여자를 끌어안아 움직임을 멈추게 하면서 소리를 질렀다.

"누구냐?"

"동영상 충분하고… 사진도 몇 장 찍혔으니 그만해도 돼, 놀라서 물건도 다 쪼그라들었잖아?"

"뭐?"

검은 모자와 마스크를 쓰고 있어서 사내의 눈매도 제대로 보이지 않았다. 어떤 미친놈이 감히 진성파 세컨드가 묵는 방에 난입해서 멍청한 짓을 하는 건지 궁금해 미칠 지경이었다. 사내가 다시 물었다.

"약을 먹인 모양이지?"

GHB와 LSD를 섞어 먹인 건 사실이었다. 덕분에 여자들은 아직도 아무 생각 없이 콧소리를 내며 신음을 토하고 있었다. 사내는 옆에 있던 호텔 가운을 그의 얼굴에 던지고 여자들을 거칠게 끌어냈다.

"이것도 다 찍히고 있으니까 좀 걸쳐."

"너 이 새끼, 미친 거 아냐? 내가 누군지 알아? 아니, 모를 리가 없지.
너 누구야? 누가 시켰어?"

"니가 목소리 키울 상황 아냐, 일어나."

"이런 미친 새끼… 너 여기서 나갈 수 있을 것 같나? 밖에 대기하는
아이들이 몇 명인지 몰라?"

별관 로비에 대기시킨 용병과 경호원을 거론했지만 놈은 신경도 쓰지
않았다. 대신 그의 아랫도리를 보면서 피식 웃어버렸다.

"그걸로 여자 둘 상대하기 어려울 거 같은데?"

"이…런 개자식이….."

욕설을 퍼부으면서 가운에 팔을 끼웠다. 일단 뭐라도 입어야 할 것 같
았다. 헌데 놈이 느닷없이 머리채를 잡았다. 그리고 무지막지한 통증이
명치에 작렬했다.

'큭!'

비명도 지르지 못하고 무릎을 꿇었다. 머리채를 잡힌 채 계단으로 질
질 끌려가는 형편, 계단도 반쯤 구르면서 내려갔다. 숨도 제대로 쉬지
못하는 형편인데 무릎과 어깨에 사정없이 계단 모서리가 부딪치는 통
에 정신을 차릴 수가 없었다.

'제기랄!'

놈의 완력은 무시무시했다. 머리채를 잡은 손 하나만으로 거침없이
그를 끌어다 소파 한쪽에 처박아버렸다. 저항은 생각하기도 어려웠다.

'크으…'

필사적으로 숨을 들이마시고 나서야 아래층의 상황이 눈에 들어왔다. 여자들은 침대 한쪽에 여전히 뒤엉킨 상태고 양진호는 등 뒤로 손을 묶인 채, 바로 옆 소파쿠션에 코를 박고 있었다. 의식은 없는 것 같았다. 놈이 말했다.

"먼저 둘 다에게 해둘 말이 있다, 양진호가 정신 차리면 니가 전해."

"미친 새끼, 죽고 싶으냐?"

"오늘 여기서 일어난 일에 대해서는 철저히 함구하기를 기대하겠다, 아니면 오늘 찍힌 동영상과 사진 여러 장이 포탈에 올라가게 될 거니까. 물론 마누라와 아이들 전화기에도 날아갈 거야. 알아들었나?"

"이런 씨발새끼가 돌았나? 정말 뒈지고 싶어?"

악을 썼지만 놈은 신경도 쓰지 않는 것 같았다. 대신 천식 환자용 분무기 같은 물건을 꺼내 그의 코앞에 들이댔다. 기억은 거기서 끝이었다.

"어떻게 됐어?"

운전대를 잡은 강민태의 질문, 궁금해 죽겠다는 표정이었다.

"호텔비는 아깝지 않을 거 같다, 일단 가, 가면서 설명할게."

양진호는 아무것도 모르는 반면, 이인배는 제법 많은 걸 알고 있었다. 이인배의 말에 따르면 임채수를 암살한 건 레드라인 용병들이고 지휘하는 놈의 생김새와 하는 짓은 이재준과 유사했다. 약에 취해 두서없이 나오는 대답이라 명확하진 않지만 이재준일 가능성이 높았다.

가장 중요한 건 내일 도착하는 KE926편에 탄 숙주였다. 그런데 그게 둘이었다. 이름이나 국적은 모르지만 그중 하나가 도착과 동시에 부산으로 날아갈 예정이고 직업은 기자였다. 그것만으로도 격리인원을 확실히 줄일 수 있을 것 같았다.

일단 하나는 부산행 국내선을 예약한 자일 터, 그 한 놈만 찾아내면 다른 사람도 찾아낼 가능성이 높았다. 대충 설명을 들은 강민태가 차를 강북강변도로에 올리면서 다시 물었다.

"슬슬 끝이 보이네, 장두식 그 자식은 어떻게 할 거야?"

"그 인간 허수아비 같다, 이인배가 물밑에서 움직였어."

"그냥 두자고?"

"놔두는 게 맞아, 일단 만나자."

"왜? 그놈이랑 할 이야기가 남았어?"

"우리 안전부터 확보해야지, 이대로 놔두면 이인배가 장두식의 조직을 이용해서 우릴 치게 될 거야. 이재준은 다음이야."

"이인배 작살냈잖아? 뭘 더하게."

"아주 험하게 다루지는 않았어."

"웬일이라니? 손만 대면 전부 반쯤 죽이던 놈이."

"앞으론 더 심하게 다뤄야 할 거야, 그거 이제 없어."

"다 썼냐?"

"그래, 잘 해야 한 번이나 쓸 분량이야."

"그거 더럽게 비싸잖아."

"국내에선 구할 데도 없어, 일단 움직이자, 시간 없다."

"성북동?"

"그래, 밟아."

장두식의 집은 성북동의 고급 주택가에 있는 2층짜리 건물이었다. 한동안 지켜본 적이 있어서 위치나 구조, 모두 기억에 남아 있지만 새로 만든 담장이 3미터 넘는 엄청난 높이여서 지금은 내부를 들여다볼 수 없었다.

동네 진입로에 차를 세우고 먼저 장두식에게 전화를 걸었다. 집 주변에 깔린 10여 명의 깡패들을 상대하고 싶지는 않아서였다.

—누구야?

살짝 갈라진 목소리, 잠에 취한 것 같았다.

"나요."

—누구?

"헌터."

장두식은 일순 답을 하지 못했다. 몇 초 시간을 끈 뒤에야 짜증스런 목소리를 냈다.

—반갑지는 않군.

"잠깐 이야기 좀 합시다, 단둘이."

—너하고 할 이야기 없어.

"지난번에 내가 당신이 어려움에 처했을 때 하나 도와준다고 했지? 지금이 그때야."

─니 도움 필요 없다고 했을 텐데?

"그럴 수도 있겠지, 하지만 당신 이인배가 무슨 짓을 하고 다니는지는 모르잖아."

─인배?

"당신 내일 밤이면 대한민국에 초대형 테러를 자행한 반역자가 되어 있을 거야."

─뭔 개소리야?

"타격대 동원해서 집 통째로 폭파해버리기 전에 나와, 5분 주겠다. 뒷골목에 있는 방범초소 앞."

─내 집 앞에 있나?

"이야기 오래 걸리지 않을 거다."

장두식은 의외로 빨리 방범초소 앞에 나타났다. 전화 끊고 2분도 채 지나지 않았는데 잠옷 바람으로 그냥 나온 모습, 경호원도 둘만 대동했다. 많이 데려와도 소용없다는 건 알고 있을 터였다.

그는 권총을 쥔 오른손을 늘어트린 채 장두식을 맞았다. 일부러 소음기까지 조립한 상태였다. 겁을 주는 데는 성공한 것 같았다. 총을 보자마자 바짝 긴장한 경호원들이 장두식을 뒤로 밀어내며 앞을 가로막았다. 장두식이 경호원의 어깨를 잡으며 말했다.

"비켜라, 니들이 막을 수 있는 상대 아냐."

"회장님."

"니들이 양대성이 아이들 열 명하고 붙으면 어떻게 된다고 생각하나?"

"네?"

"저 놈은 열 명 붙여놔도 몇 분이면 끝이야, 비켜라."

길을 여는 경호원들 사이로 장두식이 몇 발 걸어나왔다.

"직접 얼굴 보는 건 처음인 거 같은데 마스크 벗지?"

"내 얼굴 알 필요 없어."

"용건은?"

"애들 물려, 이놈저놈 들어서 좋을 거 없는 이야기다."

장두식은 두말없이 경호원들에게 물러서라고 손짓을 했다. 경호원들이 몇 발짝 더 물러선 뒤, 조용히 입을 열었다.

"내가 당신 어려움에 빠졌을 때 도와준다고 했지?"

"그래서?"

"오늘 그거 퉁 치려고 왔어."

"내가 어려움에 처했다는 거냐? 궤변 늘어놓을 거면 꺼져."

"당신 이인배 알지?"

"인배? 인배가 왜?"

"진성파 세컨드고?"

"세컨드? 세컨드가 서열 2위라는 의미라면 아냐, 기획실장 정도가 가장 가까운 직책이지, 그래서?"

"당신 이인배 어떻게 만났어? 프린스턴 출신이라던데 그런 놈이 폭력 조직 부두목은 많이 어색하잖아."

"알아서 뭐하게?"

"그놈이 내 친구를 죽였거든, 그런데 그 친구가 국정원 요원이야."

장두식은 일순 말을 더듬었다. 그리고 당황한 기색이 역력한 목소리로 반문했다.

"국정원?"

놈이 일류 연기자가 아닌 이상, 임채수 암살 건에 대해서는 모른다고 보아도 될 것 같았다.

"다시 묻겠다, 어떻게 만났지?"

"내가 유학비용을 댔다, 공부 끝내고 돌아와서는 은혜를 갚는다면서 내 일을 도왔지. 지난 몇 년 동안 조직을 확장하는 과정 대부분에 인배가 관여했고 공도 컸다, 인배가 손을 대면 뭐든 쉽게 해결됐으니까."

"그 자식 정리하는 게 좋아, 테러조직으로 몰려서 조직 전체가 공중분해 되기 싫으면."

"테러는 무슨 헛소리야?

"이인배와 그 배후에 있는 이재준이라는 자가 당신 조직을 이용해서 생화학 테러를 기획했고 그 과정에서 최소 네 건 이상의 살인을 자행했다. 그중 하나가 국정원 동료였던 내 친구야."

"말 같지 않은 소리 하지 마라, 증거 있나?"

차명석은 전화기를 꺼내 녹음한 이인배의 목소리를 재생했다. 모델 살인사건을 비롯해서 임채수 암살 등 몇 건의 살인과 바이러스에 관련된 대답 일부만 들려주고 재생을 끝냈다. 귀를 기울이던 장두식이 무거운 표정으로 다시 물었다.

"왜 알려주는 거지?"

"이야기했잖아, 빚 청산. 당신 뒷방 노인네 다 된 것 같아서 좀 안쓰럽더군."

"뒷방 노인네?"

"그게 아니면 애들이 뻘짓하고 다니는 걸 모를 리가 없잖아."

비웃음을 날렸지만 장두식은 크게 반응을 보이지 않았다. 대신 아주 나직하게 욕설만 토해냈다.

"제기랄."

"애들 단속 잘해, 다시 한 번 강조하지만 난 당신하고 전쟁하기 싫어, 당신이 그 자리에서 떨려나는 것도 별로 달갑지 않고."

"별일이로군, 나를 싫어하는 걸로 알았는데?"

"당신이 사라지면 고만고만한 똘마니들이 현재의 당신 자리를 차지하려고 피터지게 싸움박질을 시작하겠지, 결국 많은 사람들이 죽거나 다칠 거고… 그런 혼란은 별로 바람직한 현상이 아냐."

"역시 나 좋다는 이야기는 아니로군, 후후."

"조폭두목 좋아하는 사람이 있을까? 어쨌든 당신 그 자리 지켜, 그러려면 아까워도 버릴 건 버려야겠지."

"인배를 내치라는 거냐?"

"내치는 정도로는 어려울 거야, 이인배는 내일 상황이 끝나면 체포될 거다. 그런데 그 자식 당신 조직에 대해서 너무 많이 알아. 그럼 답 나온 거 아닌가?"

"내일 상황이라는 게 테러를 말하는 거냐?"

"그래."

"묻으라는 이야기로군."

"난 그런 말 안 했어, 난 그저 당신이 그 자리를 지키는 게 최선이라고 생각하는 사람이다."

"미친놈."

"몰랐어? 이걸로 빚은 털었다. 그리고 하나 더, 눈치챘겠지만 이인배 뒤에 있는 놈이 전직 국정원 필드요원이다. 그놈 귀에 들어가게 되면 이인배는 달아날 거고 그럼 당신과 조직은 심각한 위험에 빠질 거다."

"당장 처리하라는 거냐."

"그놈이 체포되고 나서 국정원을 상대로 당신이 손을 쓸 수 있다고 생각하나?"

"못한다고 생각해?"

"자신을 과대평가하지 않아야 이 좋은 세상 몇 년이라도 더 살 수 있을 거다."

"뭐?"

"이인배는 꼭 직접 처리하도록 해, 중간보스 상당수가 이인배 손에 들어간 상태라 아랫것들에게 맡기면 당신 뒤통수 맞을 가능성이 높아."

"날 뭐라고 생각하는 거냐?"

장두식의 목소리에 시퍼렇게 날이 섰지만 무시하고 돌아섰다. 그리고 장난처럼 말을 던졌다.

"그놈 당신 술 먹던 식스나인 별관에 있어, 꽁꽁 묶어놨으니까 멀리 못 갔을 거다. 당신 만수무강하길 빌어주지."

장두식의 집을 끼고돌아 고갯길을 넘자 골목에서 시커먼 차 한 대가 빠져나왔다. 주머니에서 떠는 전화길 꺼내 받으면서 차에 올라탔다.

"가자."

—나야, 형.

전화를 건 사람은 김석진이었다. 벌써 탑승자 명단을 뒤져서 답을 찾아낸 모양이었다.

"찾았어?"

—응. 탑승자 중에서 당일 부산행 항공기를 예약한 사람은 네덜란드 공영방송국 AVRO 기자야, 이름은 리아 베르겐, 여자, 32세, 산자부 김우봉 차관의 초청으로 새로 건설한 부산항 개항식 취재차 입국하는 거래. 동행인 촬영기자는 따로 서울에 남아서 이틀간 K-pop 콘서트 취재한대. 이름 게르트 플리거, 41세, 남자.

"가능성 높네."

사람이 많은 장소를 계속 방문할 사람들, 당연히 그 두 사람일 가능성이 높았다.

—근데 왜 이 사람들이지? 우연일 리도 없고 자진해서 숙주가 됐을 리도 없잖아.

"본인 모르게 감염시켰겠지. 문제는 시점이야, 비행기 안에서 잠복기가 끝났다면 골치 아파지는 거다. 비행기 도착까지 얼마나 남았냐?"

—일곱 시간 14분 전.

"이제 정리해야겠다, 준비한 거 질병관리본부랑 검찰 사이트에 올려."

—넵, 3분 이내에 올라갑니다.

"집에서 보자, 아웃."

바로 블랙맘바에게 다시 전화를 걸었다.

—소득이 있었나?

"네덜란드 공영방송국 AVRO 기자, 리아 베르겐, 게르트 플리거. 100퍼센트라고 자신할 수는 없지만 90퍼센트 이상이다. 이인배가 진술한 내용은 지금 전송하겠다."

—근거는?

"파일 들어봐, 이재준은 만났나?"

—아직, 접촉 기다리고 있다.

"지금 장난쳐? 그놈이 주범이야."

—외부조직 컨택하려면 항상 시간이 필요해.

"웃기고 자빠졌다, 그 레드라인이라는 회사 본사가 어디야? 거기부터 가봐, 이재준이 용병 상당수를 지휘하는 거 알잖아."

―그것들 무장단체다, 한밤중이라 가도 문 열어줄 리 없어. 24시간 이내에 이재준 컨택 안 되면 어쩔 수 없이 거기라도 가보겠지만.

"놀고들 있네, 지금 가."

순간, 강민태가 다급하게 그의 팔을 두드렸다.

"왜?"

"미행이다, 두 대. 아까부터 따라왔어."

재빨리 도어밀러로 눈을 돌렸다. 지면에서 조금 높은 헤드램프가 보였다. 내부순환도로를 고속으로 주행하고 있는데도 5미터 이내로 바짝 따라붙은 모습이었다.

"미행이 아니라 공격 같다, 끊는다. 나중에 통화하자."

즉시 전화를 끊고 시트 밑에서 글록을 꺼냈다.

"연수야, 숙여."

"응."

하연수는 얼른 시트 밑으로 들어갔다. 재빨리 권총을 뽑아 소음기를 끼우는 사이, 밴은 점점 더 접근하더니 급기야 꽁무니를 강력하게 들이받았다.

쾅!

동시에 차가 휘청거리며 쭉 밀려나갔다.

"미친놈들!"

강민태는 필사적으로 핸들을 틀어잡고 가속했다. 그런데 바로 옆에서 시커먼 그랜저가 빠르게 차선을 넘어왔다.

"민태야, 옆!"

"알아! 꽉 잡아!"

콰직!

강민태는 거칠게 핸들을 틀면서 달려드는 차와 맞부딪쳤다. 도어밀러와 운전석 유리창이 한꺼번에 터져나가고 사방으로 불똥이 튀어올랐다.

"민태야! 총!"

"봤어!"

강민태는 순간적으로 브레이크 페달을 밟았다.

퍼벅!

속도가 푹 떨어지면서 총탄은 아슬아슬하게 엔진후드와 윈드쉴드에 불똥을 남겼다. 뒤따르는 밴이 다시 꽁무니를 들이받았지만 강민태는 절묘하게 방향을 틀어 그랜저 뒤로 빠져나갔다.

"저 새끼들 미쳤나, 쏴버려!"

"간다."

재빨리 창문을 열고 바로 옆에 붙은 밴의 운전석에다 글록을 난사해버렸다.

파바박!

유리창이 박살나면서 밴은 급격하게 멀어졌다. 그러나 기대에는 못 미쳤다. 차선 두 개를 한꺼번에 넘어갔지만 밴은 아슬아슬하게 벽을 피해서 되돌아나왔다. 그랜저가 다시 측면으로 달라붙었다. 총구를 내밀었으나 바로 들이받히는 통에 방아쇠를 당길 수는 없었다.

콰직!

붙었다 떨어져나가는 그랜저에서 불쑥 총구가 나왔다.

"총!"

총구섬광이 작렬했지만 강민태가 한 발 먼저 브레이크를 밟았다. 그
랜저는 순간적으로 스쳐지나갔다. 즉시 팔을 창밖으로 내밀었으나 이번
에도 방아쇠를 당길 시간은 없었다. 밴이 또다시 뒤를 들이받은 것, 강
민태는 이를 악물고 가속페달을 끝까지 밟으면서 차량자세를 바로잡았
다. 그러나 떨어져나갔던 그랜저가 다시 한 번 운전석 쪽 측면을 강력하
게 들이받았다.

콰직!

"젠장!!"

강민태는 욕설을 퍼부으며 핸들을 고쳐잡았다. 상대의 의도는 알 것
같았다. 놈들은 멀리 보이는 도로변 콘크리트 파티션에다 일행의 차를
밀어붙여 충돌시키려 하고 있었다.

"연수야! 뭐든 잡아!"

끼아아악!

타이어가 비명을 지르고 잇달아 강력한 파열음이 터졌다.

쩍!

간담이 서늘한 충격이었다. 뒷범퍼를 들이받혔는데 발이 허공에 뜬
느낌, 곧바로 다른 차에게 측면을 들이받히면서 차선 두 개를 한꺼번에

밀려났다. 강민태는 그래도 악착같이 핸들을 잡고 자세를 회복했다.

"해보자는 거지?"

빠직!

다시 가속하는 순간 뒤 유리창이 통째로 터져나가고 오디오 세트가 박살이 났다.

"귀 막아!"

차명석은 즉시 돌아앉아 뒤로 다가오는 밴에다 글록을 연사했다. 탄창을 비울 생각, 밴의 조수석에서도 총구화염이 보였으나 이내 사라졌다. 세 발씩 잘라서 아홉 발째를 쏘는 순간, 밴이 휘청하면서 측면 파티션을 들이받았다.

쾅!

밴은 코를 콘크리트에 박고 뒷바퀴를 들었다가 옆으로 구르기 시작했다. 강민태가 짧게 농담을 던졌다.

"사장님, 나이스 샷."

그래도 그랜저는 계속 따라붙었다. 급기야 본격적으로 총탄이 날아들기 시작하는 상황, 강민태는 머리를 잔뜩 숙인 채 가속페달을 끝까지 밟았다. 거리가 벌어지면서 조수석 밖으로 나온 총구화염은 보이지 않았다. 사각이 나오지 않는 모양이었다. 멀지만 운전석을 조준해서 탄창에 남은 총탄을 모조리 쏟아부었다.

"리로드!"

재빨리 탄창을 갈아끼우고 다시 접근하는 그랜저에 몇 발을 더 쐈다.

그러나 효과는 없었다. 곧 총구화염이 다시 보이기 시작했다.

"총질은 니들만큼 했어, 개자식들아."

아예 뒷자리로 넘어가 패키지트레이에 권총을 올리고 줄기차게 연사했다. 윈드쉴드에 몇 발 맞았다고 생각하는 순간, 왼팔 상박에서 지독한 통증이 작렬했다.

'젠장!'

얼핏 스친 것 같은데 근육을 상했는지 왼팔을 움직이기 어려웠다. 이를 악물고 탄창을 비워버렸다. 순간, 그랜저가 갑자기 6차선 도로를 대각선으로 진행하더니 코를 박고 공중에 붕 뜨면서 구르기 시작했다. 정확하게 두 바퀴 돌아 절묘하게 바퀴를 땅에 대더니 중앙의 콘크리트 파티션을 들이받고 횡으로 빙글 돌아 다시 파티션에 코를 박으며 멈춰섰다.

콰직!

더 따라오는 차량은 없었다. 생각 같아서는 당장 내려서 어떤 놈들인지 확인하고 싶지만 그럴 여유는 없었다. 발아래 깔린 하연수를 일으켜세웠다.

"괜찮아?"

"어… 괜찮은 거 같아요."

"민태, 넌?"

"왼쪽 옆구리에 한 발, 스친 거야."

재빨리 상태를 확인했다. 관통상인데 시트가 다 젖을 정도로 상당한 출혈이 보였다.

"세워라, 지혈부터 하자."

"아니, 일단 순환도로 나가자. 경찰한테 추적당하면 골치 아파."

"그럼 서둘러."

"알았다."

강민태가 나갈 곳을 찾는 동안, 자신의 왼팔을 묶어 간단하게 지혈하고 김석진에게 전화를 걸었다.

―왜, 형.

"코드 레드, 민지 씨 데리고 즉시 안가로 이동."

―엥?

"공격받을 가능성 높다, 전화기 끄라고 해. 자세한 건 만나서 이야기하자."

―카피, 아웃.

위기탈출

차명석은 안가에 도착하자마자 새 전화기부터 켜서 김석진에게 전화를 걸었다. 다행히 녀석은 코드레드 프로토콜을 확실히 지키고 있었다.

―어, 형.

"어디냐?"

―금방 내릴 거야, 걸어서 10분.

"알았다, 컨택 포인트에서 기다린다."

전화를 끊고 안가 마루를 뜯어내 숨겨놓은 총기와 실탄을 꺼내 간단하게 점검한 다음, 김석진의 부상을 살폈다. 다행히 깨끗한 관통상이라 상태는 심각하지 않았다. 하지만 출혈이 멎지 않아서 시간을 끌면 심각해질 수도 있었다. 당장 병원으로 보내야겠다는 생각에 간단하게 지혈만 하고 일어섰다.

"명수한테 가는 게 낫겠다."

"야, 내가 강아지냐? 혼자 하는 게 나아."

곽명수는 알고 지내는 옆동네 수의사였다. 몇 년 전 아내가 납치됐을 때 도와준 인연이 있어서 조건 없이 뭐든 해줄 수 있는 친구였다.

"석진이랑 민지 씨 도착하면 가서 치료 받고 며칠 숨어 있어라."

"시끄러, 내가 하는 게 덜 아파."

혼자 꿰매겠다는 뜻, 훈련이야 받았지만 등쪽 사입구는 꿰매기 쉽지 않을 것이었다.

"연수야, 니가 도와줘."

"네, 근데 명석 씨는 괜찮아요? 피 많이 나잖아."

"괜찮아, 두 사람 데려오고 나서 이야기하자."

"알았어요."

응급키트를 다시 여는 두 사람을 남겨두고 안가 인근의 초등학교 뒷 골목에서 김석진을 기다렸다.

10분이 조금 더 지나고 나서야 두 사람이 골목 끝으로 모습을 드러냈다. 김석진은 커다란 배낭을 짊어졌고 박민지도 작은 캐리어를 끌고 있었다. 재빨리 다가가 박민지의 캐리어를 받았다.

"죄송합니다, 민지 씨."

"무슨 일이에요?"

"민태가 다쳤습니다."

"네? 어딜 얼마나 다쳤는데요?"

박민지는 화들짝 놀라 바짝 다가섰다.

"심각한 건 아닙니다, 본인은 병원 가기 싫다고 하는데 얼굴 보는대로 꼭 데려가세요."

"아… 알았어요."

안도의 한숨을 내쉬는 모습, 그러나 표정은 좋지 않았다.

"너무 걱정하지 마세요, 병원 가면 금방 회복될 겁니다. 그리고 지금 상황에 대해서는 모르는 게 좋습니다, 끝나면 말씀드릴게요."

"네, 알았어요."

박민지는 언제나처럼 선선히 수긍했다. 고맙게도 차명석, 강민태 두 사람의 말이라면 단 한 번도 토를 다는 법이 없었다. 김석진을 돌아보자 녀석이 깡마른 어깨를 늘어트리며 장난스럽게 말했다.

"나도 무거운데… 이거 안 받아줘?"

녀석은 키가 190인데 몸무게는 70킬로그램도 안 되는 깡마른 체격이었다. 광대뼈가 조금 나온 느낌의 다소 날카로운 이미지, 먹기도 많이 먹고 운동도 아예 하지 않음에도 불구하고 살이 찌지 않는 건 순전히 체질적 탓이었다. 실제 얼굴을 보는 건 정말 오랜만인데 전에 봤을 때보다 더 마른 것 같았다.

살만 조금 찌우면 괜찮은 얼굴이라고 생각하면서 녀석의 이마를 손바닥으로 툭 쳤다.

"시끄러, 인마. 미행은?"

"택시 두 번 갈아탔어."

"수고했다, 가자."

"넵."

산책하는 것처럼 느린 걸음으로 골목을 한 바퀴 돌면서 미행을 확인했다. 그런데 느낌이 별로 좋지 않았다.

'응?'

일단 걸음을 늦췄다. 일행의 어지러운 발자국 소리에 가렸지만 분명 뭔가 따라왔다. 그리고 그가 걸음을 멈추자 사라졌다.

'귀찮게 됐군.'

다시 걸음을 옮겨 골목 중간쯤에서 자연스럽게 방향을 틀고 김석진에게 귓속말을 했다.

"먼저 가, 확인해야겠다."

녀석은 금방 말뜻을 알아들었다. 고개만 끄덕이고 박민지에게 말을 걸며 다시 방향을 틀어 좁은 골목으로 들어갔다.

'집을 옮겨야 할 때가 된 건가?'

차명석은 가까운 대문 옆으로 들어가 권총에 소음기를 조립하고 등 뒤 허리춤에 끼웠다. 발자국 소리는 빠르게 다가왔다. 두 명, 거리는 20미터 남짓에서 계속 가까워졌다. 차분하게 열을 세고 대문 구석을 벗어났다.

놈들은 움찔 걸음을 멈췄다가 머리를 숙이면서 그를 스쳐지나가려 했다. 확실히 어색한 몸짓, 교차하는 순간 나직하게 중얼거렸다.

"이재준이 보냈나?"

놈은 흠칫 놀라 물러서면서 허리춤으로 손을 가져갔다. 가까운 놈의 목에 강력하게 역수도를 박았다. 놈은 양발을 모두 들고 허공에 떴다가 등부터 떨어졌다. 다른 놈은 다급하게 권총을 뽑고 있었다. 하지만 느렸다.

바닥에 떨어진 놈의 턱을 걷어차면서 총을 잡은 손이 앞으로 나오기 직전에 잡아채고 그대로 팔을 등 뒤로 꺾으면서 벽으로 밀어붙였다. 아직 안전장치도 풀지 못한 상태, 권총 슬라이드를 잡고 단숨에 목까지 끌어올려 방아쇠 안에 들어간 손가락을 부러뜨려버렸다.

"크윽!"

잇달아 안면에 니킥을 꽂았다. 방어를 위해 왼팔이 올라왔지만 무릎을 막아내기엔 역부족이었다. 무방비 상태로 올라온 턱에 다시 일격, 놈은 비명도 지르지 못하고 그대로 무너졌다.

재빨리 돌아서서 처음 목을 공격한 놈의 상태를 확인했다. 역수도가 너무 정확하게 들어가서 죽지 않았을까 걱정이 됐기 때문이었다. 다행히도 놈은 숨을 쉬고 있었다. 놈의 이마에 총구를 들이대고 허리춤을 뒤져 권총을 빼서 멀리 던졌다.

"딱 한 번만 묻겠다, 이재준이 보냈나?"

놈은 몇 번 더 컥컥대다가 어렵게 입을 뗐다. 그러나 기대했던 대답은 아니었다.

"다… 당신 뭐야? 왜 이래?"

"귀찮게 하는군."

놈의 뒷주머니에서 전화기를 꺼내 놈에게 던졌다.

"보스한테 전화해."

"보스라니?"

"전화기 패턴 푸는 거 일도 아냐, 귀찮게 하지 말고 전화해."

"그런 거 없어, 우린 일 때문에 사람 만나러 가는 길이다."

"미련한 놈, 이야기 끝났다."

그는 비스듬히 놓인 놈의 무릎을 강하게 찍어버렸다.

빠각!

관절이 부러지는 소리, 최소 6개월은 걷기 힘들 것이었다.

"크윽."

놈은 이를 악물면서도 비명을 지르지 않았다. 확실히 전문적인 훈련을 받은 놈들이었다. 다시 권총 손잡이로 머리를 내리쳐서 아예 기절시켜버렸다.

"질문에 토 다는 놈 별로 좋아하지 않아."

중얼거리면서 땅바닥에 코를 박은 놈의 주머니를 뒤져 신분증을 꺼내 사진을 찍었다. 다른 놈에게서는 전화기를 찾아냈다. 고맙게도 놈에게서 나온 전화기는 2G였다. 추적을 피하기 위해 기관이 많이 사용하는 전화, 진짜 위험해졌다는 생각을 하면서 최근 통화목록을 띄웠다.

가장 위에 있는 번호에 24분 전부터 연속해서 세 번의 통화를 한 상태였다. 고민하지 않고 즉시 통화버튼을 눌렀다.

─찾았나?

혹시나 싶었는데 역시 목소리의 주인은 이재준이었다. 잠깐 뜸을 들이다가 무덤덤한 목소리로 말을 받았다.

"정보장사꾼 정도라면 인정하겠는데 이건 너무 간 거 같은데?"

이재준도 몇 분의 1초만큼 말을 멈췄다가 반응했다.

―제데로 찾아가긴 한 모양이군. 무식하게 힘만 쓰는 용병 나부랭이로는 무리라는 점도 확인됐고, 후후.

"죽이지는 않았어, 당분간 움직이기 어렵겠지만."

―무능한 놈들은 죽는 게 더 나아, 안 그런가?

"상하이 팀도 무능했나? 그래서 몰살시켰고?"

―상하이 참사는 자네 책임인 걸로 알고 있는데? 최종적이고 불가역적으로 자네 책임이야, 후후. 작전 중에 도망갔잖아.

"지랄도 풍년이네, 니가 나쁜 놈이라는 건 익히 알고 있지만 이건 그정도가 아니라 미친놈 수준이야."

―뭐가?

"직원이 국내에 생화학 테러를 하는 것보다 더 미친 짓이 있을까?"

―무슨 소리를 하는지 모르겠는데?

"오리발은 사절한다, 내 친구는 왜 죽였지? 너무 가까이 갔나?"

―최근에 사고로 사망한 자네 친구라면 이야기 들은 적 있는 것 같은데… 그거 순전히 자네 탓이야, 주변 사람들이 전부 그렇게 되면 안타깝지 않나?

"이번엔 당신이 책임지게 될 거야, 내가 그렇게 만들 거니까."

―무슨 재주로? 혼자서 뭘 할 수 있다고 생각하는 거냐?

"당신 하나 죽이는 건 할 수 있어."

—어이구, 이거 무서워 죽겠는데? 후후. 이봐, 헌터. 요즘 아이들 말 중에 내가 아주 좋아하는 말이 있는데 들어보겠나? 낄끼빠빠라고 말이야.

"하고 싶은 이야기가 뭐야?"

—함부로 나대는 건 명을 단축하는 첩경이야, 매번 좋지 않은 일 당하는 자네 친구들 생각도 좀 해.

"내 친구들은 당신 같은 괴물이 설치는 세상 별로 좋아하지 않아, 그러니 앞으로 밤길 조심하도록 해. 언제 뒤통수에 총알구멍 나게 될지 모르니까."

반응은 듣지 않고 그냥 전화를 끊어버렸다. 윤곽이 다 나왔으니 더 시간을 끌 이유는 없었다. 즉시 놈들의 총기와 전화만 챙겨들고 자리를 뜨면서 김윤서에게 전화를 걸었다. 늦은 시간인데도 김윤서는 바로 전화를 받았다.

—네.

"주무실 시간인데 죄송합니다."

—아뇨, 오늘 잠 잘 시간이 있을 리가 없잖아요. 내일이 그날인데.

"백신은 얼마나 확보하셨습니까?"

—500도스는 될 거 같아요, 이번 주 안으로 1,000도스는 추가로 확보될 겁니다.

"감사합니다, 내일 아침에 공항에서 뵐 수 있을까요?"

―안 그래도 준비하고 있어요.

"검역준비는 됐습니까?"

―아직요, 질병관리본부에서 난색을 표명하는 통에 일이 꼬였어요. 그래도 공항에 있는 체온측정기는 빌려주기로 했으니까 가면 돼요, 조금 있으면 질병관리본부 엔지니어 두 분이 이쪽으로 올 거예요, 바로 공항 나가서 설치 시작할 생각이에요. 어디다 설치하면 되죠?

"게이트는 확인해서 알려드리죠, 설치에는 시간이 얼마나 걸립니까?"

―지금 가도 쉽지 않아요, 꽉 막힌 질병관리본부 돌대가리들 때문에 시간을 너무 끌었어요. 지금 욕 나오기 일보직전이랍니다, 어우… 그냥 확.

"고생하셨습니다, 같이 가시죠. 제가 그쪽으로 가겠습니다. 15분이면 됩니다."

―고마워요, 지금은 손이 하나라도 더 있으면 좋아요. 비표하고 방호복 준비할게요.

"두 개씩 준비해주십시오."

―이따 뵙겠습니다.

되짚어 안가로 돌아온 차명석은 우선 박민지에 융단폭격을 당하는 강민태를 병원으로 보낼 준비부터 했다. 굳이 말을 거들 필요도 없었다. 이미 박민지의 잔소리 폭격에 강민태가 항복을 선언한 뒤였다.

세 사람을 병원으로 보낸 다음 하연수만 데리고 되짚어 나왔다. 현재 시간 새벽 3시 15분, 가면서 블랙맘바와 통화하면 준비는 그럭저럭 시간에 댈 수 있을 것 같았다.

새벽의 공항고속도로는 문자 그대로 퍼붓는 폭우 속에 갇힌 상태였다. 아무리 마음이 급해도 속도를 낼 수 없는 상황, 불과 40미터쯤 앞서 가는 K5의 테일램프조차 제대로 보이지 않았다. 그가 모는 BMW가 내 뿜는 뿌연 전조등 불빛만 어렵게 빗줄기를 통과하고 있었다.

그래도 공항 방향 통행은 거의 없어서 크게 위험하지는 않았다. 뒷자리의 김윤서가 걱정스런 목소리를 냈다.

"시간 모자랄 거 같아요."

앞에 가는 K5에는 질병관리본부 엔지니어 두 사람이 탔고 김윤서의 BMW를 차명석이 운전하는 상황, 도로에 자동차는 한 대도 보이지 않지만 속도를 더 내기엔 앞이 보이지 않을 정도로 윈드쉴드를 때리는 굵은 빗줄기가 너무 부담스러웠다.

"서둘러보죠."

순간, 도어미러에 빠르게 접근하는 빛줄기가 보였다. 도로변에서 대기하다가 갑자기 튀어나온 모양새, 놈들은 이 빗속에서도 무섭게 가속하고 있었다.

"젠장, 손님이다. 박사님, 앞차 전화번호 있죠?"

"네."

"전화하세요, 뒤에 무슨 일이 생겨도 절대 차 세우지 말고 공항으로 직행해서 체온측정기 설치하라고 하세요. 국정원 요원하고 공항 직원들이 대기하고 있을 겁니다."

―네, 알았어요.

김윤서가 통화하는 사이, 속도를 늦춰 K5와 거리를 만들면서 블랙맘바에게 전화를 걸었다.

―어디야? 왜 이렇게 안 와?

"공항이냐?"

―도착했다.

"우린 공항고속도로다. 도착까지 10분, 그런데 동행이 생겼다."

―뭐?

"질병관리본부 엔지니어들 먼저 보낸다, 회색 K5, 보호해."

―알았다.

전화를 끊기도 전에 놈들의 차가 바짝 붙었다. 랜드로버 같은 각진 SUV라 덩치로는 밀릴 것 같았다. 일단 앞을 가로막으면서 속도를 올렸다.

"연수야, 뒷자리로 건너가. 교전에 대비."

"카피."

하연수는 즉시 백팩에서 글록을 꺼내들고 뒷자리로 넘어갔다. 권총을 본 김윤서가 화들짝 놀랐지만 하연수는 침착하게 웃으면서 소음기를 끼웠다.

"시트 아래로 들어가서 숙이세요, 박사님은 다치면 안 돼요."

"네? 네."

김윤서를 끌어당겨 아예 좌석 아래로 눕히다시피 한 하연수는 능숙하게 시트쿠션 위로 올라앉아 양쪽 유리창을 반만 열었다. 내부를 보여주지 않는 상태에서 외부 시야와 청각을 확보하겠다는 생각일 터였다. 이젠 가르치지도 않은 일을 혼자서 판단하고 결행하는 모습, 칭찬을 해주고 싶었는데 그보다 먼저 SUV가 뒤를 들이받았다.

콰직!

"해보자 이거지."

밀려나는 핸들을 틀어잡으면서 가속페달을 끝까지 밟았다. 순간, 날카로운 타격음이 뒷유리창을 때렸다.

퍼벅! 쩍!

강화유리가 한꺼번에 내려앉고 룸미러에 총구화염이 직접 보였다.

"응사! 운전석!"

하연수는 대답도 하지 않고 패키지트레이 위에 총을 올렸다. 그리고 거침없이 방아쇠를 당겼다.

윈드쉴드에 몇 발 박혔는지 SUV는 순간적으로 밀려나갔다. 그러나 조수석에서 누군가 상체를 모두 밖으로 뺐다. 그리고 총구화염이 작렬했다. 즉시 핸들을 틀면서 악을 썼다.

"엎드려!"

매서운 총성과 총탄이 차체에 박히는 진동이 줄기차게 따라왔다. 1차선으로 나와 기어를 내리고 가볍게 브레이크를 밟았다가 뗐다. 빗물에 차가 순간적으로 미끄러졌지만 속도는 떨어졌고 2차선의 SUV와 나란히 날리는 형국으로 변했다.

'니들만 총 있는 거 아냐.'

운전석 창문에다 권총을 연사했다.

캉! 카캉!

그러나 몇 발 쏘지 못했다. 서너 발 쐈다 싶은 순간, SUV가 방향을 틀어 달려들었다. 핸들을 필사적으로 틀어쥐고 맞부딪쳤지만 부족한 차체 중량을 극복하기는 어려웠다. 몇 번의 타격에 간단히 밀려나가 중앙분리대와 SUV 사이에 끼어버렸다.

빠지직!

다음 순간, 하연수의 총구가 불을 뿜었다.

"크악!"

누군가의 비명이 터지고 SUV가 떨어져나갔다. 즉시 기어를 바꾸고 중앙분리대에서 떨어져 나왔다. 이제는 거꾸로 그가 SUV를 따라가는 형국, 왼손으로 총을 바꿔잡고 창밖으로 내밀어 탄창을 모조리 비워버렸다.

SUV는 휘청하면서 2차선으로 빠져나갔고 하연수의 총구에서 내뿜는 총성이 SUV를 따라갔다. SUV는 멀리 4차선 쪽으로 밀려나갔다가 다시 빛줄기를 뿜어내며 나타났다. 하연수가 탄창을 갈아끼우며 투덜거렸다.

"아씨, 독하네."

욕을 하면서도 능숙하게 패키지트레이에 손을 올리고 연속해서 방아
쇠를 당겼다. 대각선으로 보이는 SUV에서 흐릿하게 총구화염이 보이
고 옆 유리창 하나가 파삭 터져나갔다. 그는 반사적으로 목을 움츠렸지
만 하연수는 눈 하나 깜짝하지 않고 줄기차게 방아쇠를 당겼다.

퍼벅!

차체에 총탄이 박히는 섬뜩한 진동이 작렬하고 다시 유리조각이 사방
으로 비산했다. 뺨과 이마에서 뾰족한 통증이 느껴졌다.

'젠장!'

순간, 날카로운 스키드 소음이 작렬하고 SUV의 빛줄기가 대각선으로
사라져버렸다.

콰직!

묵직한 굉음, 놈들이 어딘가를 들이받은 것 같았다. 하연수가 다시 탄
창을 갈아끼우며 의기양양하게 소리쳤다.

"클리어!"

속도를 줄이면서 힐끗 돌아보자 배시시 웃으며 다시 말했다.

"함 해보고 싶었어, 헤헤."

"액션영화 너무 많이 보지 마라, 괜찮아?"

"넵."

"박사님, 괜찮으십니까? 다친 데 없습니까?"

"어… 없어요, 괜찮…은 거 같아요."

김윤서는 제대로 입을 떼지 못했다. 정신이 하나도 없는 모양이었다.

"일어나셔도 됩니다, 박사님. 그리고 차는 미안합니다."

"네? 네⋯."

대답은 했지만 김윤서는 시트 아래에서 나올 생각을 하지 않고 있었다. 쓰게 웃으면서 하연수에게 눈을 돌렸다.

"계속 주시해, 언제 또 튀어나올지 모른다."

"응."

일단 밟았다. 내비게이션에 나온 톨게이트 위치는 아직 거리가 있었다.

―헌터, 설치 상황은?

"아직, 시간 더 끌어."

―얼마나?

김윤서와 눈을 마주치자 전원을 연결하던 엔지니어가 대신 대답했다.

"20분."

"들었지?"

―이미 진입단계다, 서둘러.

"한 바퀴 더 돌려."

공항상공을 한 바퀴 더 돌리라는 뜻, 하지만 장거리 비행을 한 데다 이미 몇 바퀴 선회한 형편이라 연료가 충분치 않을 것이었다. 블랙맘바의 대답도 예상과 같았다.

—연료 때문에 더는 안 돼, 관제실도 기장도 최선을 다한 거다. 나도 내려간다, 이젠 게이트진입과 브리지 연결과정에서 시간 끄는 수밖에 없다.

"제길, 일단 알았다."

KE926편이 도착할 예정인 7번 게이트는 터미널 가장 동쪽 끝이었다. 새벽부터 체온측정기 이전작업을 했지만 시간은 여전히 부족했다. 게이트 주변에는 공항 작업복 차림의 요원들 여섯 명이 깔렸고 살짝 열린 비상계단 안으로 완전무장한 타격대까지 대기한 상태, 체온측정기 이외의 준비는 그럭저럭 괜찮았다.

벽시계로 고개를 돌렸다. 오전 9시 16분, 그래도 관제실에서 30분 넘게 연착시킨 셈이었다. 얼마 지나지 않아 블랙맘바가 터미널카트를 타고 게이트로 건너왔다.

"아직 멀었어? 곧 착륙이야."

블랙맘바의 질문에도 엔지니어 두 사람은 눈길도 주지 않았다. 한 사람은 단말기를 두드리는 데 열중했다. 블랙맘바가 그와 눈을 마주쳤다.

"이미 발병했다면 일 커진다. 최대수 후보가 격리에 응할 리 없으니까. 위에선 벌써 음모론 이야기 나오기 시작했어."

"당신 팀만 나온 거야?"

"높은 놈들은 이런 데 안 나와."

"보고는 제대로 한 거냐?"

"최대수 후보급이면 원장도 대책 없다, 상황을 봐서 대응하는 수밖에 없어."

"이거 국가재난 수준의 사건이야, 그런데 딸랑 필드 팀만 나온다고? 말이 돼? 대상이 대통령이라도 격리하는 게 답이야."

"그건 니 생각이고, 영감들 눈에는 막연하고 보이지도 않는 위험이다. 확실하지도 않은 일을 부풀려서 사회적 혼란을 야기하는 짓은 내가 영감들 입장이라도 피하고 싶어, 더구나 지금은 대선 국면이야. 어쨌든 최대수 후보를 포함한 VIP 일행은 무조건 통과시키라는 명령이다."

"미쳤군."

"대선이 6개월도 안 남았어, 지금 워낙 박빙이라 이런 일로 최대수 후보가 한 번 더 이슈가 되는 건 좋지 않을 거라더군, 정확한 병명 알고 백신도 있으니 그 양반 죽을 일은 없으니까."

"정식 명령인가?"

"당연히 노, 일 커지면 나 같은 총알받이 모가지 몇 개 날리는 걸로 끝나겠지."

"놀고들 있다, 이게 장난으로 보여? 그 두 사람이 아직 발병하지 않았다고 해도 격리하지 않는 건 엄청나게 큰 모험이야, 또 다른 숙주가 있으면 대책 없어."

"지금은 어쩔 수 없다, 상황을 보는 수밖에. 부상은 어때?"

"견딜만해, 박사님 덕에 항생제도 구했고."

"끝나면 병원부터 가라."

"병원보다 잠이 더 급해, 내리는 순서 정했나?"

"기장에게 VIP와 수행원 먼저, 다음은 기자 두 사람을 내보내라고 했다. 어… 잠깐, 착륙한 거 같다."

블랙맘바는 벽시계를 힐끗 돌아보고는 김윤서에게 소리를 질렀다.

"박사님! 아직입니까?"

"5분!"

아슬아슬하지만 비행기가 터미널까지 이동하고 브리지를 연결하는 시간까지 고려하면 시간에 맞출 수도 있을 것 같았다. 엔터키 두드리는 소리가 몇 번 더 나고 창밖에 거대한 항공기 동체가 보였다.

"왔다."

비행기는 부드럽게 멈춰섰고 브리지가 천천히 기체로 접근했다. 이제 잘해야 2분 남은 셈, 곧장 공항직원의 무전기에서 브리지 연결이 끝났다는 보고가 흘러나왔다. 그리고 엔지니어의 입에서 애타게 기다리던 단어가 들려왔다.

"끝났습니다, 확인하죠."

엔지니어 한 명이 얼른 체온측정기를 통과하자 단말기 화면에 흐릿한 실루엣이 지나갔다. 열은 없는 모양이었다. 김윤서가 허리를 두드리며 어깨를 폈다.

"후… 됐어요."

곧바로 브리지에 들어간 요원의 보고가 들어왔다.

―캐빈 개방, 작전 개시.

"시작이다. 전 대원 마스크 착용."

브리지와 항공기가 연결되고 얼마 지나지 않아 사람들이 빠져나오기 시작했다. 앞장 선 몇 사람이 브리지 끝에 설치된 체온측정기를 통과하자 단말기에 열영상이 넘어왔다. 이어 브리지에 들어간 요원이 짧게 말했다.

―VIP 이동, 반복한다, VIP 이동.

브리지를 통해 나온 최대수는 70대 치고는 풍채가 좋은 노인이었다. 뒤로 줄줄이 양복들이 따라왔다. 다행히도 특별히 체온이 높은 사람은 없었다.

"2팀, 타깃 확인될 때까지 외부통로 차단해라. 통로 차단."

―카피, 통로 차단한다.

초조한 시간이 몇 분 흐르자 외국인 두 사람이 브리지에 모습을 드러냈다. 모니터에 띄워놓은 기자들의 인상착의와 같았다.

―브리지에 타깃, 타깃 확인.

"대기, 체온측정기 통과할 때까지 대기한다, 대기."

―카피, 대기.

바짝 긴장한 채, 두 사람이 체온측정기를 통과하는 순간을 기다렸다. 두 사람은 기분이 좋은지 껄껄 웃으면서 체온측정기를 통과했다. 다행히 열영상에 특별한 변화는 없는 상태, 김윤서가 안도의 한숨을 내쉬며 말했다.

"발병 전인 거 같아요, 다행이에요."

블랙맘바가 신속하게 명령을 이어갔다.

"1팀 투입, 타깃 격리한다. 2팀은 대기, 아직 발병 전이다."

―카피, 타깃 격리. 타깃 격리.

조용히 기다리던 요원들이 바쁘게 움직이기 시작했다. 베르겐과 플리거 두 사람을 재빨리 끌어내 비상계단으로 데리고 나가는 것으로 작전의 가장 중요한 부분이 끝난 셈, 그러나 작전은 아직도 진행 중이었다.

―일반승객 브리지 진입.

조금은 편안한 기분으로 하나둘 체온측정기를 통과하는 사람들의 색깔을 주시했다. 한숨 돌린 셈, 슬슬 지루해져서 옆에 선 블랙맘바에게 말을 걸었다.

"끝인가?"

"일단은."

"최 후보하고 수행원들 팔로우업 해."

"신분 확실한 사람들이니까 네덜란드인들이 진짜 H6N1로 확진되면 개인에게 통보해서 질병관리본부로 출두하라고 하면 돼, 치명적인 전염병이라는 사실이 인지되면 대부분 군말 없이 병원으로 직행해."

"자진출두 못할 사정이 생길 수도 있어."

"그땐 강제로 해야지, 거기부터는 질병관리본부하고 경찰 일이야."

"이재준은 어떻게 됐어?"

그를 힐끗 돌아본 블랙맘바는 도로 단말기에 시선을 돌리며 입맛을 다셨다.

"어이, 아직 H6가 사실인지 아닌지도 확인 안 됐어. 지금 누굴 치긴 어려워."

"놀고들 자빠졌네, 사외조직에 너무 휘둘리는 거 아냐?"

"현재는 범죄사실이 아예 없는 거나 마찬가지야, 거기다 살벌하기로 2등하라면 서러운 김동휘 제1차장도 그 자식한테는 한 수 접고 들어가는데 지금 뭘 할 수 있겠어?"

"그래서?"

"지금 상태로는 아무것도 못해, 사건이 구체화되면 회사가 이재준의 사외조직을 제명하는 절차를 밟을 거다. 다만 차후에 재활용을 위해 끈은 남겨놓을 가능성 높겠지."

"필요에 따라 재가동한다?"

"그럴 거다."

순간, 체온측정기를 지나가는 사람 중 하나의 영상이 살짝 붉게 변했다. 미세하지만 분명 체온에 변화가 있었다. 평범한 한국인 여행객인데 마스크를 썼고 헛기침까지 계속 했다. 블랙맘바의 입에서 욕설이 튀어나왔다.

"씨팔, 3팀! 감색 수트 격리! 2팀! 플랜B! 플랜B! 이동통로 3층으로 돌려!"

―카피!

"박사님, 저 사람 상태 확인하세요."

"네."

단말기를 엔지니어에게 맡긴 김윤서가 급히 달려가 요원들이 데려온 감색 수트의 남자에게 질문을 던지기 시작했다. 이어 정확하게 체온을 체크한 뒤에는 다행스런 대답이 나왔다.

"가벼운 냉방병으로 보입니다만 혹시 모르니 의료진과 함께 질병관리본부로 가셨으면 합니다."

"네? 그게 무슨?"

"가시죠."

남자가 불만을 토로했지만 요원들의 서슬 퍼런 기세에 이내 꼬리를 내리고 비상계단으로 들어갔다.

마지막으로 승무원 몇 사람이 브리지를 나온 뒤 블랙맘바가 말했다.

"상황종료. 반복한다, 상황종료, 2팀 VIP 통로 개방."

—카피. 상황종료, 통로 개방.

"4팀은 항공기 출입차단하고 소독팀 진입할 때까지 현장 대기."

—카피.

남은 요원들이 바쁘게 움직였다. 나중에 매스컴에서 난리가 날지언정 당장은 상황이 정리된 셈, 더 남아 있을 이유는 없었다.

"끝난 건가?"

"그런 거 같다."

"레드라인은 어떻게 할 거야? 새벽에 김윤서 박사 노린 것도 그놈들일 것 같은데."

"우린 재난상황을 차단한 것으로 끝이다. 정식 수사는 검찰에 넘길 거야, H6바이러스 확진 상황이면 관련자 전원 구속될 거다."

"직접 해, 검찰로 이관하면 다 외국으로 도망간 다음에 뒷북칠 거다."

"건의는 하지."

"김윤서 박사 자동차 박살났다, 회사가 수리비 부담해."

"그것도 건의하지."

"그럼 난 이쯤에서 뜬다, 이재준 위치 확인되면 연락해."

하연수와 눈을 마주치고 돌아서려 하자 블랙맘바가 불러세웠다.

"어이, 헌터."

"왜?"

"도움이 됐어, 복직 원하면 추천하겠다. 저쪽 아가씨까지 두 사람 다 내 팀에서 고용하는 것도 고려하고 있다, 내 전화번호는 가지고 있지?"

"됐고, 이재준 이야기 아니면 연락하지 마. 그리고… 난 당분간 잠수다."

"조용해질 때까지?"

"당연히."

"웬만하면 물밖에 나오지 마라, 확진 상황이면 진짜 북풍한설 몰아칠 테니까. 그리고… 오늘 일 떠들고 다니면 어떻게 되는지 설명 안 해도 되겠지?"

대답은 생략하고 손만 들어보였다.

"간다."

그리고 정신없이 무언가를 지시하는 김윤서에게 다가가 어깨를 짚었다.

"아… 네."

"전 할 일 다 한 것 같습니다."

"가시게요?"

"네."

"두 분 정말 고생하셨어요, 그리고 감사합니다. 두 분 아니었으면 진짜 큰일 날 뻔했어요, 변호사님께 연락드릴게요."

"차는 죄송하게 됐습니다."

"무슨 말씀이세요? 안 다치고 국가 재난상황을 막았잖아요, 차가 무슨 상관이에요."

"수리비는 국정원이 처리할 방법을 찾아보겠다고 했는데 솔직히 가능할지는 모르겠습니다."

"보험처리하죠 뭐, 오늘 정말 고마웠습니다. 상처 치료 잘 하세요, 하루 두 번 드레싱 잊지 마시고."

"약 감사합니다."

가볍게 목례만 하고 서둘러 입국장을 빠져나왔다. 그럭저럭 최악의 상황은 피한 것 같은데 입맛은 더럽게 썼다. 이재준은 이번에도 미꾸라지처럼 빠져나갈 것 같은 기분 나쁜 예감 때문이었다.

'내손으로 끝을 봐야 하나?'

따지고 보면 증거는 불법적으로 녹취한 자백 몇 마디가 전부였다. 법정에서는 유효한 증거로 쓰지 못할 것이 분명하고 나머지는 대부분 정황증거여서 마음만 먹으면 얼마든지 꼬리자르기가 가능했다. 솔직히 이재준은 고사하고 김동혁조차 지은 죄만큼의 처벌이 이루어지리라고 장담하기가 어려웠다.

1층으로 나와 북적이는 사람들 틈으로 들어서자 하연수가 조심스럽게 물었다.

"김동혁 대표는 어떻게 될까?"

그래도 김동혁 만큼은 멀쩡하게 빠져나오지 못할 가능성이 높았다. 여러 건의 살인사건에 직접적으로 연루됐고 '생화학테러'라는 사안의 파괴력까지 고려하면 희생양이 꼭 필요하기 때문이었다. 한동안 구속이네 재판이네 시끄러울 것이고 검찰의 구형도 꽤 나올 것이었다.

하지만 그뿐이었다. 한 1년쯤 지나고 매스컴의 호들갑이 가라앉으면 변호사들 잔뜩 동원해서 형기를 줄일 방법을 찾아낼 터, 진짜 형기는 길어야 2, 3년이라고 보아야 했다. 더 짜증나는 건 뒤에 있는 진짜 괴물들은 손도 대지 못한다는 점이었다.

"구속되겠지, 실형도 떨어질 거고. 하지만 오래 살지는 않을 거야."

"에이 씨… 나라 꼴 잘 돌아가네, 이재준은 벌도 안 받고 멀쩡히 돌아다니는 거고?"

"이재준에 대해서는 솔직히 모르겠다, 그 인간 고위층의 약점을 쥐고 있을 가능성이 높고 회사에 꼭 필요한 존재이기도 해서."

"그런 사람이 왜 필요해요?"

"설명해도 넌 이해 못해, 나중에 설명해줄게."

"말도 안 돼, 그런 사람을 그냥 쓴다고?"

"원래 그 바닥 생리가 그렇다고 생각하는 게 속 편할 거야, 실제로 몇 년씩 적지에 언더커버 들어가고 역정보 주고받다보면 멀쩡한 요원도 피아구분이 힘든 게 그 바닥인데 이재준은 거기서 20년 넘게 굴러먹었어. 흰색이든 검은색이든 한쪽을 기대하는 건 무리다, 우린… 딱 이재준과 레드라인의 활동에 제동이 걸린 만큼만 유리해진 거야."

"참나… 도무지 이해가 안 되네. 무슨 놈의 정보기관이 그 따위예요? 애국심 같은 건 밥 말아먹은 거야?"

하연수가 계속 투덜댔지만 부연설명을 더하지는 않았다. 어차피 보통 사람들은 이해가 불가능한 부분일 터, 언젠가 이해가 될 날이 있을 것이었다.

완전히 밖으로 나와 택시 정류장에 기대서자 하연수가 얼른 부축하며 말했다.

"병원부터 가요."

사실 둘 다 꼴이 말이 아니었다. 하룻밤 새 두 번의 살벌한 총격전과 두 번의 카체이싱을 치렀고 총상까지 입었으니 더 말할 것도 없었다. 긴장이 풀린 탓인지 눈은 저절로 감겼고 서 있는 것조차 쉽지 않았다.

"이거 총상이야, 병원은 피하자."

"왜요?"

"병원은 총상환자 무조건 신고해야 돼. 외곽 모텔촌 같은 데다 방 잡는 게 좋겠다, 앞으로 며칠은 무슨 일이 있어도 잠수해야 돼."

"에? 안 끝난 거야?"

"진짜 싸움은 지금부터가 될 거 같다."

하연수의 눈빛에 의문부호가 붙었지만 마침 정류장으로 택시가 들어온 덕에 긴 설명은 피할 수 있었다. 잡아타고 일단 서울 방향으로 움직였다. 택시가 공항 구간을 빠져나와 속도를 올리자 헤드레스트에 머리를 대고 눈을 감아버렸다. 너무 피곤했다.

"눈 좀 붙일게, 피곤하네."

"자요, 도착하면 깨울게."

눈은 감았지만 머릿속은 복잡했다. 서울이 치명적인 바이러스에 노출되는 대형 사고는 어찌어찌 막았으나 정작 그의 신변은 정리된 게 하나도 없었다.

'결국 상하이로 돌아가는 건가?'

이재준이 나타나는 순간부터 우려했던 일, 다시는 생각하고 싶지 않았던 시절로 돌아가게 될 것 같았다. 그의 의사와도 완전히 별개였다. 이젠 물러서고 싶다고 해도 물러설 수가 없었다.

로비스트

"괜찮아요?"

반쯤 눈을 뜨자 당장이라도 울 것 같은 하연수의 얼굴이 보였다. 왜 저러나 싶어 가만히 잠들기 전의 기억을 더듬었다.

'아!'

길었던 하루였다. 어찌어찌 모텔에 들어온 것까지는 기억이 나는데 대충 씻고 침대에 몸을 던진 이후는 머릿속에서 아예 지워지고 없었다.

"명석 씨 10시간 넘게 잤어요, 몸이 너무 차가워서 119 부를 뻔했어."

그간 계속 무리를 한데다 이틀 밤을 꼬박 새우며 비를 맞았고 부상부위의 출혈까지 겹쳐서 체력적으로 한계가 온 것 같았다. 일어나려고 상체를 일으키려다 도로 누워버렸다. 갑자기 움직여서인지 조금 어지러웠다.

"뉴스 봤니?"

"치, 죽을 뻔해 놓고 첫 질문이 뉴스야?"

"미안, 어떻게 돌아가나 싶어서."

"특별한 거 없었어, 질병관리본부가 공식적으로 발표한 것도 없고 테러 관련된 수사 이야기도 없었어요. 아까 오후에 연합뉴스 단신으로 전염성 질병 관련해서 외국인을 포함한 세 사람이 공항에서 격리되었다는 뉴스만 나왔어."

"민태는?"

"석진 씨랑 같이 경기도 외곽에 작은 펜션 잡았다고 문자왔어요, 어딘지는 말 안 했고."

고개만 주억거리고 다시 일어나 앉았다. 이제 어지러운 기운이 가신 것 같았다.

"근데 옷은 어쨌어?"

하연수가 화들짝 놀라며 이불로 자신의 가슴을 가렸다.

"저기… 체온을 올려야 할 것 같았어요."

자신도, 하연수도 속옷 한 장만 걸친 형편, 시내로 들어와 모텔을 잡고 눕자마자 잠이 들었는데 그동안 하연수가 그의 체온을 유지하기 위해 별짓을 다한 모양이었다. 살짝 얼굴을 붉혔지만 하연수는 이불로 대충 가슴만 가리고는 침대 밑에서 약상자를 집어들고 다가앉았다.

"드레싱 할 거야, 박사님이 자주 하라고 했어."

하연수는 제법 능숙하게 과산화수소로 거즈를 조금씩 적시면서 떼어내고는 드레싱을 시작했다. 매서운 통증이 정수리까지 솟구쳤다.

"윽! 살살 하지?"

"엄살 떨지 마요."

곱게 째려보면서 거즈를 붙인 하연수는 마지막으로 거즈테이프를 붙이면서 차분하지만 떨리는 목소리를 냈다.

"나 혼자 남는 줄 알았잖아요, 죽으면 내가 죽여버릴 거야. 알아들어요?"

마땅히 할 말이 없어 웃기만 하자 하연수가 약봉지를 찢어 내밀었다.

"먹어요, 박사님이 처방해준 거야."

말없이 받아 한 입에 털어넣고 물 한 컵을 다 마셨다. 그리고 조심스럽게 하연수를 끌어안았다.

"안 죽어, 이렇게 어마무시하게 예쁜 여친을 두고 어떻게 죽니."

"치… 말만 잘해요."

부드러운 맨살의 감촉이 손에 감겼다. 따뜻했다.

"고마워, 고생했다."

"치… 다른 할 말은 없고?"

"꼭 말로 해야 돼?"

"네? 그….”

이어지는 질문을 입술로 막아버리고 부드럽게 입술 사이를 비집고 들어갔다. 갑작스러웠는지 하연수는 순간적으로 굳어버렸다. 그러나 이내 그의 목을 휘감으며 적극적으로 반응했다. 조심스럽지만 강렬한 키스, 하연수의 입에서 아주 작지만 깊은 한숨소리가 흘러나왔다.

"하아…."

마지막으로 입술을 빨아들였다가 놓아주고 상기된 볼에 살짝 키스하면서 흘러내린 머리칼을 어깨너머로 밀어냈다. 깊이 파인 쇄골이 눈앞에 있었다. 부드럽게 혀를 대고 목선을 따라 올라가 귓불을 살짝 깨물었다.

"아!"

짧은 감탄사, 한결 거칠어진 호흡이 느껴졌다. 조심스럽게 허리를 당기면서 침대에 눕히고 이불을 걷어냈다.

정말 눈부시게 아름다웠다. 한손에 가득차고도 조금 남을 것 같은 가슴과 잘록한 허리, 유연하게 이어진 골반 아래로 길고 늘씬한 다리까지, 몸 전체가 하나의 예술품 같았다. 그중에서도 가장 자극적인 건 살짝 그을린 피부에 하복부에 남아 있는 희미한 비키니라인이었다.

크게 심호흡을 하고 팔목에서부터 어깨까지 손끝으로 천천히 쓸어올리며 이마에 가볍게 키스를 했다. 녀석은 눈을 질끈 감은 채 꼼짝도 하지 않았다. 하지만 가슴을 가린 양손에서 가느다란 떨림이 느껴졌다.

뺨까지 올라갔다가 천천히 목선으로 내려왔다. 피부를 스치는 손끝에서 계속 전기가 통하는 느낌, 가슴 윗부분에 부드럽게 키스하면서 가슴을 가린 녀석의 손을 조심스럽게 머리 위로 들어올렸다. 탄력 넘치는 가슴이 눈앞에서 출렁였다.

"예뻐."

귓전에다 나직하게 속삭였는데 녀석은 아랫입술을 깨문 채 고개만 도리도리 흔들었다. 가슴 선을 따라 내려와 막 화를 내기 시작한 유두를 혀끝으로 슬쩍 건드렸다. 녀석은 자지러지게 온몸을 떨었다. 유두 주변을 유영하듯 천천히 몇 바퀴 돈 다음, 유두를 입안으로 빨아들이면서 반대쪽 가슴을 살며시 움켜쥐었다.

"하…."

한없이 달뜬 신음, 한 손으로 가슴을 애무하면서 탄탄한 복근을 따라 희미한 비키니 라인까지 줄곧 키스를 이어가며 내려왔다. 서두르고 싶지는 않았다. 최선을 다해서 오래도록 기억할 수 있는 첫 섹스를 만들어줄 생각, 다리가 떨리는 게 느껴질 정도로 하연수의 몸은 점점 더 뜨거워졌다.

귀찮기만 한 팬티를 끌어내리자 하연수도 엉덩이를 살짝 들어 벗기는 걸 도왔다. 그러나 다 벗기지는 못했다. 마음이 너무 급해져서 한쪽 발목에 그냥 걸어놓고 무릎 사이를 살짝 벌리면서 자리를 잡았다. 일순 저항하는 듯했지만 이내 다리의 힘은 풀려버렸고 발목부터 시작된 애무가 허벅지까지 올라간 뒤에는 완전히 무방비 상태로 활짝 열리고 말았다.

이미 남자를 받아들일 준비가 끝난 모습, 공을 들여 숲 안팎을 조심스럽게 애무하다가 잔뜩 화가 난 유두를 살짝 깨물며 활짝 열린 숲으로 돌진했다.

"아…아파…."

가늘게 토해내는 비음, 무시했다. 이제 겨우 시작이었다. 탄탄한 엉덩이를 양손으로 움켜쥐면서 부드럽게 공격을 시작했다. 하연수의 몸은 처음부터 간헐적으로 경련을 일으키고 있었다. 몇 번의 진퇴만으로도 그녀의 속살은 무섭게 달아올랐고 이내 허리를 활처럼 휘면서 둔부를 밀착해왔다.

이미 첫 번째 절정에 올라간 모습, 실패는 아니라는 생각을 하면서 매끈한 다리를 들어올렸다.

"사랑해요…."

하연수는 두 번째 절정에 올라가는 순간부터 정신을 놓아버렸다. 머릿속은 하얗게 변해버렸고 몸은 제멋대로 움직이고 있었다. 숨이 턱턱 막혀서 몇 번이나 밀어내려 했지만 몸은 도무지 말을 듣지 않았다.

'나 미친 거 아냐?'

마치 다른 사람의 섹스를 훔쳐보는 느낌, 몸은 자신의 깊은 곳을 거칠게 유린하는 사내의 남성을 놓치지 않기 위해 끊임없이 경련을 일으키고 있었다.

'내 사람이야….'

다 포기하고 본능에 몸을 맡겨버렸다. 무쇠처럼 단단한 가슴 근육을 탐욕스럽게 더듬던 손이 사내의 허리를 결사적으로 끌어당기기 시작했다. 아주 잠깐 숨 돌릴 틈을 주었던 그의 남성도 더 잔인하고 집요하게 꿈틀거리며 깊이 파고들었고 그 압도적인 힘에 마지막 의식의 끈도 깨끗이 잘려나가버렸다.

'이…럼 안 되는데….'

순간, 주체할 수 없을 만큼 날카로운 전율이 무섭게 경련을 일으키는 아랫배에서부터 정수리까지 단숨에 훑고 지나갔다. 사지가 사정없이 떨리는 게 느껴질 만큼 강렬한 자극, 뜨거웠다. 지옥불 속에 던져진 것처럼 지독하게 뜨거웠다. 하지만 그건 생을 끝내는 마지막 순간까지 기억날 수밖에 없는 지독한 쾌감이었다.

"하악!"

아랫입술을 깨물었는데도 신음이 억눌린 입술을 비집고 흘러나왔다. 그가 귓전에 무언가 속삭였지만 알아들을 수는 없었다. 그저 악착같이 목에 매달려 하체를 그의 몸에 필사적으로 밀착시켰다. 어떻게든 그가 남겨둔 몸속의 아득한 열기를 세포 하나하나에 새겨놓고 싶었다.

품에 안겨 잠든 하연수의 뺨을 부드럽게 쓰다듬으며 TV를 켰다. 벌써 9시, 한없이 게으름을 피우며 시간을 보내는 것도 슬슬 지루해지기 시작하는 아침이었다.

뉴스는 정치인들의 같잖은 말잔치들을 연일 생중계하고 있었다. 공항에서 그 난리를 친 날부터 만 사흘이 지났는데도 검찰 수사에 관련한 기사는 전혀 없었다. 테러 기도에 대한 경찰의 수사가 시작된다는 이야기도 나오지 않았다. 그저 외국인을 포함한 세 사람이 공항에서 격리되었다는 첫날의 단신이 알려진 전부였다.

지난 이틀의 상황은 김윤서를 통해서 몇 가지만 겨우 알아낼 수 있었다. 네덜란드인 기자 두 사람은 H6N2 바이러스 확진으로 밝혀졌고 김동혁과 KC케미컬에 대한 검찰의 수사가 본격적으로 시작됐다는 정도, 이재준과 레드라인에 대한 수사상황은 알아볼 방법이 없었다.

어차피 국정원 외부조직이 관련된 이상, 수사는 비밀리에 진행될 수밖에 없었다.

'공개할 수 없겠지.'

다른 뉴스채널로 돌리려는데 강민태에게서 전화가 왔다.

"어, 왜?"

ㅡ나 내일부터 출근이다, 오늘 민지 씨랑 서울 들어갈 생각이야. 석진이는 당분간 여기 남고.

"옆구리 총상 괜찮아?"

ㅡ버틸 만해, 내근은 가능할 거 같다.

"니네 집으로 갈 거냐?"

ㅡ그래야지, 지구대 바로 옆이라 비교적 안전해.

"아직 위험할 거 같은데…."

ㅡ4층이라 문단속만 잘하면 돼, 문제 생기면 내가 바로 갈 거고.

말릴까 싶었지만 그만뒀다. 강민태도 충분히 생각하고 내린 결정일 터, 이번에도 현직 경찰관이라는 신분을 믿어보는 수밖에 없었다.

"안전에 신경 써라."

─당근, 걱정하지 마.

전화를 끊자 하연수가 그의 가슴에 손을 올리면서 빤히 올려다보았다. 통화하는 소리에 깬 모양이었다.

"우린 언제 집에 가요?"

"왜?"

"갈아입을 옷도 마땅치 않고 빨래도 해야 할 거 같고… 속옷이라도 몇 개 가져왔으면 해서요."

사실 집으로 돌아가는 건 약간 부담스러웠다. 부상 부위가 한결 나아진 것 같아서 비교적 여유롭게 상황을 지켜보는 입장이지만 그렇다고 마냥 숨어지낼 수는 없는 노릇이었다. 이쯤에서 상황 파악을 시작하는 것도 나쁘지 않았다.

"몇 가지 확인하고 결정하자, 어차피 민지 씨 안전을 위해서도 상황 파악은 해야 할 것 같으니까."

"뭘 어떻게 할 건데?"

"일단 나가자, 들어올 때 필요한 것도 좀 사고."

"헐, 초초대박 환영입니당. 이틀째 갇혀 있었더니 엉덩이 들썩거려서 완전 돌아가시겠다능, 씻고 옷 입게 몇 분만 기다려요. 으차!"

하연수는 기다렸다는 듯 재빨리 일어나 욕실로 향했다. 헐렁한 그의 티셔츠만 입은 형편이라 걷는 뒷모습이 너무나 도발적이었다. 욕실 문이 닫힐 때까지 물끄러미 쳐다보다가 피식 웃어버렸다.

KC케미컬 사옥의 분위기는 예상 외로 차분했다. 드나드는 사람은 거의 없고 경비인력만 잔뜩 늘어난 모습, 주변에 기자들이 꽤 많이 어슬렁거리고 있어서 경비들은 바짝 긴장한 것 같았다. 잠시 눈치를 보다가 하연수에게 예전에 쓰던 전화기를 건넸다.

"아는 직원 있지? 가능하면 쫄따구가 좋아. 담당 대리 괜찮을 것 같네."

"직접 보는 건 어때요?"

배시시 웃은 하연수가 주머니에서 비표 하나를 꺼내 그의 눈앞에 들이댔다. KC케미컬 사원증이었다.

"나 아직 직원이잖아, 흐흐."

그는 고개를 가로저었다. 김동혁이 구속되고 없는 상황이니 들어가서 직접 보는 것도 나쁘지 않지만 쓸데없이 카메라 앞에 얼굴을 들이밀 필요는 없었다. 건너편 골목으로 하연수의 어깨를 밀며 말했다.

"그냥 전화해, 너나 나나 사진이라도 찍히면 골치 아파진다."

"넵, 알았슴돠."

전화기가 부팅되는 동안, 하연수는 밝은 표정으로 계속 전화기를 만지작거렸다. 오래간만에 자신의 전화기를 켜서인 모양이었다. 기본화면이 올라오고 잠시 더 기다렸다가 회사번호로 전화를 걸었다.

"저 하연수예요, 안녕하세요?"

─어, 연수 씨. 오랜만이네, 웬일이야?

"뉴스에서 회사 이야기 많이 나와서요, 회사 괜찮아요?"

─난장판이지 뭐, 어수선하다.

"대표님 구속됐다던데 정말이에요?"

─다들 쉬쉬하는 중인데… 요즘 대표님 출근 안 하는 건 맞아. 어제 회사 압수수색 나온 건 알지?

"그랬어요?"

─간부들 계속 불려가서 참고인 진술하고 오는 거 같더라, 나도 언제 불려갈지 몰라. 연수 씨는 그만두길 잘 했어, 나도 고민 중이다.

"회사는 어떻게 되는 거예요?"

─회사야 멀쩡하겠지, 울 나라에서 대기업 문 닫는 거 봤어? 평계김에 정리해고 잔뜩 하고 나중에 회장님 나서면 쓱쓱 수습되지 않겠냐? 그 양반 파워면 대표 '놈'도 어영부영 빼낼 수 있을 거야.

"살인에 테러기도까지 했다던데 그래도 가능해요?"

─그거야 매스컴에서 떠드는 헛소리고, 그룹 변호사 군단이 모조리 달려들 텐데 그럼 살인 아니라 살인 할애비라도 잘해야 특실 1년이다. 모르긴 몰라도 푹 쉬다 나올걸?

"정말요?"

─그래, 어… 네! 악어가 부른다, 나 가야 돼. 나중에 또 통화하자, 수고.

대리는 바로 전화를 끊어버렸다. 그와 눈을 마주친 하연수가 히죽 웃었다.

"이러면 어째야 되죠?"

"여긴 접자, 정식으로 수사가 진행되고 있다는 건 확인됐으니 김동혁이 당장 뭘 지시하긴 어려울 거다."

"다음은 어디 갈 거예요?"

"레드라인."

레드라인 본사는 여의도를 마주보고 있는 영등포의 4층짜리 벽돌건물이었다. 건물 전체를 레드라인이 쓰는데 지금은 1층 현관의 철문부터 굳게 닫힌 상태였다. 덩치 큰 PMC 본사치고는 너무 작고 허술하지만 본사의 역할은 여의도 정가와 대기업본사들을 대상으로 한 영업이나 신입용병 리쿠르트를 위한 지점 정도였다. 진짜는 그들이 레드 캠프라고 부르는 북한강변에 있는 외딴 산악지역 훈련장이었다.

"여기도 몸 사리는 분위기 맞네."

퍼붓는 비를 쫄딱 맞으며 꽤 긴 시간을 배회했는데 본사 내부에 사람의 흔적은 없었다. 건물 안팎이 쥐 죽은 듯이 고요했고 하다못해 불이 켜진 창문 하나도 없는 형편이었다. 하연수가 말을 받았다.

"캠프는 가보지 않아도 돼요?"

"레드라인도 당분간은 활동하지 못할 거야, 어떤 방식으로든 이번 사건에 개입됐고 정보기관의 블랙리스트에 포함됐으니까."

"이재준은?"

"모르지, 일단 레드라인이 수사대상이라는 건 본사가 이재준을 정리하는 수순에 들어갔다는 의미로 해석해도 될 거 같다."

"그럼 신경 안 써도 되는 거예요?"

"당분간은, 우릴 공격해서 얻는 게 없어졌으니 이재준도 무리하지 않을 거다. 내가 그냥 넘어갈 생각이 없어서 문제지."

"친구 때문이죠?"

"놈이 힘을 잃은 지금이 기회일 수도 있어, 조만간 얼굴 봐야지. 오늘은 여기서 건질 거 없다, 뜨자."

"넵."

곧장 발길을 돌렸다. 영등포역 방향으로 한 블록을 걸어야 렌터카를 세워둔 곳이었다. 그런데 골목으로 들어서서 잠깐 걷는 사이, 빗소리 사이로 발자국 소리가 느껴졌다. 자연스럽게 골목을 벗어나 이면도로로 나가면서 건너편 건물 유리창을 주시했다.

각도가 맞지 않아 골목 안쪽은 보이지 않았다. 몇 걸음 걸으면서 각도를 맞추고 따라오는 놈들을 살폈다. 비교적 건장한 체격의 사내 두 명, 우산 때문에 얼굴은 보이지 않았다. 다음 골목으로 들어가 멈춰섰다.

"확인 좀 하고 가자."

"미행?"

"아직 몰라."

몇 초 시간이 흐른 뒤, 두 사람의 우산이 나타났다. 둘은 자연스럽게 길을 건너 역 반대편으로 멀어졌다.

"아닌 거 같네."

두 사람을 조금 더 지켜보다가 뒤따라 길을 건넜다. 렌터카를 세워둔 주차장까지는 거리가 좀 있으니 확인할 기회는 또 있을 것이었다.

집에 도착해서도 수순은 마찬가지로 밟았다. 두 블록 떨어진 곳에 차를 세우고 걸어서 이동했다. 평소보다 더 먼 곳에 주차한 셈, 집 주변은 확실히 짚고 넘어가야 했다. 시장통과 뒷골목을 차근차근 돌아본 뒤에야 집으로 가는 진입로로 들어섰다. 평소와 다름없는 한적하고 좁은 골목, 거친 빗줄기 때문에 집은 보이지 않았다.

"이번엔 그냥 지나가자."

"넵."

천천히 집 앞을 통과해서 골목 끝까지 갔다. 특별한 문제는 없어 보였다. 그런데 두 번째로 골목에 들어서는 순간, 대여섯 개의 시커먼 그림자가 앞을 가로막았다. 손에 든 건 칼이었다.

"하나, 둘… 귀찮게 됐네."

대충 머릿수를 센 차명석은 들고 있던 우산을 접어 담장에 기대 세웠다. 전부 여섯, 회사 직원은 당연히 아니고 용병도 아니었다. 하는 짓으로 보아서는 장두식의 똘마니들일 가능성이 가장 높았다.

'장두식이 날 노려?'

밤에 설치는 것들 손봐준 기억이 많아서 다른 조직일 가능성도 없지 않지만 장두식이라고 보는 편이 가장 현실적이었다. 하지만 장두식은 그에 대해 나름 알았다. 똘마니 몇 놈으로 그를 상대할 엄두를 내지는 않을 것이었다.

'젠장, 모르겠다.'

그동안 받은 스트레스 해소를 위한 상대로 나쁘지 않다는 생각, 허리춤에서 봉을 꺼내 가볍게 휘둘러 뽑았다.

"누가 보냈나?"

대답은 없었다. 대신 한 놈이 나직하게 반문했다.

"니가 헌터냐?"

작은 키에 짧은 머리, 30대 초반쯤 될 것 같았다. 나머지는 모두 스무 살이나 될까 말까 한 새파랗게 어린놈들이었다.

"제대로 찾아온 거 맞아? 헌터가 누구야?"

"이 동네에서 저년하고 같이 다니는 놈."

"이젠 깡패들까지 미쳐가는군."

"뭐?"

"그냥 용역이나 하고 살아, 어른들 노는 데다 숟가락 놓다가 서리 맞지 말고."

"뭐 이런 개자식이 다 있어?"

"어른들 노는 데다 숟가락 올리지 말라고 했다."

"이런 씨팔, 야! 닦아버려!"

똘마니들이 우르르 달려들었다. 전부 한가락 하는 놈들인지 몸이 빠르고 민첩했다. 방심하면 안 되겠다는 판단, 즉시 전원을 올리고 맨 처음 달려드는 놈의 어깨를 전력으로 내리쳤다.

"컥!"

순간적으로 다리가 풀렸지만 놈은 속도를 이기지 못하고 그대로 달려들었다. 슬쩍 돌면서 피해내고 뒤따라 대각선으로 긋는 칼을 흘리면서 동시에 팔꿈치를 놈의 턱에 박았다. 비틀거리며 담장으로 밀려나던 놈은 하연수의 봉에 정통으로 얻어맞고 나동그라졌다. 등 뒤에서 시퍼런 회칼이 횡으로 날아들었다.

'이것들이 죽여달라고 고사를 지내나.'

부드럽게 물러서서 칼의 궤적 안쪽으로 들어가며 놈의 발목을 찍었다. 균형을 잃은 놈의 목을 쳐올리고 뒤에 있는 두 놈에게 밀어붙이면서 팔다리를 봉으로 잇달아 내리쳤다. 대여섯 번의 타격에 놈들은 비명도 지르지 못하고 주저앉았다.

마지막 남은 놈이 인상을 쓰면서 우산을 집어던졌다. 제법 무게를 잡는 품이 싸움엔 자신이 있는 모양이었다.

"제법인데?"

"그만하지? 강냉이 다 털리고 후회하지 말고."

포기하길 기대했지만 놈은 대뜸 칼을 뽑아들었다. 처음과는 달리 눈에 띄게 신중해진 모습이었다. 앞으로 잡은 칼, 낮은 자세, 손이 빠른 전형적인 칼잡이였다. 놈이 손 안에서 부드럽게 칼을 회전시키며 중얼거렸다.

"넌 오늘 뒈졌어."

쓰게 웃으며 하늘을 올려다보았다. 하늘에 구멍이라도 뚫린 것 같은 엄청난 폭우였다. 보도블록을 때리고 솟구치는 빗방울이 물안개처럼 뿌옇게 시야를 가렸다. 문득 짜증스러워졌다.

"어이, 하나만 묻자. 장두식이 시켰나?"

놈은 대답 대신 발로 바닥을 훑듯 고인 물을 밀어내며 느릿하게 접근했다. 경험 많은 노련한 놈이었다.

"귀찮네."

가볍게 한 발 내디디면서 휘젓는 놈의 칼 쥔 팔목을 노렸다. 놈은 슬쩍 물러서 봉 끝을 피하고는 전력으로 달려들었다. 단번에 승부를 내고 싶은 모양이었다.

가볍게 한 발 빼면서 허벅지 언저리로 날아드는 칼을 피하고 놈의 어깨를 노렸다. 그러나 놈은 아예 바닥을 기는 것처럼 상체를 숙이면서 봉을 피하더니 한손으로 공중제비를 돌며 지나갔다. 그리고 다시 접근, 놈은 바닥을 기었다. 마치 고개 빳빳이 든 코브라가 달려드는 느낌이었다.

'뭐 이런 놈이 다 있어?'

가볍게 부딪쳤다가 한 발 물러서서 자세를 바로잡았다. 자세가 비정상적으로 낮고 하체만 노리는 형편이라 상당히 부담스러웠다. 방법을 고민하는 사이, 놈이 다시 다가섰다. 이번엔 양손을 뒤로 숨긴 상태였다.

'양손잡이냐?'

왼손으로 바꿔 잡았을 수도 있지만 오른손에 있다는 판단으로 반대로 돌았다. 하지만 칼은 왼손에서 나왔다.

'지랄이네.'

칼을 발바닥으로 차내고 놈의 얼굴을 노렸다. 그러나 놈은 몸을 기괴하게 틀면서 칼을 돌려 잡고 그의 발목인대를 노렸다. 급히 벽을 차고 놈을 뛰어넘어 몇 발 지나친 다음 자세를 바로잡았다. 놈은 한쪽 무릎을 꿇은 채 비릿한 웃음을 흘리면서 손아귀 안에서 칼을 몇 번 돌렸다.

"새끼 제법인데?"

"넌 뭐하는 놈이야?"

질문을 던지면서 느릿하게 봉을 털었다. 하는 짓 충분히 봤으니 이젠 끝내야 했다. 그런데 놈이 느닷없이 돌아섰다.

'젠장!'

아차 싶었다. 놈의 바로 뒤에 하연수가 있었다. 하연수를 공격해서 그가 급해지길 바란 거라면 성공이었다. 다급하게 따라붙었는데 정말 엉뚱한 장면이 눈에 들어왔다.

"컥!"

놈의 머리가 불쑥 들렸다가 턱이 보일 정도로 기괴하게 꺾였고 놈은 두 바퀴나 굴러 그의 발밑으로 널브러졌다. 그리고 피에 엉겨붙은 이빨 몇 개가 입에서 흘러나왔다. 뒤를 보지도 않고 돌아서다가 하연수가 내지른 발등에 정통으로 턱을 얻어맞은 것, 그냥 단순한 발길질에 속수무

책으로 당한 셈이었다. 피식 웃으면서 봉을 찔러넣었다.

빠직!

놈은 부르르 몸을 떨다가 그대로 늘어졌다. 하연수를 힐끗 돌아보며 물었다.

"이빨 값 물어줄 돈 있어?"

"먹고 죽을 돈도 없는데?"

"그럼 쫓아다니지 못하게 해야겠네, 후후."

칼을 쥔 놈의 오른손을 강하게 밟아버렸다. 손가락 몇 개가 부러지는 소리와 놈의 비명이 함께 나왔다.

"큭!"

다시 오른쪽 무릎을 찍었다. 놈은 이번엔 이를 악물고 비명을 참아냈다. 또다시 발을 들자 부러진 무릎을 질질 끌고 필사적으로 담벼락으로 기었다. 하지만 겁을 먹은 표정이 아니었다. 장두식 밑에 이런 놈도 있었나 싶을 정도로 강단 있는 놈이었다. 부러진 발을 툭 찼다.

"이름 뭐야?"

놈은 대답 대신 입에 고인 피를 뱉으며 그를 노려보았다.

"대답하기 싫으면 관둬, 나도 별 관심 없으니까. 그런데 이거 무슨 배짱이야? 장두식이 시켰나?"

"넌 뒈졌어, 씨발아."

놈은 거침없이 욕설을 토해냈다. 끝까지 기에 눌리고 싶지는 않은 모양이었다.

"그럼 평생 불구로 살아."

봉으로 왼팔 팔꿈치 언저리를 강하게 내리쳤다. 분명 부러질 정도로 쳤고 부러지는 소리가 났는데도 비명은 없었다.

"오른팔도 부러지고 싶지 않으면 잘 생각해보고 대답해, 장두식이 시켰나?"

"네미럴, 죽은 사람이 어떻게 시켜. 씨발, 니가 죽였잖아."

"뭐? 장두식이 죽어?"

"오리발 내밀어도 소용없어, 새꺄. 큰 형님이 니 모가지에 현상금 10억이나 붙여놨으니까 넌 뒈졌어."

"큰 형이 누군데? 자세히 말해봐."

다시 채근했지만 놈은 입을 굳게 다물어버렸다. 죽이고 싶으면 죽이라는 식이었다. 오른쪽 어깨의 빗장뼈를 다시 내리쳤다.

"크으⋯."

놈은 이를 악물고 참았다. 빗장뼈까지 부러졌으니 최소 1년은 침대에 누워야 할 것이었다. 마지막으로 놈의 목에다 봉을 찔러넣고 나머지 놈들도 팔다리 한군데씩을 모두 부러트렸다. 이유 불문하고 당분간 전력에서 제외하겠다는 생각이었다.

"가자."

골목을 빠져나오면서 장두식의 휴대전화에 전화를 걸었다. 놈의 말이 사실인지 확인할 생각, 그러나 전화기는 꺼져 있었다.

'젠장, 어떻게 된 거지?'

우선 떠오르는 가능성은 이인배가 역으로 장두식을 제거하는 시나리오였다. 이재준에게 도움을 청했다면 충분히 가능할 것 같았다. 강민태의 집으로 뛰면서 녀석에게 전화를 걸었다. 허나 강민태도 받지 않았다.

'젠장!'

부지런히 뛰어 골목을 벗어날 즈음, 강민태가 전화를 걸어왔다. 뒤늦게 본 모양이었다.

—왜?

"어디야?"

—동네 마트, 집에 먹을 게 없어서.

"코드블랙."

—엥? 왜?

"진성파가 우릴 노린다."

—장두식이 왜?

"장두식 죽었단다, 돌아가는 꼴이 이인배가 쿠데타를 일으킨 것 같은데 알아봐야 돼, 자세한 건 따로 만나서 이야기하자."

—지랄이네, 일단 민지 씨는 지구대로 같이 간다. 상황파악부터 해야겠네.

"그렇게 해, 다시 전화할게."

—조심해.

걸음을 멈추고 블랙맘바에게 전화를 걸었다. 블랙맘바는 한참 신호가 간 뒤에야 전화를 받았다.

—웬일이냐, 다신 연락하지 않을 거 같더만.

"진성파 수사 시작됐나?"

—검찰 그렇게 빨리 움직이는 조직 아냐, 사건 발생한지 이제 겨우 사흘 됐어. 왜 그러는데?

"장두식이 죽은 거 같다."

—장두식이 죽어?

"우리집 앞에 진성파 똘마니들이 잔뜩 기다리고 있었어, 제압하고 캐물었더니 내가 장두식을 죽인 걸로 뒤집어씌우고 현상금까지 붙여놓았다더라."

—재미있게 됐네, 후후.

"농담할 기분 아냐."

—바이러스 보균자들 입국하던 날 진성파에 내전이 발생했다는 첩보가 돌기는 했다.

"내전?"

—상황파악은 정확히 되지 않았어. 어쨌든 지난 사흘 동안, 진성파 본거지라고 할 수 있는 로렌스 호텔에 장두식과 이인배가 나타나지 않는다더군. 내전 때문에 애들 모아서 은신한 걸로 봤는데 그게 아닐 수도 있겠어.

"어디 있는지 몰라?"

—찾으려고 마음먹으면 금방 찾겠지, 알아보겠다.

"이재준은 어디 있나? 돌아가는 꼴이 이재준 그 작자가 이인배를 도와서 장두식을 친 것 같은데."

─그 인간 잠적이다, 알겠지만 숨으면 아무도 못 찾아.

"놀고들 있네, 레드라인은?"

─어제 검찰이 레드라인 본사와 KC 케미컬 사옥을 동시에 압수수색했는데 레드라인 쪽은 허탕쳤다고 들었다, 미리 대비했다고 봐야지. 지금으로선 책임자들 소재 파악도 어렵다고 본다.

"왜?"

─전부 해외로 떴어.

"검찰에 맡기면 그렇게 될 거라고 했잖아."

─공항고속도로에서 총격전 벌였던 놈들은 시체도 못 찾았고…. 니가 넘겨준 녹취파일들도 불법적으로 입수한 거라 법정에서는 무의미해, 일부 혐의를 입증한다고 해도 꼬리자르기로 끝날 가능성이 높다.

"그 로비스트는?"

─한세인은 지금 워싱턴에 있다, 시민권자라 손대기 어려워. 재미있는 건 우리한테도 그 사람 인적사항이 하나도 없다는 거야. 분명 한국 사람인데 하다못해 출신학교 같은 것도 없다. IS컨설팅이라는 홍보대행회사를 운영하는데 사이트에도 사진 한 장 나온 게 없어.

"더 파볼 생각 없다는 소리로 들리는데?"

─정, 재계 전반에 걸쳐 대단한 커넥션을 가진 여자라 파보려면 한도 끝도 없을 거다, 장애물 엄청날 거고.

"여자야?"

―그래, 5년 전 사진 한 장 구했는데 대단한 미인이다, 실제 나이는 40대 중반쯤 되는데 서른 중반이라고 해도 믿을 거다.

"어디서 많이 듣던 이야기 같네, 대충 상상도 가고. 수사는 김동혁에 대해서만 진행되는 거냐?"

―김동혁과 최대수.

"최대수 후보는 왜?"

―그걸 원하는 사람이 많으니까.

"원하는 사람이 많다니?"

―뻔한 건데 설명이 필요한 거냐?

"해봐."

―넌 이 나라 이너서클의 넘버원 연결고리가 뭔지 아나?

"그건 왜?"

―대답해봐.

"결혼이겠지."

―맞아, 혼맥. 정계와 재계, 법조, 언론, 전부 거미줄처럼 혼맥으로 얽혀 있다. 그 다음을 받쳐주는 게 학연, 지연, 보통 이런 순서로 가지. 가장 확실한 연결고리는 혼맥이야.

"그래서?"

―그런데 KC그룹 김찬길 회장과 최대수 후보가 사돈지간이다, 비록 이름도 제대로 기억 못하는 손자 수십 명 중 하나가 결혼한 거지만 세간의 시선은 따가워질 수밖에 없어. 그게 사실이든 아니든 정적들 입장

에서는 공격할 여건이 갖춰진 거지.

"그리 놀랍지는 않군, 최대수 후보 등판에 화살 꽂는 거냐?"

—보통 사람들은 자기가 탄 비행기에 생화학테러 숙주를 태우는 미련한 짓을 하지 않을 거라고 생각하지만 그 사람 정치인이야.

'정치인'이라는 단어는 아주 많은 의미를 내포했다. 절대 겉으로 보이는 대로 믿어서는 안 된다는 뜻이기도 했다.

"최대수 후보가 배후라는 거냐?"

—난 그런 말 하지 않았어, 그렇게 되길 바라는 사람은 많지만.

"그렇게 되길 바라는 사람?"

—원래 정치판엔 죄 지은 놈도 없고 죄 없는 놈도 없어. 그냥 힘 있는 놈이 그렇게 되길 바라면 그렇게 되는 거야.

"말장난 치워라, 다시 이야기하지만 농담할 기분 아냐."

—하기야 국내 최대의 전국구 폭력조직이 목에 현상금을 걸었으면 나라도 기분 더럽겠지, 후후. 그거 오래가지는 않을 거다, 며칠 더 참아.

"너도 수사에 참여하지 않나?"

—손 뗐어, 관련 자료는 모두 검찰에 넘어갔으니까 KC케미컬과 레드라인, 진성파에 대해서는 차근차근 수사가 진행될 거다. 시간은 좀 걸리겠지, 다만 이재준에 대해서는 닫았어. 회사가 자체로 정리할 거다.

"묻어놓고 싶겠지."

—시끄러워서 좋을 거 없잖아, 외부 비선조직원의 개인적인 일탈이다, 더도 덜도 아냐. 물론 회사 직원을 암살했는데도 회사는 모른 척한

다는 논란이 생길 수도 있겠지. 하지만 이재준이 죽였다는 물증이 있어? 이재준을 정식으로 구금하고 기소하려면 녹취파일 정도로는 택도 없어, 더 확실한 게 필요해.

"회사가 언제부터 재판을 신경 썼다고 헛소리야? 말 같은 소리를 해."

—난 결정권자가 아냐, 그보다 너 내 제안 생각해봤나? 그거 아직 유효해.

"내가 니 밑에서 일할 일은 없어."

—다시 생각해, 이재준을 잡으려면 나랑 같이 일하는 것도 한 가지 방법이야.

"사양하지."

—마음 바뀌면 연락해, 그래도… 옛정이 있으니 충고 하나 해주지.

"읊어봐."

—이상수 전 의원을 만나라.

"이상수가 누군데?"

—중랑구에서 재선까지 한 인물이고 최대수 후보 최측근이야, 도움이 될 거다.

"이유는?"

—너 기댈 언덕이 필요해.

"정치인과 엮이는 일은 사절이야."

—넌 어쩔 수 없어, 경찰이 오늘 '장 앤 조'에 압수수색 들어갔으니까.

"뭐?"

—장용민 변호사 체포됐다, 경찰이 발표한 혐의는 불법로비, 뇌물공여, 세금포탈 정도인 것 같다. 물론 털면 더 나오겠지만.

"지랄들을 하네, 하라는 테러 수사는 안 하고 거꾸로 내 주변을 치는 거냐?"

—반격이 나올 거라는 생각 안 했나? 현직 국회의원을 반쯤 죽여놓고 조용하길 바라면 머리가 더럽게 나쁜 거지.

"해보라고 해, 포탈에 아주 좋은 그림 올려줄 거니까."

—경찰입장에서는 중요한 수사대상이야, 아직 정확한 신원은 확보하지 못했고… 리조트 호텔 체크인할 때 CCTV에 찍힌 반쪽짜리 영상으로 수배 때리는 것 같더라. 혐의는 특수폭행, 불법침입.

"놀고들 자빠졌네."

—네가 이길 수 있는 싸움이 아냐, 양진호가 의원직을 사퇴한다고 해도 그들의 세력이 사라지는 건 아니니까.

"그래서?"

—실세 정치권력과 전국구 폭력조직이 동시에 널 찾고 있다, 진성파 찌질이들이야 어떤 식으로든 정리가 되겠지만 정치권력은 이야기가 달라. 그들과 맞서려면 싫든 좋든 기댈 언덕이 필요하다, 지금 니가 손을 벌릴 수 있는 곳은 현실적으로 거기밖에 없고. 그 양반도 비공식 루트로 사건전말을 조사하고 있으니까 서로 윈윈이 될 수 있을 거다. 너 그런 일 많이 했잖아?

"다시 한 번 이야기하지만 정치인 따까리 관심 없어."

―결정은 니 몫이야, 오늘밤 11시, 남산 카페 제이제이. 내가 해줄 수 있는 건 거기까지다, 아웃.

끊어진 전화를 뒷주머니에 챙기고 하연수를 돌아보았다. 머리부터 발끝까지 흠뻑 젖어 초췌했지만 마주한 눈빛에서는 웃음기가 느껴졌다. 몇 달째 턱없는 고생을 하면서도 누굴 탓할 생각은 전혀 없는 모습, 새삼 고맙다는 생각을 하면서 손가락으로 하연수의 모자챙을 툭 쳤다. 하연수가 모자를 제자리로 당기며 웃었다.

"또 골 아파졌어요?"

"자꾸 덩치가 커진다, 후후."

"그래서 지금부터 뭐 할 거예요?"

"쇼핑, 집엔 못 갈 거 같다."

이상수는 50대 후반 언저리로 보이는 성마른 인상의 깡마른 사내였다. 연배에 비해 키가 커서 더 마른 느낌인데 조금 처진 눈썹과 눈꼬리 때문에 차가운 이미지가 많이 희석되는 것 같았다.

"그 선글라스 꼭 써야겠나?"

이상수가 술잔을 내려놓으며 물었다. 아무도 없는 방에서도 그가 모자와 선글라스를 벗지 않은 탓이었다.

"내 얼굴 봐서 좋을 것 없습니다."

"그런가? 한 잔 받지."

이상수는 불쾌한 표정을 숨기지 않고 술을 따랐다. 그는 받기만 하고 그대로 내려놓았다.

"예의 같은 건 없는 사람이군."

"상대가 친구인지 적인지 구분이 되지 않을 때는 그렇습니다."

"친구? 허허, 친구는 이럴 때 쓰는 단어가 아닌 걸로 알고 있는데… 자네와 내가 격이 맞는다고 생각하나?"

"친구라는 단어의 정의가 뭐냐에 따라 다르겠죠."

"하하, 그러면 친구라고 치고… 내가 자네를 믿어도 될까?"

"그건 내가 하고 싶은 질문입니다."

"왜? 내가 정치인이라서?"

"세상에서 가장 믿을 수 없는 종족 아닙니까."

이상수는 그의 무표정한 얼굴을 빤히 쳐다보더니 고개를 가로저으며 입을 열었다.

"자네에 대한 이야기는 많이 들었어. 두려움도, 주저함도 없는 냉혹한 밤의 사냥꾼, 밤거리에서는 무조건 피해야 할 인물로 통하더군. 법 위에 군림하는 자들도 상당수 끌어내린 걸로 알고 있는데?"

"과대평가입니다."

"꼭 그런 것 같지는 않더군."

"본론으로 가시죠, 바쁘실 텐데."

"그럴까? 후후, 자네 며칠 전에 H6 바이러스 보균자가 인천공항으로 입국하려다가 격리된 사건 알지?"

"그렇습니다."

"결정적인 역할을 했다고 들었는데?"

"일은 순직한 친구가 다 했습니다, 저는 그 친구의 죽음을 조사하다가 다 차린 밥상에 숟가락 하나 올린 꼴이 됐죠."

"그래… 그렇군. 그런데 그 일로 인해서 우리 당과 최 후보의 처지가 아주 곤란하게 됐다네, 저쪽에선 우리가 대선자금 마련을 위해서 국가안보와 경제주권을 모두 내주면서 해외의 거대 다국적기업의 자금을 끌어왔다는 식의 말도 안 되는 의혹을 마구잡이로 유포하는 형편이거든."

"사실입니까?"

최 후보가 관련됐느냐는 직설적인 질문인데 이상수는 신경도 쓰지 않고 자신의 말을 이어갔다.

"그래서 자네를 불렀어, 이런 황당한 억측을 말끔히 날려버렸으면 싶거든."

"결백하냐고 물었습니다."

"당연히, 다 이긴 싸움에 재 뿌릴 일 있나?"

잠시 이상수의 눈을 마주하면서 안주로 나온 과일 하나를 입에 넣었다. 정치판에서 오래 닳고 닳은 사람이라 눈빛이나 행동에서 진실을 읽어내기는 사실상 불가능했다. 이야기를 끝까지 들어보는 수밖에 없었다.

"정보망은 저보다 블랙맘바가 더 나을 텐데요?"

"국정원을 쓸 수는 없어."

"저쪽 귀에도 들어가는 정보는 필요 없다는 겁니까?"

"말이 잘 통하는군, 이번 일이 잘 수습되면 자넨 차기 대통령과 집권 여당 국회의원 상당수를 든든한 빽으로 두게 될 걸세."

"정치인과 엮이고 싶지 않습니다, 아직은 더 살고 싶거든요."

"허허, 이거야 원… 이보게, 정치인도 정치인 나름이야, 후보님은 자기 사람 함부로 내치는 분이 아닐세."

"정치인들은 다 그렇게 이야기하더군요."

그의 심드렁한 대답에 이상수는 그를 노려보기만 했다. 그리고 불편하다 싶어질 무렵이 되어서야 진짜 본론을 꺼냈다.

"우린 국정원의 일부 조직을 포함한 현 정권이 조직적으로 개입했다고 보네."

"말이 된다고 생각하십니까?"

"배후에 정권 실세가 있다면 이야기가 달라지지, 자네가 더 잘 알겠지만 정보기관의 일부요원이 개입한 건 명백한 사실이잖아. 그래서 전후사정을 가장 잘 아는 자네가 필요한 걸세."

"구체적으로 뭘 원하는 겁니까?"

"우리가 원하는 건 현 정권이나 정치세력이 개입했다는 증거야, 특히 이재준이란 놈과 KC그룹 뒤에 숨어 있는 특정인물을 포함하면 더 좋겠지."

"막연합니다, 특정인물이라면 누구죠?"

"한세인."

"한세인이라면… 로비스트 말입니까?"

일단 잘 모르는 것처럼 오리발을 내밀었다. 앞장서서 나댈 필요는 없었다. 이상수가 고개를 끄덕였다.

"이재준의 뒤에 있는 인물이자 현 정권 최고의 비선실세로 불리는 여자일세."

"한세인을 데려오라는 겁니까? 미국에서?"

"아니, 마카오에서. 한세인은 나흘 후, 그러니까 6월 7일 날 개최되는 '밀리 엑스포 마카오'에 참석할 걸세, 체류기간이 일주일 넘으니까 기회는 나올 걸세, 경호는 삼엄하겠지만."

"그 사람 법적으로 미국인입니다, 미국인 납치는 심각한 외교문제를 야기할 텐데요?"

"아니, 엄밀하게 말하면 아직 영주권자일세. 다음달에 시민권을 받을 예정이지만 당장은 엄연히 한국 여권을 소지한 한국인이야."

"그럼 정식으로 소환하면 그만 아닙니까?"

"법원이 소환장을 발급할까? 현 정권 임기 내에는 절대 불가능해. 설사 소환장 나오더라도 연초부터 줄줄이 터진 방산비리 때문에 절대 안 들어올 거야, 대선 전에 시민권을 받는 것도 같은 맥락이라고 봐야지."

"방산비리에 관련된 겁니까?"

"최소 조 단위야, 증거도 다수 확보됐고."

"그런 일이라면 전 적임자가 아닌 것 같군요. 아시겠지만 난 법으로 보호받지 못하는 어려운 사람들을 뒤에서 도와주는 소소한 일을 하는 사람입니다, 정치판엔 낄 생각 없습니다."

"이재준을 적으로 둔 것만으로도 이미 정치판에 발 들여놨어, 그리고 이 동네는 한 번 들어오면 발을 빼기 어려워. 일단 착수금으로 5천, 성공보수 2억, 소요경비는 별도 지급, 필요한 장비도 모두 지급할 걸세. 같이 일할 팀도 붙여줄 거고."

"난 혼자 일합니다."

"혼자 일하게 될 거야, 우린 멀리 떨어져서 지켜볼 수밖에 없으니까. 그러나 아무리 그래도 블랙라인을 혼자 상대하는 건 무리야."

"블랙라인이라고 하셨습니까?"

"뭐하는 회사인지는 알지? 폭력배 나부랭이들 상대하는 거야 일도 아니겠지만 중무장한 PMC는 달라."

"한세인이 블랙라인의 경호를 받고 있습니까?"

"그래, 잠시 기다려봐."

이상수는 테이블 위에 올려놓은 전화기의 통화버튼을 누른 뒤, 신호가 가자 바로 끊었다. 그리고 몇 초 지나지 않아 노크 소리가 들려왔다.

"들어와."

들어온 사람은 예상 외로 젊은 여자였다. 30대 초반 정도의 미인형 얼굴인데 은색 뿔테 안경까지 써서 얼핏 보기엔 평범한 커리어우먼 같았다. 그러나 통이 넓은 바지에 신발도 굽이 낮은 단화였다. 격렬한 활동이 가능한 복장, 정보기관 요원이나 군인일 가능성이 높았다.

여자는 자리를 권하지도 않았는데 뚜벅뚜벅 방을 가로질러 그의 건너편에 앉았다.

"이쪽은 박현주 비서관, 국방위 특별감찰팀 소속. 이쪽은 헌터, 자세한 건 둘이 상의하면 될 걸세. 인사하지."

가벼운 목례로 인사를 대신하고 시선은 박현주에게 고정한 채 이상수에게 물었다.

"믿어도 됩니까?"

"이 사람 믿어도 되나요?

박현주도 똑같이 그를 마주보며 물었다. 대답은 이상수가 내놨다.

"목적이 같은 사람이다, 믿어도 돼."

"자칫하면 후보님까지 연루될 수 있습니다."

"이 친구도 알겠지만 현지에서 문제가 생기면 우린 부인할 거다, 정리하면 그만이고. 준비한 거나 내놓거라."

"예, 의원님."

박현주는 들고 있던 큼직한 종이가방을 탁자 위에 올려놓더니 안주머니에서 여권 하나를 꺼내 종이가방 옆에 던졌다. 이름은 김정식으로 되어 있는데 사진은 30대 초반쯤 되는 얼굴이었다. 전체적인 이미지가 비슷해서 시간을 두고 자세히 뜯어보지 않으면 다른 사람이라는 건 모를 것 같았다.

"실존하는 사람의 여권이다. 그리고 이건 내게 연락할 때만 써라, 내 번호는 1번으로 입력되어 있다."

박현주는 여권 옆에 2G 전화기 하나를 다시 내려놓고 말을 이었다.

"참고로 난 아무도 믿지 않는다, 따라서 허튼짓하면 즉시 뒤통수에 총알을 박아줄 거다."

"엄청 무섭긴 한데… 날 쏘고 싶으면 꼭 뒤에서 쏴야 할 거다, 앞에서 쏘면 니 목에 먼저 구멍이 날 거니까."

"해보면 알겠지."

"그런데 난 이 일 맡을 생각 없어, 가뜩이나 귀찮은 일 태산인데 모가지 간당간당해질 짓을 왜 사서 하지?"

박현주는 잠시 그를 노려보더니 말을 툭 던졌다.

"선택의 여지가 없으니까."

"헛소리가 심하군."

"우리가 두 가지를 해결해줄 거다, 첫 번째는 이인배."

솔직히 혹할 수밖에 없는 제안이었다. 그의 입장에서는 가장 당면한 문제가 이인배였고 놈을 깨끗이 처리할 수 있다면 그만한 대가는 감수할 용의가 있었다.

"두 번째는?"

"장용민 변호사."

"장 변 체포한 게 너냐?"

"아니, 막아줄 수 있다는 거다. 구속영장 기각시키는 건 일도 아니니까, 다음은 자연스럽게 해결될 거야."

"어떻게?"

"경찰을 움직인 건 양진호고, 양진호는 장두식의 수하다. 그런데 니가 이인배를 처리하고 장두식을 풀어주면 양진호가 계속 장 변호사한테 달려들 수 있을까?"

"장두식 죽지 않았나?"

"아직은, 조직의 사업을 완전히 접수하려면 당분간 장두식의 이름이 필요하거든."

"어디냐?"

"대답 먼저."

이래저래 결론은 쉽게 나왔다. 이재준 하나도 벅찬데 배후의 진짜 거물까지 상대해야 하는 조건이라면 혼자 맨땅에 헤딩할 생각은 없었다. 바로 머릿속을 정리해버렸다.

"사람이 죽어나갈 거다, 지금부턴 위장 같은 거 안 해."

미친 척하고 처음부터 강공으로 밀어붙일 생각, 기왕지사 상하이 시절로 돌아가야 한다면 한가하게 앞뒤 재다가 일을 망치고 싶지 않았다. 이상수를 힐끗 돌아본 박현주가 종이가방을 그의 앞으로 밀었다.

"쓰레기 수거라면 기꺼이."

"위치는?"

"청평 나리 리조트. 호숫가에 있는 그럴듯한 모텔과 수상스포츠 시설인데 진성파 보스들이 여름 휴양지로 쓰는 곳이다, 주력 행동대가 전부 모인 상황이라 현지경찰은 모른 척하는 거 같더라."

"단둘이 거길 치자는 건가?"

"아니, 너 혼자. 이건 니 일이야. 그 정도도 혼자 해결하지 못하면 이 돈 받을 자격 없겠지. 마카오에 보낼 이유도 없고."

박현주는 눈싸움하듯 잠시 그를 노려보더니 이내 자리를 털고 일어나 이상수에게 목례를 했다.

"연락드리겠습니다, 의원님."

"출국하기 전에 집에 한번 들르거라."

"네."

박현주가 방을 나가자 차명석도 눈인사만 하고 따라나섰다. 이래저래 확인해야 할 것들이 남아 있었다.

박현주는 뒤도 돌아보지 않고 시끄러운 홀을 거침없이 가로질렀다. 워낙 빠른 걸음이라 마지막에는 뛰다시피 따라갈 수밖에 없었다. 인도로 완전히 나온 다음에야 박현주와 나란히 보조를 맞출 수 있었다.

"어이, 하나 묻자."

"뭘?"

"저 사람들 한세인이 왜 필요하지?"

박현주는 인적이 끊어진 남산 순환도로를 한 바퀴 돌아본 뒤, 횡단보도 앞에 멈춰섰다.

"정치하는 인간들 사정 알아봐야 좋을 거 없어, 시키는 거나 해."

"대답할 생각이 없는 건가?"

"몰라, 알고 싶지도 않고."

퉁명스런 대답을 내놓은 박현주는 횡단보도에 파란불이 들어오자마자 발을 떼었다. 뒤따라 길을 건너며 물었다.

"차 어디다 세웠는데?"

"도서관 주차장."

"거기까지 에스코트하지, 그런데… 집에서 보는 사이면 어떤 사이야?"

"남의 사생활에 관심 갖지 마라."

"일 아니면 관심 없어."

박현주는 그를 슬쩍 올려다보았다. 다시 물었다. 이번엔 정색을 했다.

"가족인데 성이 다르면 막장드라마 쪽인가?"

무표정한 얼굴로 눈을 마주친 박현주가 다시 단어 몇 개를 던졌다. 이제 질문의 의도를 이해한 모양이었다.

"원래 금수저들 사는 동네는 막장드라마 뺨치는 곳이다, 대답이 됐나?"

"확인하고 싶었다."

걸음을 멈췄다. 원하던 대답, 100퍼센트라고 단언할 수는 없지만 그래도 아버지와 딸이 서로의 뒤통수를 칠 확률은 상대적으로 떨어졌다. 돌아서는 그의 귓전에 박현주의 건조한 목소리가 박혔다.

"빨리 끝내라, 출발은 금요일이다."

"연락하지."

마카오

이인배는 오만상을 찌푸린 채, 울창한 숲 사이로 보이는 리조트 입구를 노려보았다. 가장 앞에 있는 건 고급세단 네 대였다. 그 뒤로는 밴 10여 대가 줄지어 늘어선 모습이었다. 나영일이 나란히 서며 말했다.

"마유석, 안필봉 두 사람입니다."

나영일은 진성파 식구들 중에서 가장 덩치가 큰 친구였다. 어렸을 때 축구를 하다 무릎을 다치면서 은퇴하고 바로 밤거리에 나선 놈인데 그가 처음 진성파에 합류했을 때부터 경호를 맡았고 지금은 진성파의 본부라고 할 수 있는 로렌스 호텔과 그 직할대를 지휘하는 측근 중의 최측근이었다.

"미친 새끼들, 원하는 게 뭐래?"

"회장님을 만나게 해달랍니다, 여기 있는 거 안다더군요."

"저것들이 어떻게 알아? 어떤 개새끼들이 주둥이 놀리고 다닌 거야?"

"죄송합니다, 단속하겠습니다."

"쯧쯧."

마유석과 안필봉은 장두식을 따르는 촌놈들이었다. 나름 큼직한 중소도시 서너 개씩을 장악한 보스들인데 진성파가 경기지역으로 영역을 확장하는 과정에서 저항 대신 계약을 택한 나름 영리한 작자들이었다.

그런데 최근엔 장두식과 호형호제한다면서 건방이 하늘을 찌르고 있었다. 매달 일정액을 상납하기로 하고 겨우 자신의 영역을 인정받은 주제에 감히 진골들의 밥상에다 숟가락을 꽂으려 하는 모양새였다.

이래저래 조만간 손을 봐줘야 할 놈들, 어쩌면 저것들이 여기까지 제 발로 찾아온 건 차라리 잘된 일일지도 몰랐다. 수하 똘마니들을 잔뜩 데려오긴 했지만 실제 전투력으로 따지면 나영일이 지휘하는 로렌스 호텔 직할대만 투입해도 간단히 처리할 수 있을 만큼 허접했다.

"마유석 저 새끼는 조만간 최영신이가 발라버릴 거야, 애들은 얼마나 데려왔나?"

"합쳐서 60명쯤 되는 것 같습니다."

"쓰레기들 빼고 그 두 놈만 들어오라고 해, 여긴 쓰레기들 드나드는 곳 아냐."

"저것들 둘만 들어올 생각이 없는 것 같습니다, 당장 회장님 모시고 나오랍니다."

"이것들 간이 배 밖으로 나왔나 감히 어디서⋯."

"10분 이내에 모시고 나오지 않으면 부수고 들어온다더군요."

"건방진 새끼들, 영감은 지하에 그냥 있지?"

"입구에 애들 둘 더 세웠습니다."

"그럼 됐어, 용병들은?"

"제트스키 창고에 있습니다."

"웬만하면 나오지 말라고 해, 네 명밖에 안 되지만 걔들 나오면 피바다가 될 수도 있다."

"네, 형님."

"나가자, 직접 만나겠다."

"괜찮으시겠습니까?"

"쫄 거 없어, 저것들 지분을 원하는 거야."

이인배는 다친 발목을 절룩거리면서 힘겹게 휠체어에 탔다.

'그 개자식….'

이게 다 헌터라는 놈 때문이었다. 같잖은 시골뜨기 영감들에게 이런 꼴을 당하는 것도 다 그놈 때문이었다. 준비가 끝나지 않은 상황에서 결행한 쿠데타의 부작용인 셈, 정리가 끝난 뒤라면 명함도 내밀지 못할 쓰레기들이 앞뒤 없이 나대고 있었다.

"가자."

그가 탄 휠체어가 현관을 나서자 정문을 겹겹이 가로막은 경호대 아이들이 모세의 기적처럼 좌우로 갈라졌다.

"형님!"

일제히 머리를 숙이는 아이들 사이를 천천히 통과해서 굳게 닫아놓은 쇠창살 문 앞에다 휠체어를 세웠다.

"열어."

"네, 형님."

문이 열리자 가장 앞에 있는 벤츠의 문이 열리고 짧은 머리의 뚱뚱한 50대 사내가 모습을 드러냈다. 마유석이었다. 이어 뒤차에서 깡마른 안필봉이 내려 몇 걸음 앞으로 나왔다.

"어서 오십시오, 마 사장님 그리고 안 사장님."

"이 사장… 다쳤나? 몸이 왜 그래?"

몇 발 앞으로 다가온 마유석이 걱정스런 표정으로 물었다. 분명 걱정하는 표정과 말투지만 내심이 다르다는 건 이인배도, 안필봉도 알았다. 이인배는 천연덕스럽게 말을 받았다.

"계단에서 넘어져서 발목을 좀 다쳤습니다."

"그만하길 다행이네, 계단에서 넘어지면 크게 다치던데."

"염려 감사합니다."

"그런데 회장님은 어디 계신가? 내 긴히 상의드릴 게 있는데."

"헌터라는 놈에게 암살당했다는 거 아시지 않습니까?"

"그래? 내가 들은 이야기와는 좀 다른데?"

"누구에게 무슨 이야기를 들으셨는지 모르지만 헛소문입니다, 안타깝지만 회장님은 돌아가셨고 전 헌터 그놈의 음모로부터 조직을 보호하기 위해 총력을 기울이고 있습니다."

"그럼 시신이라도 유족에게 넘겨주게, 형수님께서 장례라도 치르시겠다고 내게 신신당부하셨네."

마유석이 뒤에다 손짓을 하자 조직원 하나가 가장 뒤에 있는 승용차에서 중년 여성 한 명을 내리게 했다. 장두식의 아내였다.

'젠장! 어디로 사라졌나 했더니….'

장두식의 아들 둘을 모두 데려다놓고도 여편네를 찾지 못해 고민했는데 엉뚱하게 촌놈들 손에 들어간 모양이었다. 그는 고개를 가로저었다.

"시신은 부검이 끝나야 인수할 수 있을 겁니다."

"부검? 국과수에 있다는 말인가?"

"그렇습니다."

"말이 통하질 않는군, 회장님을 납치해서 감금하고 있으면 자네가 회장이라도 될 것 같은가?"

"무슨 말씀을 하시는지 모르겠군요."

"내 다시 부탁하지, 회장님 만나게 해드려."

"없는 시신을 어떻게 내드립니까?"

"자넨 지금 마지막 기회를 차버렸어."

"무슨…."

마유석은 의미심장한 미소를 내보이더니 고개를 가로저으며 한 발 옆으로 비켜섰다. 그리고 느닷없이 매서운 통증이 미간을 때렸다.

'뭐야?'

갑자기 낮게 내려앉은 시커먼 하늘이 보이는 것 같았다. 생각도, 감각도, 모두 거기서 끝나버렸다.

거의 동시에 바로 옆에 서 있던 거구의 광대뼈 한쪽이 뭉텅이로 터져 나가면서 모로 넘어갔다. 장내의 모두가 입도 뻥끗하지 못하고 굳어버린 상황, 오로지 마유석만 유유히 돌아섰다. 회색 바지에 튄 핏방울이 주르륵 흘러내렸지만 신경 쓰지 않았다. 그냥 멀리 보이는 구릉을 올려다보며 귀에 꽂은 블루투스를 툭툭 쳤다.

"당신 진짜 무서운 사람이군."

─시체 처리 깔끔하길 기대하겠다.

"쥐도 새도 모를 거다."

─그래야 할 거다, 아니면 일구회 최영신이 포함해서 필리핀에 숨어 있는 놈들까지 한꺼번에 묻어버릴 수도 있으니까.

"말이 험하네, 그건 내가 모르는 일이라고 했잖아."

─모른다고 면피가 될 일은 아니지, 현 위치에서 엄호하겠다, 이제부터 당신 일이야.

"필요하면 부르지."

이번 일 정리되고 나면 최영신은 필히 잘라내겠다는 생각을 하면서 느릿하게 돌아섰다. 완전히 얼어붙은 직할대 아이들의 눈빛이 그에게 집중되었다. 손끝 하나 움직이지 못하는 형편, 나직하게 소리를 질렀다.

"또 죽고 싶은 놈 있으면 나와라! 이놈처럼 머리통 터트려줄 테니까!"

대답은 없었다. 움직이는 놈도 없었다. 몇 발 앞으로 나가 피투성이로 늘어진 이인배의 턱을 잡고 좌우로 돌리면서 소리를 질렀다.

"새끼들아! 니들은 죄 없다! 지금이라도 내말대로 따라오면 회장님께

선 다 용서해주실 거다!"

쥐 죽은 듯이 조용했다. 턱을 툭 밀어버리고 뒤에 서 있던 수하와 눈을 맞췄다. 녀석은 재빨리 달려들어 시체들을 한쪽으로 치웠다. 피 웅덩이를 피해 다시 한 발 내딛는 순간, 호텔 직할대로 보이는 아이들 틈에서 한 놈이 악을 쓰며 뛰쳐나왔다.

"씨발! 죽어!"

손에 든 시퍼런 회칼을 휘두르며 앞장선 조직원에게 달려들었지만 몇 발 떼기도 전에 거짓말처럼 가슴 한복판이 터져나갔다.

"헉!"

피보라를 날리며 나동그라진 놈은 달려들던 속도를 이기지 못하고 그의 발밑까지 굴러왔다. 손에 들린 칼을 툭 차버리고 놈의 얼굴을 지그시 밟았다. 그리고 권총을 꺼내 하늘을 향해 한 발을 쐈다.

쾅!

구닥다리 리볼버지만 위압감은 충분했다. 하나둘씩 무기를 버리는 놈들이 나타났다.

"죽고 싶지 않으면 무기 버려라! 내가 조직을 인수하겠다는 게 아니다! 이인배 저 개 잡종새끼의 쿠데타를 진압하고 조직을 회장님께 돌려드리겠다는 거다! 뒈지고 싶지 않으면 전부 무기 버려!"

다시 악을 쓰자 피투성이로 널브러진 놈과 그의 권총을 번갈아 쳐다보던 놈들이 무더기로 무기를 떨어뜨리고 물러섰다. 한 발 더 앞으로 나갔다.

"회장님은 어디 있나! 어디 있는지 말해! 찾으면 당장 현금으로 1억 원을 주겠다! 어디냐!"

다시 소리를 지르자 정문 뒤에서 웅크리고 앉아 있던 놈 하나가 반쯤 손을 들고 일어섰다.

"저…저기… 제가 압니다."

"말해!"

몇 발 다가가자 놈은 우물쭈물하면서 일어나 기어들어가는 목소리로 말했다.

"회… 회장님은 지하에 계신다고 들었습니다, 영일이 형님 애들이 지키고 있는데 네 명 정도 됩니다."

"앞장서, 창덕이! 가자!"

"네!"

미리 행동대로 지정해놨던 아이들 10여 명을 네리고 급히 리조트 건물로 들어갔다. 계단 초입에서 약간의 저항이 있었지만 금방 제압했다. 장두식이 갇힌 방을 찾는 것도 어렵지 않았다. 그러나 장두식을 찾아낸 다음에는 선뜻 다가가지를 못했다.

방에 들어서자마자 저절로 인상이 찌푸려질 정도, 지난 사흘 동안 얼마나 많이 얻어맞았는지 머리부터 발끝까지 온통 피투성이였다. 입안에서 욕설이 맴돌았다.

"개자식들! 형님 모셔라!"

"네!"

행동대 아이들 중에서 가장 덩치가 큰 놈에게 장두식을 업게 하고 서둘러 1층으로 올라왔다. 그런데 건물 밖으로 발을 내딛는 순간, 느닷없는 총성이 터졌다.

카캉!

"이거 뭐야!?"

호숫가 잔디밭에서 몇 놈이 나오면서 마구잡이 총질을 해대는 것 같았다. 부하들은 놀란 메뚜기 떼처럼 사방으로 달아나고 있었다. 휘하 중간 보스 한 놈이 리볼버로 응사하는 것 같은데 상대가 될 수가 없었다. 급히 되짚어 들어와 현관 안쪽으로 몸을 숨기며 저격수를 호출했다.

"헌터!!"

—여기선 사각 안 나온다, 나와. 놈들이 따라오면 처리하겠다."

"젠장, 전부 뛴다! 회장님 보호하면서 정문으로! 뛰어!"

"네!"

장두식을 업은 놈을 아이들 사이에 세우고 결사적으로 뛰기 시작했다. 일단 리조트 밖으로만 나가서 저격수의 사각에 들어가기만 하면 안전할 거라는 판단, 뛰는 동안 마구잡이 총격으로 하나가 떨어져갔지만 그래도 리조트 정문까지 나오는 데는 성공했다. 승용차 뒤에 몸을 숨기고 있던 안필봉이 급히 손을 흔들었다.

"형님! 이쪽으로!"

급히 차에 장두식을 태우며 물었다.

"저 새끼들 뭔지 알아?"

"이인배가 데려온 용병들이랍니다, 큰형님 납치할 때 호텔을 휘저은 것들이 저놈들 같습니다."

"네미럴, 여긴 내가 정리해볼 테니까 니가 내 차 타고 형님 병원으로 모셔."

"괜찮겠습니까?"

"따질 때 아냐! 차 빼! 빨리!"

"예, 형님."

차명석은 호흡을 멈추고 부드럽게 방아쇠를 당겼다.

퉁!

묵직한 반탄력이 어깨를 때렸다. 조준경에 들어왔던 용병의 상체가 검붉은 피보라를 날리며 사라졌다. 겨우 120미터 남짓한 거리에서 실수가 나올 리는 없었다.

"투 다운."

남은 놈은 둘, 첫 번째 총탄이 목표에 꽂히자마자 호숫가의 저지대로 들어가 버려서 찾아내기는 어려워 보였다. 저격라이플을 내려놓고 전화기를 집었다.

"안 보여."

하연수는 망원경에서 눈을 떼지 않고 계속해서 호숫가를 스캔했다.

나름 조수 역할을 충실하게 수행한 셈이었다. 계속 찾게 놔두고 마유석에게 전화를 걸었다. 마유석은 전화를 받자마자 소리부터 질렀다.

—씨팔, 저런 것들이 있다는 이야기는 안 했잖아!

"나머지 두 놈은 강가로 달아났다, 돌아오진 않을 거다. 찾을 생각하지 말고 거기부터 수습해."

—야! 내 말 듣는 거야? 저런 새끼들 있다는 거 몰랐어?

"진성파 주력하고 전쟁 치르면서 그 정도 희생도 없을 거라고 생각했나?"

—뭐?

"어리광 그만 부리고 수습이나 해."

—이 자식이 뭐라는 거야? 어리광? 총 맞은 놈만 몇 십 명인데 어떻게 수습하라는 거야?!

"돈으로 막아, 장두식에게 병원 하나 구워삶을 정도의 재력은 있어. 그리고 장두식에게 전해, 나한테 또 빚졌다고."

전화를 끊어버리고 여전히 망원경에 집중하고 있는 하연수의 어깨를 짚었다.

"보여?"

"강변에, 모터보트 탄 거 같아. 거리 350."

재빨리 총구를 돌렸다. 유효사거리는 이미 벗어났지만 강으로 나갔다면 아직 기회는 있었다. 모터보트는 강을 완전히 가로질러 건너편 강변을 따라 상류로 올라가고 있었다.

"탄피 챙겨, 뜨자."

"저 사람들은?"

"어디로 가는지 알잖아."

하연수가 탄피를 챙기는 사이, 신속하게 주변을 정리하고 소총을 거치했던 널찍한 바위에서 뛰어내렸다. 녀석도 제법 그럴싸한 동작으로 바위에서 미끄러져 내려왔다.

"가자."

제법 급한 경사를 굵은 나무둥치들을 징검다리처럼 찍으면서 내려와 외곽도로 측면의 축대에서 멈췄다. 철책으로 덮인 대략 5미터 높이의 축대, 올라올 때는 관리자들이 쓰는 계단으로 올라왔으나 시간을 단축하려면 그냥 뛰어내리는 게 좋을 것 같았다. 그러나 경사가 거의 60도에 가까운 직벽이라 하연수에게는 다소 위험해 보였다.

"먼저 갈게!"

그런데 하연수는 고민도 하지 않고 철책 끝을 잡고 매달리더니 노련하게 미끄러져 내려갔다. 도로에 착지하는 걸 확인한 다음, 철책을 몇 번 차고 단숨에 도로까지 뛰었다.

"제법인데?"

"그동안 아재가 뺑뺑이 돌린 게 얼만데 이 정도 가지고 놀래요? 크크, 가요."

재빨리 차로 돌아가 저격위치를 잡을 때 입었던 산악복을 벗어던지고 일단 북한강 상류로 방향을 잡았다. 강변에 접안할 곳이야 흔해 터졌지만 단시간 내에 운송수단을 구하긴 어려울 터, 잘하면 꼬리를 잡을 수 있을 것 같았다.

그런데 방향이 이상했다. 놈들은 상류 방향으로 움직였고 그쪽은 오가는 차량도 많지 않은 한적한 도로였다.

'도주용 차량이라도 준비해둔 거냐?'

일반적인 용병이라면 거기까지는 아닐 거라는 생각을 하면서 일단 강을 건넜다. 다시 강변을 따라 10분 남짓 상류로 올라가 강심이 내려다보이는 고개 하나를 넘자 하연수가 망원경을 꺼내며 소리쳤다.

"저기!"

속도를 줄이자 가까운 강변에 흰색 선체에 붉은 선이 그려진 모터보트가 보였다.

"맞아, 아까 그 보트야."

다시 속도를 올렸다. 분명 가까이 있었다. 고개를 완전히 넘자 작은 선착장들을 낀 모텔이 눈에 들어왔다. 그리고 두 놈이 국도 방향으로 뛰고 있었다. 겉옷이 달라져서 확신할 수는 없지만 체격은 비슷했다.

다행히 도주차량을 준비하지는 못한 모양새, 거리상으로 보면 국도로 나오기 전에 잡을 수 있을 것 같았다.

"소음기."

"넵."

그가 권총을 뽑아주자 하연수는 능숙하게 소음기를 끼워 센터콘솔에 올려놓고 다시 자신의 권총에도 소음기를 끼웠다.

"가능하면 생포할 거다, 쏴야 한다면 허리 이하를 조준해."

"알았어요."

선착장으로 들어가는 진입로는 금방 나타났다. 그리고 진입해서 도로변에 차를 세울 때까지도 놈들은 보이지 않았다. 신속하게 차에서 내린 뒤에는 하연수의 어깨를 감싸고 나란히 걸었다. 하연수도 묶었던 머리를 풀어헤치고 그의 허리에 손을 올렸다.

"눈 마주치지 마."

"응."

산기슭으로 가려진 길을 돌아가자 빠른 걸음으로 다가오는 놈들이 보였다. 크지 않은 키에 튀지 않는 덩치, 둘 다 30대 후반의 전형적인 특수부대원의 체격조건이었다. 나이도 들었고 몸 관리가 제대로 되지 않아서 배가 조금 나왔지만 기습이 아니면 둘을 동시에 제압하기 어려울 것 같았다.

'내 얼굴을 알까?'

만일 놈들이 그를 안다면 총격전으로 갈 수밖에 없었다.

20여 미터를 남겨놓고 하연수와 눈을 마주치면서 농담을 던졌다.

"쟤들 배 나왔다."

"네?"

"웃으라고 한 소리야, 웃어."

하연수가 픽 웃었다. 긴장했는지 미소는 어색했다. 그래도 아름다웠다.

"오늘 섹시한데?"

"비비도 못 발랐는데 뭔 소리래?"

마주 웃었다. 그럭저럭 자연스러워진 셈, 놈들은 이미 10여 미터 앞까지 다가왔다.

거리가 가까워지자 놈들의 얼굴에 경계의 눈빛이 떠올랐다. 그래도 손에는 총기를 쥐고 있지 않았다. 일단 시간적 여유는 생겼다. 간편한 옷차림 탓에 무기를 숨길 곳이 허리 뒤춤이나 발목으로 제한될 터, 그렇다고 해도 시간 여유는 잘해야 5초 정도였다. 그리고 10초 이내에 끝내야 했다.

'셋, 둘…'

카운트다운을 끝내면서 마지막 발을 떼어놓았다. 그런데 둘 중 한 놈이 갑자기 오른손을 뒤로 가져갔다.

'젠장!'

눈치를 챘든 아니든 더 기다릴 수는 없었다.

"탓!"

번개 같이 튀어나가면서 손을 허리춤으로 가져간 놈의 가슴팍으로 파고들었다. 돌아오는 손을 밀어내면서 동시에 턱에 팔꿈치를 박았다. 놈의 왼손이 반사적으로 가로막으려 했지만 팔꿈치는 간발의 차로 손등을 밀어내고 인중에 작렬했다.

쩍!

놈의 목은 덜컥 뒤로 넘어갔다. 일단 절반은 성공, 놈의 오른손에 들린 권총을 잡아채 단숨에 뒤로 꺾으면서 다른 놈의 발목을 찍었다. 그러나 놈은 과감하게 발을 들어버리고 엎어지는 것처럼 상체를 부딪쳐 왔다.

임기응변인데 타이밍이 너무나 절묘했다. 머리로 그의 턱을 노리는 형국인데 관절기까지 한꺼번에 날아들었다.

'흡!'

손에 잡혀 있는 다른 놈의 팔을 전력으로 끌어당기면서 그 힘을 이용해서 몸을 180도 돌려 공격을 피했다. 그리고 부드럽게 도약해서 뒤엉켜 엎어지는 놈의 등판에 발꿈치를 내리찍었다.

"윽!"

정통으로 찍었다고 생각했는데 놈은 절묘하게 몸을 틀어 어깨로 받아 내고 굴러서 떨어져나갔다. 그러나 놈은 더 움직이지 못했다.

"더 움직이지 않는 게 좋을 거야."

싸늘한 목소리를 낸 하연수의 총구가 놈을 가리키고 있었다. 놈은 엉겁결에 양손을 들어올렸다. 어깨가 뒤로 꺾여버린 다른 놈은 완전히 정신을 잃어버린 상태, 재빨리 놈들의 권총을 빼서 하연수의 발치에 던지고 멀쩡한 놈은 케이블 타이로 묶어버렸다.

"움직이면 쏴버려."

"카피."

기절한 놈을 신속하게 반대편 사면으로 굴려버리고 묶어놓은 놈은 일으켜 세워 숲 안쪽으로 데려가 무릎을 꿇렸다. 끝을 보고 바로 뜰 생각이었다. 헌데 하연수가 그에게 귓속말을 했다.

"명석 씨, 저 사람 목."

'응?'

놈의 목에 작지만 검은색 전갈문신이 보였다. 세 마리를 겹쳐서 그렸는데 느낌상 부대 공통의 문신 같았다.

"그때 부산에서 본 그 문신이에요."

두 사람이 귓속말을 주고받는 사이, 놈이 먼저 입을 열었다.

"젠장, 니들 뭐야? 경찰 아니지?"

그는 소음기를 놈의 미간에 대고 말을 받았다.

"이걸 보고도 그런 질문을 하나? 원래 멍청한 거야, 멍청한 척 하는 거야?"

"국정원…인가?"

"질문은 내가 해, 넌 대답할 거고. 잘 생각하고 대답해야 할 거다, 대답에 따라 널 어떻게 처리할 건지 결정할 거니까. 물론 죽일 생각은 없어, 대답이 마음에 들지 않을 경우엔 평생 불구로 살게 되겠지만."

"그냥 죽여라."

"비선조직이라고 해도 함부로 사람 죽이지 않아, 경험상 다시 설치지 못하게 손발만 깨끗하게 부숴주는 정도가 가장 효율적이더군. 죽이는 건 너무 금방 끝나잖아?"

겁을 주기 위한 거짓말이 살짝 먹힌 것 같았다. 놈은 바로 대답하지 못하고 소리가 날 정도로 크게 침을 삼켰다.

"대답이 마음에 들면 부러트리는 거 한 군데로 줄여주지, 이제 질문. 그 목에 문신은 뭐야? 레드라인 문장이라도 되나?"

놈은 보이지도 않는 옆목을 힐끗 돌아보고 고개를 끄덕였다.

"시작이 좋군, 그럼 이제부터 진짜 질문을 하겠다. 너 이재준 알지? 지금 어디 있어?"

"이재준?"

"어디 한 군데 부러지고 이야기를 시작해야겠나?"

"난 그런 사람 몰라."

"딱 한 번만 다시 묻겠다, 니들 고용한 놈 어딨어?"

"고용주가 누군지 신경 쓰는 용병 봤나? 얼굴도 제대로 못 봤는데 어디 있는지 알 리가 없잖아. 다들 해외로 나갔으니까 그놈도 해외에 있겠지."

"해외 어디?"

"우리 식구들은 아마 나이로비에 있을 거다. 중동과 아프리카로 나가는 인력은 1차 케냐에 모였다가 파견지로 건너가니까."

"한국엔 너희들만 남았나?"

"몰라, 캠프는 비우기로 되어 있었다."

쓰게 입맛을 다셨다. 괜한 짓을 했다는 생각, 기껏 멀리까지 추격했는데 이재준에 대해서는 단서도 얻지 못하고 얼굴만 노출한 꼴이었다. 그런데 놈이 갑자기 뭔가 생각난 것처럼 입을 뗐다.

"거래하자."

"거래할 게 있나?"

"아는 거 털어놓을 테니 풀어줘, 국정원 블랙리스트에서도 빼주고."

"쓸 만한 이야기라면."

놈은 한참을 그의 얼굴을 올려다보더니 다짐을 놓았다.

"약속해."

"약속하지, 시작해봐."

"고용주는 없다."

"없어?"

"이재준이 레드라인 대주주다, 그리고 미국으로 갔다."

"미국 어디."

"워싱턴에 애인이 있다는 이야기를 들었다, 무슨 컨설팅 회사를 경영하는 여자라더군. 이름은 몰라."

크게 유용한 정보는 아니었다. 군이 따지자면 이재준이 국내에 없을 가능성이 더 높아졌다는 정도였다. 그런데 기분은 묘했다.

'컨설팅 회사를 경영하는 여자?'

한세인의 이름이 먼저 떠올랐다. 이재준과 한세인? 둘을 연결 지어 생각하고 싶지는 않았다. 그러나 아니라고 단정 지을 수도 없었다.

'젠장.'

그냥 놈의 경동맥을 잡았다. 이름을 모른다면 딱히 더 궁금한 것도 없었다. 목을 쥔 손끝에 힘을 주며 나직하게 말했다.

"한국을 떠라, 다시는 돌아오지 마. 실력 괜찮으면 어디서든 일자리는 구할 수 있을 거다. 또 회사의 눈에 띄면 이렇게 끝나지 않을 거다."

걸프스트림은 그녀가 아는 상용여객기와는 비교가 되지 않을 정도로 많이 흔들렸다. 험한 날씨 탓도 없지 않지만 최신형 G시리즈 기체임에도 불구하고 활주로에 바퀴를 내리는 순간까지 불안하게 마음을 졸여야 했다.

그래도 입국심사를 통과하는 건 순식간이었다. 엑스포에 참석하는 각국 고위층과 기업체 요인들이 많아서인지 세관확인도 없이 통과였다. 박현주 일행도 국회 국방위 소속 현역의원과 현우 중공업 CEO가 명단에 포함된 형편이라 불과 10분도 지나지 않아 전원이 공항을 나설 수 있었다.

입국장에서 기다리던 현우 중공업 차량을 얻어타고 시내로 직행해서 스튜디오 시티 호텔에 방을 잡았다. 현역 의원들과 현우 중공업 CEO의 방을 따로 잡느라 시간이 걸렸을 뿐 비행기에서 내려 VIP들을 각자의 방으로 들여보내는 데까지 전부 2시간도 채 걸리지 않았다.

"대기해, 잠시 다녀올 데가 있다."

"네."

경호팀과 헤어진 박현주는 곧장 호텔을 나섰다. 먼저 입국시킨 작전팀을 만나기 위해서였다.

대로 몇 개를 건너면서 세심하게 미행을 확인한 다음, 타이파 박물관 남쪽의 허름한 주택가로 들어갔다. 골목을 몇 번 돌자 외벽의 칠이 반 가까이 벗겨진 낡은 주택 앞에 한국인으로 보이는 건장한 남자가 보였다. 그런데 그 얼굴이 익숙하지가 않았다.

'헌터?'

차명석은 그녀와 눈을 마주치더니 씩 웃으며 안으로 들어갔다. 일단 건물이 있는 블록을 크게 한 바퀴 돈 다음 문을 열었다.

"안은 깔끔하네."

덥고 습한 날씨 탓에 외벽은 엉망이지만 내부는 예상 외로 깨끗하고 시원했다. 열린 문 바로 앞은 스님의 얼굴이 큼직하게 그려진 족자였다. 옆으로 돌자 거실쯤으로 보이는 넓은 공간이 나타났다.

"늦었네."

탁자에 선글라스를 벗어던지고 식탁의자에 털썩 주저앉았다. 식탁은 제법 컸다. 그녀를 포함해서 전부 일곱 명이 둘러앉고도 한 자리가 남아 있었다.

"연착, 날씨 때문에."

바로 건너편은 차명석, 그 옆은 하연수라는 젊은 여자였다. 아마추어라 마음에는 들지 않지만 차명석을 쓰기로 한 이상 어쩔 수 없었다. 나머지 넷은 그녀가 직접 뽑은 기무사 특수전 부대원들이었다. 전원이 20대 초중반의 정치에 물들지 않은 깨끗한 친구들이었다.

"언제 왔어?"

"그날 바로."

청평 나리 리조트를 공격하고 당일 밤 비행기로 출국했으면 최소 36시간 이전에 마카오에 도착했다는 뜻, 여전히 미덥지 않기는 마찬가지지만 그래도 준비에 충실한 건 인정해주기로 했다.

"자격 없다 소리는 못하겠군."

그녀의 시선이 돌아가자 작전팀 지휘관격인 석동철이 거수경례를 했다.

"어서 오십시오, 소령님."

"격식 치워라, 코드네임으로 불러."

"죄송합니다, 재칼."

"상황보고부터 하지."

석동철은 재빨리 관광지도를 테이블 위에 펴놓고 브리핑을 시작했다.

"밀리터리 엑스포는 익일 0900에 스튜디오시티 호텔 이벤트센터에서 개막합니다, 목표는 어제 14시에 쥬아이 공항으로 입국해서 바로 요트를 탔습니다."

"쥬아이 공항?"

쥬아이 공항은 마카오에서 남서쪽으로 40킬로미터 정도 떨어진 작은 로컬 공항이었다. 외부의 눈을 피하기 위해 국제공항이 아닌 로컬 공항에 전용기를 착륙시킨 모양새였다.

"마카오로 들어왔나?"

"아닙니다, 지도상에는 '이안' 석도라고 나오는 돌섬 군도 중 가장 남쪽 섬에 정박했는데 거기서도 내리지는 않았습니다."

"경호원은?"

"전용기에서 같이 내린 경호원은 넷인데 그와 별도로 중무장한 용병 최소 2개 분대가 동원된 것으로 보입니다, 위성사진 상에서는 12명 확인됐습니다."

"2개 분대 12명 이상… 만만치 않겠네."

"돌격소총급 자동화기가 다수 판독됐습니다."

"개막식 명단에는 있지?"

"네, 확인됐습니다."

"요트로 들어온다고 보고… 포트에서 이벤트센터까지 이동경로는?"

"웨이롱 애비뉴 직진입니다, 대로인데다 이동거리가 짧고 공안이 집중적으로 배치되는 지역입니다."

"이벤트센터 내부는?"

"첨단무기가 잔뜩 들어찬 곳입니다, 당연히 공안 배치는 많을 것으로 예상됩니다. 당일 배치상황을 봐야 답이 나올 것 같습니다."

"구조는 숙지했나?"

"네."

석동민이 이벤트센터의 회사별 부스 배치도와 통로 도면을 펴놓는 사이, 듣고만 있던 차명석이 슬며시 끼어들었다.

"요트를 치는 건 어때?"

"요트?"

"요트 더럽게 커서 웬만한 파티는 하겠더라. 하지만 중무장한 경호부대를 전부 태우고 마카오에 입항하지는 못해."

그녀의 시선이 돌아가자 석동철이 고개를 끄덕였다.

"포트 정박 당시 육안으로 네 명이 관측됐습니다. 나머지 인원은 섬에 있는 캐빈에 상주하는 것으로 보입니다."

"생각해둔 게 있나?"

"어차피 조용히 끝내긴 어려워."

"그래서?"

"우선은 개막파티에서 그것들 하는 짓 좀 봐야겠지만 기본은 포트에 정박한 요트를 치거나 돌아가는 걸 해상에서 공격하는 거다. 목표 접수하면 즉시 높은 양반들 타고 온 비행기에 태운다. 끝."

"여기 중국이야. 목표를 조용히 빼오지 못하면 전용기에 태우는 것도 현실적으로 쉽지 않은 일이야. 밀리터리 엑스포의 특성상 지금 여긴 전세계 기자와 스파이들 집합소나 마찬가지다."

"그럼 그 요트 타고 남쪽으로 내려갈까? 중국 해군 줄줄이 달고? 후후."

"농담할 때 아냐."

"다른 방법 있나? 있으면 내놔봐."

대답은 하지 못했다. 현장도 둘러보지 못했는데 답이 나올 리가 없었다.

"없으면 내 시간 뺏지 말고 공격시점에 맞춰서 영감들한테 집에 가자고 이야기나 해."

"생각해보지."

그녀가 뚱한 표정을 짓자 차명석은 담배를 꺼내 들고 계단으로 걸음을 옮기며 손짓을 했다.

"담배 태우겠나?"

따로 이야기하자는 뜻, 놈은 곧장 2층 베란다로 나가더니 담배를 입에 물고 장난처럼 물었다.

"기무사?"

"비슷해, 하나 줘."

한 개비 받아 불을 붙인 뒤, 깊이 빨아들였다. 오랜만에 피워서인지 순간적으로 핑 돌았다. 길게 연기를 내뿜고 물었다.

"진짜 요트를 칠 거냐?"

"손바닥 만한 도시에 공안 수천 명이 깔렸어, 육지에선 성공할 가능성 제로야."

"해상도 나을 거 없어."

"작전 세부사항엔 신경 꺼라, 실패하면 우린 비행기까지 가지도 못할 거고 넌 모르는 일이 될 거다."

"내 부하들이다."

"나도 객지에서 죽을 생각 없어, 초청장은?"

내민 손에다 엑스포 본부가 발행한 초청장을 건넸다.

"해상에서 공격할 거라면 이거 필요 없지 않나?"

차명석은 초청장을 받아들고는 동문서답하듯 자신의 질문만 했다.

"그 여자 마카오엔 왜 온 거야? 홍보컨설팅업체 CEO하고 밀리터리 엑스포는 번지수가 많이 다르잖아."

"홍보컨설팅은 그냥 명함 파려고 만든 회사야, 직업이 무기상이라고 해도 아주 틀린 정의는 아니다. 오랫동안 전차엔진이나 미사일 관련 첨단기술 도입에 관여했고 우리 T-50 훈련기 수출 건에도 발을 담근 여자야. 밀리터리 엑스포는 생산자와 소비자 양쪽을 모두 만날 수 있는 자리다."

"그것만으로는 2프로 부족해, 한세인 정도 되면 꽤 거물인데 그런 여자가 그만한 건수 없이 움직이는 건 말이 되질 않잖아."

"돈 되는 미팅도 있겠지, 진짜 물건은 따로 경매 붙이는 경우가 많으니까. 만일 경매가 있다면 센터 2층 세미나 룸에서 진행될 거다."

"기억해두지."

"참, 장용민 변호사 어떻게 됐는지 궁금하지 않아?"

"들었어."

"영장은 기각, 장두식은 여기저기 부러지고 깨진 곳이 많아서 한 1년쯤은 움직이지 못할 거고."

"멍청한 인간, 밥을 떠 먹여줘도 못 먹어."

"조직은 급한 대로 수원 서창과 마유석을 앞세워서 정리하는 거 같고… 검찰의 압박에는 죽은 이인배가 자신도 죽으려고 했다면서 피해자 코스프레하고 있다."

"어색하진 않겠네, 이인배는?"

"어디 땅속에 묻어버렸겠지, 아마 해외로 달아났다고 우길 거다."

"조만간 몇 놈이 자진해서 꼬리 자르러 나오면 상황 끝나겠네, 어차피 이인배가 주범이라는 건 사실에 가까우니까."

"검찰은 이참에 장두식 포함해서 최소한 보스급 몇 놈은 집어넣으려고 칼 갈고 있어, 꼬리 자르기 쉽지 않을 거다."

"그건 니 생각이고, 장두식이 멍청해 보여도 그리 만만한 놈 아냐. 보통 사람들 눈에는 건실한 중견 기업을 10여 개나 운영하는 잘나가는 사업가에다 지역구 국회의원도 몇 명 거느린 거물에 들어간다."

"그래 봤자 깡패는 깡패야."

"그놈 정계나 검경 고위층에 뿌린 돈이 적지 않아, 돈 받아먹은 작자들 입장에서 보면 장두식은 지역사회에 크게 기여하는 지역유지야. 그런데 그런 놈을 어느 날 갑자기 처넣는다고? 자기가 진범이라고 손들고 나온 놈이 따로 있는데? 그거 대한민국 경찰한테는 턱도 없는 이야기 같지 않나?"

거침없는 독설에 할 말이 없어진 박현주는 쓰게 웃으며 담배를 비벼 껐다.

"어쩌다 대한민국 경찰이 이런 개소리를 듣게 됐는지 모르겠다, 어쨌든 거기까진 우리 일 아냐, 신경 *끄자*."

"그러시던지."

"할 이야기 남았나?"

"너하곤 끝났어, 내려가서 저 친구들하고 내일 할 일 업무분장 할 거다, 넌 모르는 게 나을 거고."

두말없이 계단으로 발길을 옮겼다. 어차피 이 친구와 오래 같이 있어서 좋을 일이 없었다. 벌써 5시 10분이 넘어가는 형편, 영감들 저녁 스케줄에 대려면 지금 돌아가는 편이 나았다.

"호텔로 가겠다, 결행시점과 장소 결정되면 12시간 전에 통보해."

300개 넘는 대형업체가 참여하는 초대형 엑스포답게 개막식은 화려했다. 중장거리 미사일을 비롯해 각종 전술차량과 무인기, 무인차량 시스템, 최신 통신기기 등 첨단을 달리는 신형무기와 장비들이 전시되는 만큼 공간도 엄청나게 넓었고 기자와 관련자들만 참석하는 프레스 데이인데도 참석자가 7천 명을 간단하게 넘겼다.

—정문에만 무장경비병 100명 넘어요.

정문 쪽으로 나간 하연수의 보고, 후문도 상황은 마찬가지였다. 한국 같으면 상상도 할 수 없는 숫자, 뭐든 머릿수로 때우는 사람들이라는 건 익히 알고 있지만 엑스포 주최측은 중국답게 군대까지 동원해서 아예 사람으로 장막을 치고 있었다. 근처에서 총질이라도 시작했다가는 벌집 되기 십상이었다.

개막식이 끝나고 기자들이 우르르 움직이기 시작했으나 한세인은 아직도 보이지 않았다. 뭔가 이상하다 싶어 석동철에게 전화를 걸었다.

─파이온이다.

"목표의 요트는 아직도 움직이지 않나?"

─그대로다, 섬에 정박한 상태.

"섬이나 요트에 다른 이동수단이 있나?"

─헬기, 이착륙 시설은 요트에도 있다.

"일단 알았다, 준비상황은?"

─완료, 언제든 출격 가능.

"별명이 있을 때까지 현위치 대기."

─카피.

전화를 끊고 외부 광장에 전시된 십여 대의 전술차량들을 둘러보면서 천천히 이벤트센터로 걸었다.

"연수야, 들어가자. 4번 게이트."

─넵, 근데 난 앞으로 밥캣으로 불러줘.

콜사인 이야기 같았다. 느닷없지만 콜사인을 만들어줘야겠다고 생각을 하고 있었기 때문에 어색하지는 않았다.

"콜사인 이야기니?"

─응, 생각해봤는데 나도 하나 있어야겠더라고. 귀엽잖아요, 시라소니의 일종인데 점프력이 좋아서 날아가는 새도 잡는대.

"나쁘지 않네. 그렇게 해, 밥캣."

─넵, 감쇠합니당.

전술차량 대열에 다음으로 전시된 미사일 포대를 지나자 사람이 많아졌다. 개막식에 이은 파티가 시작될 시간이라 참석자들이 모이는 것 같았다.

"여기."

하연수는 먼저 게이트에 도착해서 그를 기다리고 있었다. 무대화장에 가까운 화려한 화장에 파티드레스 차림이어서 너무 눈에 띄는 거 아닌가 싶었는데 더 화려하고, 더 섹시한 드레스의 여자들이 넘쳐나서 오히려 묻히는 느낌이었다. 하연수가 그의 보타이를 바로잡으면서 말했다.

"오늘 멋져요."

"정장 입은 거 처음 보는 건가?"

"네, 맨날 청바지 아님 추리닝 입고 죽어라 뻥뻥이만 돌리던 남자는 하나 있었던 거 같네요, 흐흐."

녀석은 손바닥으로 턱시도 위를 부드럽게 쓰다듬으면서 그간 한 번도 보여주지 않았던 매력적인 미소를 머금었다.

"멋있어, 이 정도면 내 남자로 합격이야."

"합격?"

"1차 합격."

하연수는 살짝 발꿈치를 들면서 엄살을 떠는 그의 뺨에 부드럽게 키스했다.

"들어가요. 근데 저기서 초청장 내면 기념품 준다던데 받을까?

"기념품?"

하연수의 눈길은 파티장 입구에 쌓인 작은 종이봉투들에 고정되어 있었다. 참석자들에게 나눠주는 기념품인 것 같았다. 받는 거야 나쁠 거 없지만 작전 중에 나올 이야기는 아니었다. 무슨 이유가 있나 싶어 빤히 쳐다보자 하연수가 겸연쩍게 웃으며 이마를 긁었다.

"미안해요, 나 아직 버릇 못 고쳤나봐."

"무슨 버릇?"

"사실 나 공짜라면 앞뒤 안 가렸거덩, 마트는 세일 때 아니면 안 갔고 쿠폰이란 쿠폰은 다 모으고 가격 좋은 공동구매 나오면 무조건 들어갔었어요. 그러다 사기도 한 번 당했지만… 헤헤."

오만가지 아르바이트 다 쫓아다니며 억척스럽게 대학생활을 했으니 어쩌면 당연할 수도 있는 일, 마땅히 할 말이 없어서 옆머리를 살짝 쓰다듬었다.

"앞으론 생각 안 나게 해줄게."

하연수는 그를 올려다보며 눈을 크게 뜨더니 손가락 하나로 눈 밑을 찍는 시늉을 했다. 말실수 한 건 없는데 왜 이러나 싶어 긴장했는데 하연수가 장난스럽게 입술을 내밀었다.

"또 훅 들어왔어, 반칙이야."

"응?"

어느 대목에서 왜 감동을 먹었는지는 몰라도 좋다니 다행이었다. 그냥 웃어주고 데스크를 통과했다.

홀은 크고 화려했다. 농구 경기장 두 개를 합친 넓이에 높은 천정을 수천 개의 스포트라이트로 커버한 모습, 웬만해서는 휑한 느낌이어야할 만큼 큰 규모인데 사람이 워낙 많아서 도리어 좁아보였다.

일단 지나가는 웨이터의 쟁반에서 샴페인 두 잔을 집어들고 홀을 천천히 한 바퀴 돌았다. 한세인은 아직 보이지 않았다.

"신사 숙녀 여러분, 바쁘신 와중에도 엑스포를 찾아주신 귀빈 여러분, 그리고 기자님들, 환영합니다. 이 파티는 여러분을 위한 자리입니다. 마음껏 즐겨주시기 바랍니다, 감사합니다."

스무 살도 안 돼 보이는 파티 호스트가 파티 시작을 선언하고 간이무대를 내려가자 현악 중주단이 경쾌한 모차르트를 연주하기 시작했다.

차명석은 사람들이 몰려 있는 홀 중앙을 벗어나 뷔페음식을 진열해놓은 테이블 근처로 물러났다. 워낙 기자들이 설치고 다녀서 부담스러웠다. 다시 한 번 홀 전체를 둘러본 다음, 계단을 통해 천천히 2층으로 올라갔다.

2층은 기자들이 없어서인지 확실히 조용했다. 세미나 룸 몇 개가 있는데 문은 한 군데만 열려 있고 경비원은 보이지 않았다. 오늘은 경매가 없는 모양이었다.

"내려가자."

되짚어 내려가려는데 계단참에서 어깨끈이 아예 없는 새카만 파티드레스 차림의 여자의 하얀 어깨가 모습을 드러냈다.

'타이밍 최악이네.'

어깨의 주인은 한세인이었다. 사진과는 느낌이 많이 다르지만 알아보는데 어려움은 없었다.

일단은 모르는 척 그냥 걸었다. 자연스럽게 스쳐지나갈 생각이었다. 헌데 계단을 다 올라온 한세인이 그를 향해 환한 미소를 보이며 손을 흔들었다. 마치 만나기로 약속이라도 한 사람 같았다.

'응?'

등판에 식은땀이 흐르는 것 같았다. 한세인이 그가 찾아오리라는 걸 알고 있다면 작전은 이미 물 건너 간 셈이었다. 몇 발 앞까지 접근하자 한세인이 선뜻 인사말을 건넸다.

"절 보러오셨죠?"

"네?"

"잠깐 이야기할까요? 시간이 좀 남았는데."

한세인은 활짝 웃으면서 바로 옆에 있는 문을 가리켰다.

'젠장.'

욕설을 삼켰다. 처음부터 꼬인다는 생각, 대답은 하지 않고 최대한 무표정을 유지하면서 고개를 끄덕였다. 한세인이 목례를 하며 웃었다.

"감사해요."

한세인의 손짓에 덩치 큰 흑인 경호원 하나가 재빨리 문을 열었다. 방 안으로 열 명쯤 앉을 수 있는 최고급 탁자와 의자가 보였다.

"가실까요?"

"레이디 퍼스트."

먼저 들어가라고 살짝 고개를 숙이자 한세인은 고른 치열을 모두 드러내며 웃었다.

"고맙습니다."

먼저 들어간 한세인이 테이블 한복판에 자리를 잡았고 차명석과 하연수는 건너편으로 돌아가 나란히 마주앉았다. 한세인은 대뜸 두 사람의 이름을 입에 담았다.

"반가워요, 차명석 씨, 그리고 하연수 양."

쓰게 웃으며 한세인의 얼굴을 빤히 건네다 보았다. 확실히 동안이었다. 30대 초반이라고 해도 믿을 수밖에 없는 얼굴인데다 몸짓 하나하나에서도 지독한 색기色氣가 뚝뚝 떨어져서 마주앉은 것만으로도 꽤나 부담스러웠다. 그가 대답하지 않자 한세인이 피처럼 붉은 입술을 다시 움직였다.

"절 만나러 오신 이유가 뭘까요?"

적의가 느껴지지 않는 목소리, 딱히 거부감은 없었다.

"알고 있지 않습니까?"

"제가 알아야 하나요?"

잠시 한세인의 서늘한 눈매를 노려보며 대답을 고민하다가 이재준의 이름을 떠올렸다. 다른 걸로 잔머리를 굴리다가는 작전이 노출될지도 모른다는 생각, 아예 이재준을 내놓으라고 밀어붙이는 쪽이 안전할 것 같았다.

"단도직입적으로 묻죠, 이재준 어디 있습니까?"

"네?"

"이재준 어디 있냐고 물었습니다."

한세인은 다시 치열을 내보이며 웃었다. 그리고 한 손가락으로 긴 머리칼을 귀 뒤로 넘기며 물었다.

"이재준 씨는 왜 찾죠?"

"내 친구를 죽였으니까."

"네?"

조금은 과장스런 몸짓으로 놀랐다는 표시를 한 한세인이 손에 들고 있던 클러치 백을 탁자 위에 올려놓았다.

"친구를… 죽였다고 하셨나요? 그 사람 함부로 살인할 사람이 아닌데?"

"사실을 이야기하는 겁니다."

"후후, 재밌군요. 그럼 그렇다 치죠, 그런데 그 사람 찾아서 어쩌려고요? 죽이기라고 할 생각인가요?"

"본인이 어떻게 나오느냐에 따라 결과는 달라질 겁니다."

"그 사람을 죽일 수 있다고 생각하는 건가요? 쉽지 않을 건데요?"

"사람은 생각보다 쉽게 죽습니다."

짧게 대답하고 한세인의 반응에 신경을 썼다. 하지만 그녀의 미소에서는 아무것도 읽을 수 없었다. 더 흔들어야겠다는 생각에 공격적인 질문을 던졌다.

"이재준과는 어떤 사이죠? 들리는 소문엔 애인이라던데, 맞습니까?"

"다소 과격한 표현 같네요, 그보다는 오랜 친구이자 비즈니스 파트너가 적절한 호칭일 겁니다."

"워싱턴에 숨겨두셨습니까?"

한세인은 또 미소를 보이며 두 사람을 번갈아 쳐다보더니 경호원들에게 나가라고 손짓을 했다. 경호원들이 나가고 문이 닫히자 원어민이나 다름없는 유창한 영어로 이야기를 시작했다.

"영어 괜찮죠? 영어가 더 편해서요, 하하."

"워싱턴에 숨겨뒀냐고 물었습니다."

"대답은 명백한 '노우'입니다, 그 사람 어디 숨어 있을 성격이 아니에요."

"그럼 어디 있죠?"

"여기 있답니다, 오늘 만날 수 있을 거예요."

"오늘?"

"오늘 경매가 하나 있는데 그 사람이 주최하는 행사랍니다, 원하시면 제가 모실 수도 있어요."

그는 선뜻 대답하지 못하고 잠시 갈등했다. 실전에서 그가 가장 피하고 싶어 하는 두 가지가 통제와 예측이 불가능한 상황인데 이건 둘 다였다. 처음부터 끝까지 계획대로 굴러가는 작전은 없지만 이건 최악이었다.

한세인이 그의 이름을 입에 담는 순간부터 작전은 사실상 물 건너갔다고 보아야 했다. 이 여자가 그의 이름을 안다는 건 이재준도 그가 마카오에 온 걸 안다는 뜻, 어쩌면 온 목적까지 알고 있을지 몰랐다.

'어디서 샜을까? 왜 만나자는 거지?'

머릿속에서 계속해서 경보음이 울려대고 있었다. 범죄로 얻었을 가능성이 높은 첨단기술이나 무기를 판매하는 경매에 그를 초대할 이유는 어디에도 없다. 당연히 이재준이 던져놓은 미끼일 터, 그럼에도 불구하고 피할 생각은 없었다. 어차피 놈을 잡기 위해서 맡은 일이었다.

문제는 하연수의 존재였다. 하연수를 데리고 호랑이굴로 들어가는 위험천만한 짓은 사양하고 싶었다. 일단 차분하게 질문으로 말을 받았다.

"경매가 있습니까?"

"끝나면 작은 여흥도 준비되어 있답니다, 참석자들과 안면을 터두면 앞으로 살아가는데 제법 도움이 될 거예요. 사이즈가 큰 거래는 아니지만 참석자들은 만만한 사람이 하나도 없으니까요."

"언제, 어디로 가면 되죠?"

"지금은 어떠세요? 여기 파티 구경하러 온 건 아니잖아요?"

한세인은 웃었다. 준비되지 않은 상태에서 데려가려는 의도일 터, 이러면 하연수를 남겨두고 갈 수도 없을 것 같았다. 그가 대답하지 않자 한세인은 또 웃었다. 그리고 그의 생각을 읽기라도 했는지 선택의 여지를 깨끗이 잘라버렸다.

"아쉽지만 불필요한 변수는 없었으면 좋겠네요. 드레스도 아주 잘 어울리는 것 같은데 두 분 모두 참석해서서 자리를 빛내주시면 영광이겠습니다, 굳이 남겨두길 원하신다면 하연수 양은 여기서 내 사람들과 기다리시면 됩니다."

"경호원 네 명으로 우릴 잡아둘 수 있다고 생각합니까? 더구나 당신이 혼자 이 방 안에 있는데?"

"차명석 씨 혼자라면 어려울 수도 있겠죠, 하지만 하연수 양의 안전까지 장담하진 못할 겁니다. 우리 아이들 총기를 휴대하고 있거든요."

이벤트센터에 들어올 때 출입구에서 금속탐지기를 통과할 수밖에 없는데 총기를 가지고 있다면 이 여자 중국 지방정부에도 선을 대고 있다는 이야기였다.

'젠장.'

자칫하면 중국 공안에 체포될 수도 있다는 판단, 하연수를 남겨두고 갈 수는 없으니 위험은 감수하는 수밖에 없었다. 하연수와 눈을 마주치자 한세인이 다시 말했다.

"두 분이 다치는 일은 없을 거예요, 내가 약속드리죠. 경매가 끝나면 즉시 손님들과 함께 마카오로 데려다 드리겠습니다, 우린 경매가 있는 날은 문제를 일으키지 않아요."

"믿어보죠."

이안 석도는 이름 그대로 돌섬이었다. 마카오에서 50킬로미터밖에 떨어지지 않았지만 섬 북쪽의 무인도들을 빼면 수평선밖에 보이지 않

는 외로운 무인도였다. 사방이 전부 직벽^{直壁}에 가까운 돌섬인데 일단 올라서면 평지였다.

그래도 평지는 대부분이 숲으로 채워졌고 수면으로 내려올 수 있는 길도 하나 있었다. 서쪽 해안의 만^灣처럼 움푹 들어간 공간의 비좁은 백사장으로 이어진 돌계단인데 백사장에는 모터보트와 제트스키가 몇 대 보였다.

차명석 일행이 탄 헬기는 섬 상공을 천천히 한 바퀴 선회한 뒤, 백사장에서 조금 떨어진 해안에 닻을 내린 대형 요트로 부드럽게 내려앉았다. 요트는 생각보다 덩치가 컸다. 상공에서 볼 때는 그리 커 보이지 않았는데 실제 타고 나자 40미터 남짓한 배의 길이부터 실감이 났다.

한세인이 비행갑판에 발을 내리자마자 제복을 입은 선원 두 사람이 재빨리 다가와 인사를 건넸다.

"어서 오십시오, 대표님."

"가방 부탁해요."

"네."

선원들이 헬기에서 한세인의 캐리어를 내리는 사이, 한세인을 따라 요트의 선미갑판으로 건너가면서 경호병력의 배치부터 살폈다. 선수 갑판에 하나, 선미에 하나, 둘 다 무장은 CAR 계열의 자동화기였다. 아마 용병들일 것이었다. 마카오에서부터 따라다닌 정장의 경호원 네 사람은 헬기장에서 아래층으로 내려갔는지 시야에서 사라졌고 다른 경호병력도 더는 보이지 않았다.

선미갑판의 스파 시설을 통과하자 다소 야하다는 느낌이 들 만큼 섹시한 유니폼 차림의 혼혈 여성 두 명이 선실 앞에 나란히 서서 고개를 숙였다.

"어서 오십시오, 대표님."

"손님들은?"

"섬에 들어가셨습니다."

"시작한다고 하세요, 준도 건너오라고 하고."

"네."

"두 분은 여기서 잠깐 기다리세요, 옷 좀 갈아입어야겠네요."

한세인이 선실 반대편으로 사라진 뒤, 차명석은 선실 측면의 전면유리 앞에 배치된 소파에 앉아 선실을 간단하게 둘러보았다. 최고급 자재와 액세서리들로 채워진 화려한 복층 구조인데 당장 발밑부터 구두를 신고 있기가 부담스러울 만큼 고급스런 카펫이 깔려 있었다.

중앙은 최고급 대리석 바닥과 대형 식탁이 차지했고 그 위에는 아름다운 타원형 샹들리에 두 개가 매달린 모습, 투명한 계단 몇 개를 올라가면 좌우로 손님을 위한 방들이 배치되어 있었다.

그런데 나란히 앉은 하연수가 불편한 드레스를 끌어올리며 그를 째려보았다.

"아주 눈을 못 떼네?"

"응? 무슨 소리야?"

"그걸 꼭 내 입으로 이야기해야 돼? 잘하면 저 여자 가슴으로 들어가

겠던데?"

유난히 가슴 노출을 강조한 파티드레스여서 눈이 갔던 건 사실이었다. 기세에 밀리기 싫어서 의도적으로 버틴 면이 없지 않지만 하연수의 입장에서는 신경이 쓰일 수도 있겠다 싶었다.

"질투는 접어두셔, 지금 시멘트 덩어리 발목에 달고 물속에 들어가기 딱 좋은 형편이니까."

"칫, 나중에 봐요. 근데 이런 배 사려면 얼마나 부자래야 되는 거야?"

"부자라서 사는 거 아냐, 내 돈 아니니까 사는 거지."

"남의 돈?"

"박지철 기억나지?"

"응."

"그 인간은 딱 천억 먹고 튀었으니까 그놈보다는 등급이 살짝 높아야 겠지, 하지만 같은 부류라는 점은 맞아."

사기꾼 등급에 대한 보충설명을 하려고 단어 몇 개를 떠올리려는데 응접실 안쪽에서 한세인의 목소리가 들려왔다.

"이 배 렌탈이랍니다, 후후."

다행히도 이번엔 평범한 브라우스에 치마였다. 그러나 단추를 네 개나 풀어서 더 도발적인 느낌이었다.

'거참.'

금방 잔소리를 들은 뒤끝이라 영 눈 둘 곳이 마땅치가 않았다. 그가 난감해하는 사이, 한세인은 거침없이 선실을 가로질러 다가오더니 두 사람의 건너편 소파에 자연스럽게 다리를 꼬면서 앉았다.

"솔직히 말해서 이런 요트 한 척 사는 건 아무것도 아니에요, 하지만 유지비 때문에 쉽지 않답니다."

"그런가요?"

"사실이 그래요. 근데 이거 진짜 샀으면 사기꾼으로 매도당할 뻔했는데요? 후후."

"당신이 사기꾼이라는 이야기 안 했습니다."

"사실 박지철이라는 이름 때문에 좀 쩔려서 하는 이야기랍니다."

"박지철을 압니까?"

"조금 알죠, 우리 사람을 통해서 검경에 선을 댄 모양인데 끝이 안 좋았더군요."

박지철에 대해서는 신문지상에서 한참 떠들었으니 모를 리 없고 죽었다는 사실을 아는 부분도 딱히 이상할 것은 없었다. 아마 박지철의 돈 중에서 상당액이 이 여자에게 넘어갔다고 봐도 무방할 것 같았다.

악연도 인연이라고 이래저래 연이 닿은 구석이 많다는 생각을 하면서 다시 이재준의 이름을 거론했다.

"그 '내 사람'이 이재준을 지칭합니까?"

"그만하세요, 너무 많이 알려고 하면 다친답니다. 정 궁금하시면 직접 만나서 물어보세요."

"그럴 생각입니다, 그런데⋯ 언제부터 홍보컨설팅 회사가 권력기관 매수하는 일을 했죠?"

"매수요? 그럴 리가요, 우린 경영이 어려운 회사가 정상을 되찾을 수 있도록 돕는 일을 합니다. 꼭 필요한 사람을 만나게 해주는 일도 거기 포함되죠, 하지만 만나게 해주는 걸로 끝납니다. 다음은 본인들이 하기 나름이에요."

"말이 되는 소리를 합시다, 지나가는 강아지 웃기려고 하는 이야깁니까?"

"사람 말을 믿지 못하는 나쁜 습관을 가지고 계시군요, 후후. 이대로 조금 더 시간을 갖고 진지하게 대화를 나눴으면 좋겠지만… 지금은 이만 내려가는 게 좋겠네요, 손님들이 돌아오는군요."

의미심장하게 웃는 한세인의 시선이 전면유리로 돌아갔다. 유리 너머는 새카만 모터보트가 퍼 올리는 새하얀 물보라가 채우고 있었다.

(3권에 계속)